Fotografía por Nina Subin

LAURA RESTREPO fue profesora de literatura en la
Universidad Nacional de Colombia, editora política de
la revista *Semana*, y miembro de la Comisión Nacional
Para La Paz. Ha escrito varias novelas de las cuales se
destacan *La Novia Oscura*, *Dulce Compañía* que ganó
el premio Sor Juana Inés de la Cruz en México y el premio
France Culture en Francia, y *Delirio* por la cual recibió
el Premio Alfaguara en el 2004. Actualmente vive en
Bogotá, Colombia.

D0395357

TAMBIÉN POR LAURA RESTREPO

Delirio

Dulce Compañía

La Isla de la Pasión

Historia de un Entusiasmo

La Multitud Errante

La Novia Oscura

El Leopardo al Sol

NOVELA

LAURA RESTREPO

rayo *Una rama de* HarperCollins*Publishers*

A Iván, por tanta alegría en tiempos feroces.

Ésta es una novela de ficción. Los personajes sólo existen en la imaginación de la escritora.

EL LEOPARDO AL SOL. Copyright © 1993 por Laura Restrepo. Todos los derechos reservados. Impreso en los Estados Unidos de América. Se prohibe reproducir, almacenar, o transmitir cualquier parte de este libro en manera alguna ni por ningún medio sin previo permiso escrito, excepto en el caso de citas cortas para críticas. Para recibir información, diríjase a: HarperCollins Publishers, 10 East 53rd Street, New York, NY 10022.

Los libros de HarperCollins pueden ser adquiridos para uso educacional, comercial, o promocional. Para recibir más información, diríjase a: Special Markets Department, HarperCollins Publishers, 10 East 53rd Street, New York, NY 10022.

Este libro fue publicado originalmente en 1993 en Bogotá, Colombia por Editorial Norma.

PRIMERA EDICIÓN RAYO, 2005

Library of Congress ha catalogado la edición en inglés.

ISBN-10: 0-06-083485-4
ISBN-13: 978-0-06-083485-2

05 06 07 08 09 RRD 10 9 8 7 6 5 4 3 2 1

Más allá hay un desierto amarillo.
Está manchado por la sombra de las
piedras y la muerte yace en él como
un leopardo tendido al sol.

LORD DUNSANY

Ese que está ahí, sentado con la rubia. Ese es Nando Barragán.

Por la penumbra del bar se riega el chisme. Ese es. Nando Barragán. Cien ojos lo miran con disimulo, cincuenta bocas lo nombran en voz baja.

—Ahí está: es uno de ellos.

Donde quiera que van los Barraganes los sigue el murmullo. La maldición entre dientes, la admiración secreta, el rencor soterrado. Viven en vitrina. No son lo que son sino lo que la gente cuenta, opina, se imagina de ellos. Mito vivo, leyenda presente, se han vuelto sacos de palabras de tanto que los mientan. Su vida no es suya, es de dominio público. Los odian, los adulan, los repudian, los imitan. Eso según. Pero todos, por parejo, les temen.

—Sentado en la barra. Es el jefe, Nando Barragán.

La frase resbala por la pista de baile, rebota en las esquinas, corre de mesa en mesa, se multiplica en los espejos del techo. Bajo la luz negra se hace compacto el temor. La tensión, filuda, corta las nubes de humo y destiempla los boleros que salen de la rocola. Las parejas dejan de bailar. Los rayos de los reflectores refulgen azules y violetas, presagiando desastres. Se humedecen las palmas de las manos y se eriza la piel de las espaldas.

Desentendido del cuchicheo y ajeno al trastorno que produce su presencia, Nando Barragán, el gigante amarillo, fuma un Pielroja sentado en uno de los butacos altos de la barra.

—De qué color es su piel?

—Amarilla requemada, igual a la de sus hermanos.

Tiene el rostro picado de agujeros como si lo hubieran maltratado los pájaros y los ojos miopes ocultos tras unas gafas negras Ray-Ban de espejo reflector. Camiseta grasienta bajo la guayabera caribeña. Sobre el amplio pecho lampiño brillado por el sudor, cuelga de una cadena la gran cruz de Caravaca, ostentosa, de oro macizo. Pesada y poderosa.

–Todos los Barraganes usan la cruz de Caravaca. Es su talismán. Le piden dinero, salud, amor y felicidad.

–Las cuatro cosas le piden, pero la cruz sólo les da dinero. De lo demás, nada han tenido ni tendrán.

Frente a Nando, en otro butaco, cruza desafiante la pierna una rubia corpulenta, formidable. Está enfundada a presión en un enterizo negro de encaje elástico. Es una malla discotequera tipo chicle, que deja ver por entre la trama del tejido una piel madura y un sostén de satén, talla 40, copa c. Sus ojos, sin color ni forma propios, parpadean dibujados con pestañina, delineador y sombra irisada. Echa la cabeza hacia atrás y la melena rubia le azota la espalda con rigidez pajiza, revelando la negrura indígena de las raíces. Se mueve con sensualidad desencantada de gata callejera y la envuelve una misteriosa dignidad de diosa antigua.

Nando Barragán la mira y la venera, y su rudo corazón de guerrero se derrite gota a gota como un cirio piadoso encendido ante el altar.

–Los años no te han dañado. Estás bella, Milena. Igual que antes –le dice, y se castiga la garganta con el humo picante del Pielroja.

–Y tú enchapado en oro –le dice la rubia con una voz ronca y sensual de pólipos profundos–. Cuando te conocí eras un hombre pobre.

–Soy el mismo.

–Dicen que tienes sótanos llenos de dólares, apilados en montañas. Dicen que se te pudren los billetes, que tienes tantos que no sabes qué hacer con ellos.

–Dicen muchas cosas. Vuelve conmigo.

–No.

–Te fuiste con el extranjero para que te llevara lejos, donde no te llegara ni mi recuerdo.

–Es un mal recuerdo. Dicen que a tu paso no quedan sino

viudas y huérfanos. ¿Con qué maldades has hecho tanto dinero?

El hombre no responde. Se baja un trago de whisky y lo pasa con otro de Leona Pura. Las burbujas chispeantes de la gaseosa transparente le devuelven un recuerdo vago de niños jugando baseball en la arena, con palos de escoba por bate y tapas de botella por bola.

Ahí es cuando entran en gavilla los Monsalve y arman la podrida. El Nando Barragán y la mujer rubia están en la barra, de espaldas a la entrada, y la ráfaga de metralla los alza por el aire.

—*Nando y la rubia se decían cosas, se besaban, entreverados de piernas, cuando les dieron plomo. Lo digo porque yo estaba ahí, en ese bar, y lo vi con estos ojos.*

No. Esta noche Nando no toca a Milena. La trata con el respeto que le tienen los hombres a las mujeres que los han abandonado. Le conversa, pero no la toca. Más bien la mira con dolor.

—*¿Qué van a saber cómo la miraba, si las gafas negras le escondían los ojos? Son habladurías. Todo el mundo opina pero nadie sabe nada.*

La gente no es ingenua, se da cuenta de las cosas. Y a Nando la nostalgia se le nota a simple vista, como un aura desteñida alrededor de la figura. Cuando está con Milena pierde los reflejos, no olfatea los peligros porque lo anula un desasosiego sin fondo donde no existe sino ella. Y tiembla. En esta vida sólo lo ha hecho temblar una persona: Milena, la única que le supo decir que no.

—*A pesar de todo era un soñador, de los crónicos, de los perdidos.*

Cuando aterriza en el mundo de los humanos es imbatible, es implacable. Es un lince, un rayo, un látigo. Pero cuando ella reaparece, así sea en su memoria, se deja llevar por una modorra indefensa y reblandecida de cachorro recién alimentado, de vieja atarugada de Valium 10. Esta noche, la del reencuentro fortuito después de años de ausencia, Nando no tiene entendimiento ni sentidos para nadie más. No espera a sus primos y enemigos, los Monsalve: tal vez por un instante hasta ha olvidado que existen.

En honor a Milena, que le tiene asco a las armas, anda sin

su Colt Caballo, la de balas marcadas con su nombre, la del potro encabritado en la cacha de marfil. Anda con la guardia baja, entregado, en plan sano de enamorado que pide perdón.

Por eso no se da cuenta cuando los Monsalve entran al bar. Los demás oyen descorrer la cortina negra de la entrada y ven aparecer la silueta plateada de un hombre delgado con otros tres que lo acompañan. Las parejas se abrazan para protegerse de lo que pueda pasar. Las coperas se escurren debajo de las mesas. Pero Nando no. No se entera de nada, perdido en sus ansiedades y en sus añoranzas.

Del fondo, del corredor de los baños, entra un golpe de olor frío, a cañerías, a colillas. Desde el techo una lámpara de efectos especiales lanza un centelleo de rayos intermitentes, mortecinos como flashes de cámara, que iluminan –ahora sí, ahora no, ahora la veo y ahora no– la figura del recién llegado, que brilla fosforecente, espectral.

Es el Mani Monsalve. Parecido al Nando Barragán en lo físico, como un hermano a otro. Y es que aunque se odien son la misma sangre: primos hermanos. El Mani más joven, menos alto, menos grueso, menos feo. Más verde de piel, más fino de facciones. Más duro en la expresión. Con la marca que lo hace reconocible hasta el fin del mundo: una media luna bien impresa en la cara, un cuarto menguante que arranca en la sien, toca la comisura del ojo izquierdo y sigue su curva hasta más adelante del pómulo, para detenerse cerca de la nariz. La mitad de un antifaz, un monóculo hondo, indeleble: una mala cicatriz ganada en algún porrazo, en cualquier balacera, quién sabe en qué tropel.

El Mani grita: Nando Barragán, vengo a matarte, porque tú mataste a mi hermano, Adriano Monsalve, y la sangre se paga con sangre. Y grita también: Hoy cumple veinte años esa afrenta. Y Nando le advierte: Estoy desarmado y el Mani le dice: Saca tu arma, para que nos enfrentemos como hombres.

—*Eso parece un comics, una de vaqueros. ¿Y qué respondió Nando? ¿Cáspita? ¿Recórcholis? ¿Pardiez? Qué va. Esa gente no decía nada, no advertía nada. No se ponían con primores: disparaban y ya.*

—*No era así. Esa gente tenía sus leyes y no tiraba a traición. En todo caso después de los primeros disparos se apagó la luz, y lo que pasó, pasó en las tinieblas. Tal vez el dueño del bar tuvo reflejos para cortar la corriente, o quién sabe. La cosa es que a oscuras se dispararon.*

Las gentes enloquecidas, ciegas, gritonas, tratan de huir de las balas invisibles, mientras oyen cómo se revientan los espejos, las botellas, los reflectores, hasta que llegan las radiopatrullas. Seguro cuando suenan las sirenas los Monsalve se retiran, porque al rato, cuando vuelve la luz, con la autoridad presente, ellos han desaparecido ya. Nando Barragán se arrastra detrás de la barra herido y bañado en sangre, pero vivo. Las demás pérdidas son materiales. En el local se ve mucho destrozo pero en realidad sólo han disparado el Mani y el Nando, nadie más, como si fuera un duelo privado de ellos dos.

—*Así eran las cosas entre esa gente.*

—*¿Cómo se supo? ¿Acaso no estaban a oscuras? ¿Y cómo disparó Nando? ¿Acaso no estaba desarmado?*

—*Unos dicen que sí, otros juran que alcanzaron a verle la Colt Caballo en la mano. Lo seguro es que salió mal herido, y el Mani Monsalve ileso.*

—*A la mona Milena no le entró ni una bala. Tal vez la protegió tanta carne tan buena y recia que tenía. Nando quedó agujereado como coladera pero ningún tiro fue mortal. El peor le malogró la rodilla izquierda y lo dejó cojo para siempre.*

—*No fue la izquierda, fue la derecha.*

—Eso va según la versión de cada quién. Lo cierto es que desde ese momento caminó guasquiladeado. Lo cierto también es que ese día aprendió la lección y no se lo volvió a ver exponiéndose por los bares. Después de eso se andaba cuidando, en la clandestinidad. Tampoco lo vimos más en compañía de Milena. Esa noche ella lo llevó a un hospital, lo salvó del desangre, y después se fue otra vez con su extranjero. Se hizo humo, hasta el sol de hoy. Nando Barragán no volvió a verla nunca, salvo en sus delirios de amor perdido. Dicen que se repuso de las heridas del cuerpo pero no de las del corazón. Vivió torturado por el resto de sus días y parte de su tormento fue no poder olvidar a esa mujer.

—¿Ella nunca lo quiso?

—Dicen que sí, pero que huyó de él, de su guerra y de su mala estrella.

Camino al hospital Nando Barragán le cuenta a la mujer rubia una historia sombría, mientras se desangra por las heridas a cada brinco de la ambulancia en los huecos del asfalto quebrado. O cree que le cuenta y en realidad le musita una retahíla delirante, incoherente, que ella no comprende pero que sabe intuir.

La sirena ulula frenética en los oídos de Nando Barragán mientras un enfermero torpe lo asedia con algodones, transfusiones, torniquetes. Rebotando en la camilla, en un mece-mece entre este mundo y el otro, Nando se esfuerza por mantener en foco la cara de Milena, agachada a su lado, teñida de sombras rojas por la luz giratoria de la capota. La vida se le está yendo sin dolor ni compasión y a él lo ataca una habladera por borbotones, como la hemorragia. Siente urgencia de contar intimidades y se desboca en palabras, atropellado de lengua como un borracho, como una vecina chismosa. Quiere arrancarse del alma un mal recuerdo como quien se saca una muela dañada, quiere limpiarse de culpas y remordimientos y se confiesa con Milena, con santa Milena la Imposible, la Inalcanzable, sacerdotisa sagrada con manto y mitra de sombras rojas.

—No me dejes solo, Milena, en la agonía. A la hora de la muerte ampárame. Dame la absolución, Milena, perdóname los pecados. Ponme los santos óleos. No me dejes morir.

La historia que Nando Barragán le cuenta a Milena durante su recorrido agónico en la ambulancia habla de una calle barrida por las polvaredas en un pueblo del desierto.

Él tiene veinte años menos y recorre esa calle desnudo. Grande, torpe, amarillo y desnudo, salvo un taparrabos de indio de la sierra, unas gafas negras Ray-Ban que le ocultan los ojos y una vieja Colt Caballo sujeta a la cintura.

—*¿La misma pistola que habría de usar toda la vida?*

—*La misma. Pero todavía no le había mandado poner la cacha de marfil, ni usaba las balas de plata con sus iniciales.*

Es un adolescente pesado, sobredimensionado, que camina a trancos de King Kong por la calle polvorienta. Los cráteres de la cara aún no se han secado: son un acné voraz que hierve en plena erupción, devorándole el cuello y las mejillas.

Tras él, tratando de alcanzarle el paso, trota otro adolescente de la misma edad, menos voluminoso, menos tosco, más verde, con los ojos esquivos, muy juntos y hundidos sobre una nariz afilada. Los identifica un aire de familia. Tienen el mismo golpe de perfil, la misma manera de ladear la cabeza, de balancear el cuerpo, de pronunciar las eres, o las eses: todo y nada, distintos, pero iguales.

Es su primo hermano, Adriano Monsalve. Su amigo, su socio, su llave. Sangre de su sangre. Va sofocado en ropa: le baila sobre el cuerpo un traje entero de paño oscuro, de solapas anchas y doble abotonadura, pantalón campana, mancornas en los puños tiesos, corbata de punticos, medias, zapatos de plataforma, pañuelo asomado al bolsillo. Todo le queda grande, le pica, lo sofoca, porque nada es suyo. Se lo ha prestado Nando para que viaje a la capital, por primera vez en su vida, a amarrar la venta de un contrabando de cigarrillos Marlboro.

—Nando, esta ropa no me queda.

—Aguántatela. Después te compras la que te dé la gana.

—Nando, esta ropa me ahoga.

—Que te la aguantes, te digo. Allá hace frío.

—Me veo como un cretino.

—Allá te vas a ver bien.

—La abuela dice que es mal agüero usar ropa ajena, porque carga uno con la suerte del dueño.

—Pendejadas de la abuela.

Los dos muchachos caminan juntos hacia la oficina del Cóndor de Oro, la línea de buses a la capital, y compran un tiquete para las seis de la tarde. Son apenas las tres y se paran en la esquina a esperar. Nando, el gran cromagnon desnudo, se planta inconmovible a pleno rayo de sol, y Adriano, que suda la gota gorda entre el terno de paño, se arrima a la sombra de un alero.

Por la calle desierta pasa levantando nubarrones una recua de mulas, adornadas con borlas y rucias de polvo como árboles de Navidad en enero. Los primos tragan tierra, escupen salivajos color café y repasan las movidas del negocio que están por cerrar. Adriano, que lleva anotado en un papel el teléfono del contacto en la capital, se lo pinta en la mano con bolígrafo, por si se le pierde el papel.

Se inician en el negocio del contrabando olvidando una vieja tradición: hasta ahora sus dos familias, los Barragán y los Monsalve, han sobrevivido en el desierto del trueque de carneros y borregos. Al principio de sus tiempos se asentaron juntas en la mitad de un paisaje baldío, de sedimentaciones terciarias y vientos prehistóricos, de montañas de sal y de cal y emanaciones de gas, donde la vida era magra y caía con cuentagotas. Le robaban el agua a las piedras, la leche a las cabras, las cabras a las garras del tigre. Los dos ranchos estaban uno al lado del otro y alrededor no había sino arenas y desolaciones. Como las dos familias eran conservadoras no tenían altercados por política.

Salvo que los niños Monsalve eran verdes y los Barraganes amarillos, no había diferencia entre ellos. Al padre y al tío les decían papá, a la madre y a la tía les decían mamá, a cualquier anciano le decían abuelo, y los adultos, sin hacer distingos entre nietos, hijos o sobrinos, los criaron a todos revueltos, por docenas, en montonera, a punta de voluntad, higos y yuyos secos.

Nando Barragán y Adriano Monsalve son de la misma edad. Cuando llegaron a grandes, a los catorce años, salieron juntos a recorrer camino y a buscar oficio. Adriano se dedicó a comprar en la costa unas piedras ornamentales color mercurio llamadas tumas y a revenderlas entre los indios de la Sierra, que las ensartaban en collares. Se hizo comerciante. Nando aprendió a pasar por la frontera cigarrillos extranjeros. Se hizo contrabandista.

A los pocos meses ambos tenían claro cuál de los dos negocios era mejor. Adriano dejó las tumas por los Marlboro y con el tiempo varios hermanos se les unieron. Siguiendo la trocha torcida la nueva generación de Barraganes y Monsalves se instaló en un mundo donde los hombres se organizan en cuadrillas, manejan jeeps, recorren cientos de kilómetros en la noche, aprenden a disparar, a sobornar autoridades, a emborracharse con whisky escocés. A cargar un rollo de billetes entre el bolsillo. A desafiar enemigos, a hablar a gritos, a reírse a carcajadas, a amar a las prostitutas y a pegarle a las esposas.

A los ranchos de tierra pisada de los padres, los hijos llevaron televisores a color y equipos estereofónicos. Se acostumbraron a espantar de la cocina cerdos y gallinas para meter neveras de doble puerta, y a enterrar fusiles en los establos de las cabras.

Esa tarde, parados en la esquina, Nando y Adriano se aburren haciendo nada, esperando que parta el bus.

–Marco Bracho murió hoy hace un año –dice Nando, como hablando solo, como sin interés.

–La viuda debe estar celebrándole el aniversario –dice Adriano, mirando para otro lado, contestándole a la pared.

–¿Vamos un rato?

–Y si me deja el bus...

–Sólo un rato.

–Vamos.

Caminan por calles muertas hacia las afueras del pueblo hasta que los envuelve el humo sabroso de un asado de chivo. Sale de una hoguera en un rancho grande, sin paredes. Adentro, desdibujadas por el humo, se adivinan mujeres de modales soñolientos y mantas amplias que manipulan ollas alrededor del fuego y doran animales crucificados en horquetas. Algunas amamantan a sus hijos mientras los hombres hacen circular botellas o dormitan en hamacas.

Afuera, en una extensión de barro endurecido, surcado por viejas huellas de llantas y charcos de aceite, se calientan al sol varios camiones, pesados de cargamentos ilegales, de mercancía prohibida, bien camufladas pero previsibles: armas, conservas, cigarrillos, licores, electrodomésticos. Hay Pegasos titánicos, Macks imponentes, Superbrigadieres todopoderosos, Mercedes aplastantes, que duermen la siesta como grandes saurios, haciendo una digestión lenta con eructos intestinales de diesel y gasolina. Sólo esos gigantes de carrocerías lustrosas le dan la talla al desierto, donde los ranchos son cosa de nada, los humanos parecen insectos.

Nando y Adriano se paran a la entrada con los ojos llorosos por el humo y el apetito abierto por el olor a carne asada. Les alcanzan una botella de ron.

Una mujer oscura, buenamoza, se les arrima y los hace sentar. No esconde el cuerpo debajo de una manta, como el resto, ni se tapa el pelo con un pañuelo. Va forrada en un vestido de raso que le marca los pechos, la panza, el trasero. La manga sisa descubre los brazos, deja asomar los sobacos carnosos, acolchados. Es la viuda, Soledad Bracho. La mujer del difunto Marco Bracho. Les ofrece cigarrillos, cariñosa.

—Pobre difunto, lo que se está perdiendo —dice Nando para que la mujer oiga, y le echa un vistazo pegajoso, demorado, por entre los lentes de sus gafas negras. Adriano se ríe.

—Los dos primitos —comenta ella—. Donde aparece el uno, aparece el otro. Por donde pasa el uno, pasa el otro.

Vuelven a reírse, pero menos, incómodos. Ella va y viene por entre la gente, atiende otros invitados. Vuelve a su mesa, les trae cigarrillos, asado, ron blanco. Ellos comen, toman en silencio, la miran ir y venir, la observan por delante, por detrás, le detallan el contoneo, los quiebres de cadera.

A las cinco, Nando dice:

—Hermano, tienes que irte.

—Todavía hay tiempo.

Soledad Bracho se arrima, les derrama el escote en las narices, les regala sus humores, les pasa los brazos por la cara para colocar platos, limpiar colillas, recoger botellas vacías. Ellos le admiran un lunar que tiene bien plantado en la barbilla, le olfatean la colonia, le rozan los pelitos crespos del sobaco, le alcanzan a ver los pezones que se asoman y se vuelven a esconder.

—Está buena, la viejita —dice Adriano.

—Para mí ya es pan comido —responde Nando.

—No me cuentas nada nuevo, primo, yo ya me la comí también.

Sueltan carcajadas, se dan palmadas cómplices en la espalda, en los cachetes.

—Con razón ella dijo que por donde paso yo, después pasas tú.

—Lo que dijo fue que por donde paso yo, después pasas tú.

Adriano cuelga el saco en el respaldar de la silla y se libera de la camisa y de la corbata, que se resbala al piso como una culebra de colorines.

—Recoge mi corbata, que la estás pisando —le ordena Nando.

Adriano la recoge y se la amarra al cuello, sobre el pellejo pelado.

—Así me gusta —le dice Nando—. Ahora ponte el saco también, y la camisa, porque te deja el bus.

—El bus ya me dejó, primo.

—Te lo digo por última vez: vete a la capital, que aquí me estorbas.

—Mejor vete tú al carajo.

El ron baila en las pupilas de Adriano, que se levanta descompensado, mirando torcido y pisando en zigzag. Se arrima a Soledad Bracho, le pasa la corbata alrededor de la cintura —talle de avispa entre montañas de raso—, jala de la corbata para atraerla contra su cuerpo, le respira en una oreja, le resopla en la nuca, apoya su sexo endurecido, afiebrado, contra el sexo de ella y lo encuentra blando, favorable, acogedor.

Nando los ve y se le arrebolan las mejillas con una rabiecita colorada, como sarpullido alérgico. Por primera vez en el día se quita las gafas negras para asegurarse de que es cierto lo que ve. La pareja se mece a izquierda y derecha dejándose llevar por el frote y el refriegue y a Nando se le ampollan y se le inyectan los ojos. Adriano y la viuda se amañan en el cariñito y en el apretuje y a Nando le sube por el esófago una desazón agria y espesa. Adriano levanta el raso y manda la mano a fondo y a Nando los celos negros se le vienen en arcadas.

Adriano abre la bragueta de su pantalón de paño y en ese preciso momento acciona el mecanismo de su perdición. Aprieta el botón rojo: el cerebro anegado en alcohol de su primo hermano recibe, nítida, la señal. En su cabeza se dispara un éxtasis vertiginoso, sin pasado ni futuro, sin conciencia ni consecuencias, luminoso de ira y enceguecido de dolor. En su cuerpo se potencia una fuerza sobrehumana y en su cara descompuesta, de repente abandonada por el color, se dibuja el ramalazo refulgente de locura que lo obliga a ir hasta el fin. Se pone de pie y disuelve a la parejita enamorada de un manotazo seco y brutal: proyecta a la mujer contra la pared y arroja al piso a su primo, que queda bocarriba, a sus pies.

La gente los rodea, grita, pide auxilio, pero en medio del barullo Nando sólo escucha el llamado secreto y persuasivo de la Colt, que le hace cosquillas en el costado, pesada, abultada, presente, diciendo aquí estoy.

Adriano estira los brazos para protegerse. Trata de reírse, quiere hacer un chiste, darle explicaciones tranquilizantes a Nando Barragán, entrar en negociaciones con él. Pero la terronera lo clava al piso y le atraganta la lengua y entonces se queda ahí, mudo y patético, pidiendo perdón con su par de ojos hundidos, anegados en pánico y esperanza, reacios a despedirse para siempre de la luz del día.

Nando, el Terrible, no atiende súplicas: el corto circuito que blanquea su mente sólo le permite comprender lo mucho que en ese instante abomina a ese ser abyecto que le implora desde el piso. Y le dispara al pecho.

El tiro que retumba hace que la viuda, atónita y aturdida, se lleve la mano a la cabeza y se arregle el pelo con un gesto automático, lelo.

Adriano, herido, mira a su primo hermano como preguntándole qué fue lo que pasó. Trata de conversar, de incorporarse, de volver a la normalidad. Hasta que al final se rinde, adopta compostura de cadáver y se entrega a la eternidad, desolado y quieto.

El olor a pólvora, picante y dulzón como la marihuana, se le cuela a Nando Barragán por las fosas nasales, le fustiga el cerebro y le despeja, de un solo golpe, la ira satánica y la borrachera. Entonces entiende que ha matado a su primo, y cae sobre él la abrumadora conciencia de un suceso irreversible.

El tiempo de los demás hombres se suspende para Nando, quien comprende que ha entrado, sin posible vuelta atrás, a los dominios insondables de la fatalidad. Amarillo, empeloto, de repente vulnerable y hueco, briega por controlar los escalofríos que le sacuden el alma y observa alrededor con esa expresión de perdido para el mundo que se le habrá de pegar de ahora en adelante a la mirada.

Guarda el arma, de nuevo fría y callada. Se arrodilla junto al cuerpo de Adriano y con una ternura lenta y torpe, sin prisa, con esmero femenino, lo va vistiendo, como quien arropa a un recién nacido. Le pone la camisa y se la abrocha, peleando con las mancornas que se niegan a pasar por los ojales. Recoge la corbata del suelo, la despercude, se la ata al cuello con un nudo de tres vueltas, se la ajusta, cuida que le quede derecha. Le pasa los brazos por entre las mangas del saco, le cierra la doble fila de botones, le compone las solapas. Se unta el índice de saliva y le frota la mano para borrarle los números que tiene apuntados con bolígrafo. Cuando termina, anuncia suavemente.

—Me voy de este lugar de desgracias y me llevo conmigo a mi primo Adriano.

Se encaja las Ray-Ban, alza su muerto y camina balanceándose, calle abajo, como una gorila que carga su cría.

Nando Barragán camina por el desierto una docena de días y de noches sin detenerse ni para dormir ni para comer, con el cadáver de Adriano Monsalve al hombro. En el horizonte, a su derecha, ve aparecer doce amaneceres teñidos de rojo sangre y a su izquierda ve caer doce atardeceres del mismo color. Es un viacrucis el que padece en el reino soberano de la nada, con la conciencia enferma y el muerto a cuestas, pesado como una cruz. Extensiones sin fin de arena ardiente le queman los pies y el sol calcinante le ciega los ojos y le revienta la piel. No encuentra en el trayecto agua que calme su sed ni sombra que apacigüe su alucinación. Ni paz para su alma arrepentida.

—*Esos sucesos, ¿son leyenda o fueron reales?*

—*Fueron reales, pero de tanto contarlos se hicieron leyenda. O al revés: fueron leyenda y de tanto contarlos se volvieron verdad. Es lo de menos.*

El cadáver se conserva intacto durante la travesía. Fresco y ufano, como si nada, sin despedir olor ni registrar rigor. Muy acomodado a lomo de su primo, que desfallece. El muerto parece vivo y el vivo parece muerto. Se hacen compañía en las jornadas interminables por esas arenas desoladas que empiezan donde se termina el mundo: se asocian para resistir la desmesurada soledad. Inclusive conversan entre ellos, aunque no gran cosa: el mismo diálogo repetido hasta el sonsonete.

—Perdóname, primo, por haberte matado.

—Cara la vas a pagar. Quédate con la viuda, pero también con la culpa.

—No las quiero, ni la una ni la otra.

Al fondo profundo del desierto, donde ya no llega el ruido del mar, encuentran lo que han venido a buscar: un rancho pobre en el corazón de un nudo de vientos despistados. Es cuadrado con dos puertas abiertas, una hacia el norte y otra hacia el sur. Los ventarrones se cuelan dentro aullando como

alma en pena: silban, lloran, se enrollan y se revuelcan unos
con otros, como en pelea de gatos o visita de novios, y al rato
se desentienden y se largan, desierto adentro, cada viento por
su lado.

Nando entra al rancho, coloca a Adriano bien estirado en
el piso de tierra y se sienta a su lado, a esperar. Como es la
primera vez que descansa en tantos días, se hunde en un sueño
movedizo y ondulante, como los médanos, y tiene la aparición.

—*Se le apareció algo espantoso. Un ser sobrenatural...*

A decir verdad, sólo sueña con un anciano común y sil-
vestre, con la única particularidad de su avanzadísima edad.
Su viejera precolombina castigada por la artritis y la arterioesclerosis.

—Tío, maté a mi primo Adriano Monsalve —confiesa sonámbulo Nando Barragán.

—Ya veo —contesta el viejo.

—Sólo tú conoces las leyes de la tradición. Vine hasta acá
para que me digas qué debo hacer.

—Ante todo llévate a este muchacho de aquí. No se lo rega-
les a la arena, que lo va a arrastrar. Entiérralo hondo, en
tierra seca y negra, y vuelve después.

Nando obedece a ojo cerrado y con fe ciega y viaja con su
muerto al hombro hasta que encuentra suelo noble y acogedor. Se despide para siempre de Adriano y a su regreso, que
tarda mucho, ve al anciano que lo espera en el mismo lugar,
batiéndose contra el huracán que se quiere llevar al cielo su
cuerpo desnudo, raquítico, apenas cubierto en sus peores partes por chiros desleídos, como un Gandhi o un niño de Ban-
gladesh. En esa facha impresentable, el Tío dictamina la más
implacable de las sentencias. De su boca desdentada y envuel-
tas en mal aliento, salen las palabras terribles que habrán de
sumir a Barraganes y Monsalves en un infierno en la tierra:

—Has derramado sangre de tu sangre. Es el más grave de

los pecados mortales. Has desatado la guerra entre hermanos y esa guerra la heredarán tus hijos, y los hijos de tus hijos.

—Es demasiado cruel —protesta Nando—. Yo quiero lavar mi culpa por las buenas.

—Entre nosotros la sangre se paga con sangre. Los Monsalve vengarán a su muerto, tú pagarás con tu vida, tus hermanos los Barraganes harán lo propio y la cadena no parará hasta el fin de los tiempos —rabia el anciano encarnizado, fanático, decidido a no ceder ante las súplicas.

—Si voy donde un sacerdote —intenta argumentar Nando— me bendice y me pone una penitencia en padrenuestros, rosarios, ayunos y azotes. Yo la cumplo y quedo en paz con Dios.

—No hay cura que valga ni bendición que sirva. Por aquí no viene la iglesia desde los tiempos de Pablo VI, que pasó volando en un avión hacia el Japón y nos hizo adiós con la mano. Esta es una tierra sin Dios ni evangelios, aquí sólo vale lo que dijeron los ancestros.

—Puedo buscar un juez que me juzgue y me aprisione. Pago mis años de condena y vuelvo a la libertad, en paz con los hombres.

—Hasta acá no llega juez, ni abogado, ni tribunal. Esos son lujos de extranjeros. Nuestra única ley es la que escribe el viento en la arena y nuestra única justicia es la que se cobra por la propia mano.

Las cosas siempre han sido y serán tal como las dice el Tío, viejo profeta dueño de verdades y experto en fatalismos, y Nando Barragán se rinde ante la evidencia milenaria, abrumadora. Agacha la cabeza, traga saliva amarga, clava la mirada en el piso y asume de una vez por todas su suerte despiadada.

El anciano le revela entonces el código de honor, las leyes transmitidas de generación en generación, las reglas de la guerra que debe respetar.

—Barraganes y Monsalves no podrán seguir viviendo juntos —dictamina solemne, y por su boca chimuela habla la raza—. Tendrán que abandonar la tierra donde nacieron y crecieron, donde están enterrados sus antepasados: serán expulsados del desierto. Una de las familias irá a vivir a la ciudad, la otra, al puerto, y no podrán trasgredir el territorio del adversario. Si matas a tu enemigo, deberás hacerlo con tu propia mano; nadie podrá hacerlo por ti. La pelea será de hombre a hombre, y no por encargo. No debes herirlo si está desarmado o descuidado, ni sorprenderlo por detrás.

—¿Cuándo podré vengar a mis muertos? —preguntó Nando, de espaldas al viento, decidido a asumir su papel en la pesadilla como si esta fuera la única realidad.

—Solamente en las zetas: a las nueve noches de su muerte, el día que se cumpla un mes, o en el aniversario. En las zetas tus enemigos te estarán esperando, y no los sorprenderás desprevenidos. Cuando el muerto sea de ellos actuarás de la misma manera, y en las zetas tú también te defenderás, y a los tuyos, porque ellos vendrán.

—¿Es todo?

—No lastimarás a los ancianos, a las mujeres o a los niños. El castigo de la guerra es sólo para hombres.

—Dime cómo debo enterrar a mis muertos.

—Con su mejor ropa, puesta por la mano de quien más los quiso. Los colocarás boca abajo en el cajón, y al sacarlos de tu casa, sus pies deben ir hacia adelante.

—¿Quién ganará esta guerra?

—La familia que extermine a todos los miembros varones de la otra.

—¿Hay algo que pueda hacer para evitar tanta desgracia?

—Nada. Ahora vete y que cada quien muera en su ley.

El Tío se vuelve soplo, se deshace en suspiros, se pierde entre el huracán, como pedo en la tormenta. Nando Barragán sale por la puerta del norte y avanza en línea recta por la inmensidad amarilla y sin fronteras, a encontrarse con su raza para guiarla por el camino de su condena.

—Logró dejar atrás el desierto, se fue olvidando del Tío y hasta paró de llorar por Adriano, pero nunca pudo despertar del estado de alucinamiento. Con el tiempo lo confundió con la vigilia y se instaló a vivir en él con resignación.

—Más que resignación, hubo en él orgullo: volvió cuestión de honor el arte de la venganza.

Desaparece el sol arrebatado, se apagan sus lenguas de fuego y Nando Barragán se ve encerrado en un cubo verde, inhóspito y silencioso, de paredes de baldosín. Se han desvanecido los colores ardientes del desierto, los rojos, los naranjas, los amarillos incandescentes, y el mundo se ha vuelto helado y verde, verde menta, verde óptico, verde bata de cirujano.

Baldosines penosamente simétricos recubren la sala de recuperación del hospital, trepándose en hileras idénticas y paralelas por el techo demasiado alto, por las paredes demasiado cercanas, por el piso que se arrima y se aleja, inestable. Nando Barragán siente que flota adolorido entre esas inciertas superficies color agua fría. Su conciencia, todavía dormida, nada por cielos verdes de anestesia mientras ramalazos de un dolor inexplicable y profundo sacuden su cuerpo maltratado, despertándolo. Su nariz detecta un fuerte olor a desinfectante.

–Huele a creolina –piensa en un primer asomo de lucidez–. Debo estar en el circo.

Sueña un instante con los elefantes del Circo Egred Hermanos. Los encuentra muy viejos, muy aporreados, y se acuerda de sí mismo, unos años atrás: adulto ya, comiendo nubes rosadas de algodón de azúcar, deslumbrado por las fieras, los trapecistas, los magos que conoce por primera vez en su vida.

El circo se esfuma y Nando regresa al opresivo mundo verde. Sueña que Milena se acerca, que su cara maquillada gesticula, que sus labios se mueven. Ella pronuncia palabras que caen como gotas de luz en el pozo oscuro de su cerebro aletargado.

–¿Me quieres Milena? ¿Me estás diciendo que me quieres?

Ella ya no es obispo; se ha quitado de encima las sombras rojas, fantasmales, y otra vez el encaje negro vela sus formas terrenales.

–Tengo sed, Milena, una sed horrible. Mete las manos en el agua verde y dame un sorbo. Quiero beber de tus manos.

—Ya te operaron Nando —la voz de ella emerge del fondo de un mar—. Te sacaron las balas. Estás bien. Dicen los médicos que no te mueres.

—¿Eres tú Milena? ¿No te fuiste?

—No. Pero ya me voy.

Una luna ligera respira dulcemente sobre la noche del puerto. Las olas negras del mar son mamíferos pesados y dóciles que se acercan en manada a lamer los cimientos de la gran casa. La terraza iluminada levita sobre el agua, como un ovni, y en una de sus esquinas se resguarda de la brisa una mesa íntima, con dos puestos, mantel de lino blanco, copas de cristal, vaso con rosas. Nelson Ned canta una canción romántica por el estéreo de fidelidad cuadrafónica y se esparce sedosa su voz nasal de enano enamorado.

–*Parecía escenario de telenovela.*

No parece. Es. La vida de ellos es pura telenovela. Por lo menos adentro de la casa, porque afuera la película es de terror, con reflectores potentes para vigilar los alrededores, circuito cerrado de televisión para delatar al que se acerque, toses de guardaespaldas que pasan haciendo la ronda y sombras de perros adiestrados para matar.

Sobre la baranda de la terraza se inclina una mujer alta, joven y plástica, de curvas milimétricamente ajustadas en 90-60-90, con un vaporoso vestido de muselina gris perla.

–*No sería tan perfecta.*

Sí es. Antes de casarse, Alina Jericó de Monsalve fue virreina nacional de la belleza. Ahora mira al infinito, deja que el viento tibio le enrede el pelo largo, castaño claro, y acompaña a Nelson Ned tarareando con desgano "quien no tuvo en la vida una amarga traición". Se olvida de todo, se queda inmóvil y deja que pase el tiempo, hasta que se fija en el reloj.

Ve que es muy tarde y una sombra le cruza la cara linda. Empieza a mirar la hora una y otra vez, primero con desazón, después con ansiedad, por último compulsivamente, con angustia. Se muerde las uñas, ovaladas, cuidadas a diario por una manicurista. Sus dientes blanquísimos se ensañan contra ellas, las roen, les pelan el Revlon, arrancan a tirones los padrastros. En sus dedos aparecen puntos de sangre pero ella los ignora y sigue adelante con su pequeña carnicería, empecinada como un ratón.

Entra a la casa, donde todo es recién comprado y costoso: lujo en tonos pastel, tipo Miami. Sus tacones se hunden en alfombras blandas, blancas. Va hasta la cocina, integral, recargada de hornos microondas y electrodomésticos multiusos. Se dirige a la cocinera, una señora cardíaca que se protege del aire acondicionado con un saco de orlón:

—¿Qué preparaste, Yela?

—Róbalo, arroz con coco y plátano asado.

—¿Enfriaste el vino blanco?

—Para qué, si el señor sólo toma Kola Román.

—Se está haciendo tarde y no llega.

—No espere más, niña. Don Mani no aparece antes de la madrugada.

—¿Cómo sabes? —pregunta Alina, como rogando que no le contesten.

—Debe andar por ahí, matando a alguno.

—Pero me prometió que no —protesta sin energía ni esperanza.

Alina Jericó de Monsalve, la ex virreina, se dirige despacio, caída de hombros, la espina dorsal aguijoneada por los alfileres del estrés, hacia el baño de su alcoba. Ya no tiene el caminado estudiado y coqueto, ni la sonrisa tantas veces ensayada, tan radiante, de unos años atrás, cuando recorría la pasarela del concurso nacional de belleza entre flashes de cámaras y cascadas de aplausos. Entra al gran baño de mármol, saca de un frasco dos aspirinas Bayer y se las pasa con un trago de agua, "a ver si me curan esta tristeza", piensa.

Considera la posibilidad de acostarse y la desecha. Va a la salita del televisor, se deja caer en un sillón mullido y forrado en cretona clara, se quita los zapatos, encoge sus piernas largas y perfectas y aprieta el *on* del control remoto. En un canal entrevistan a un político. En el otro se besan un galán local y una artista mexicana. Durante un rato Alina los mira sin verlos. Se mece suavemente abrazada a sus propias piernas, arrullándose a sí misma, entregada a la autocompasión. El galán y su novia han pasado del beso a una escena de celos cuando a Alina le empieza a ganar el sueño. Estira la espalda adolorida, se afloja, se adormece.

Se acaba la telenovela de la medianoche y el último noticiero informa sobre un atentado contra Nando Barragán, unas horas antes, en un bar de la ciudad. Pero ella no oye la noticia porque se ha quedado dormida.

—¿Le traigo su comida, niña Alina? —la despierta Yela.

—No quiero comer.

—Entonces váyase a acostar. Yo apago las luces.

Alina se dirige al dormitorio, se quita el vestido de muselina y el collar de perlas, se pone un baby-doll de nailon transparente, se acuesta en la cama king size entre sábanas de raso y clava las pupilas grises en un punto fijo, en la pared.

El sueño se le ha espantado dejándola a merced de un sentimiento obsesivo y punzante de abandono. Una idea le taladra los sesos: su marido se olvida de ella, pero no para meterse con otras, lo cual sería manejable. Ella sabe que es hermosa y joven, que daría la pelea, que podría ganarla. En cambio, por más empeño que ponga, no puede contrarrestar la verdadera pasión de él: su marido la deja sola para ir a matar a otros hombres.

Horas más tarde, un amanecer con rosicleres despunta alegremente en el cielo y el mar despierta moteado de espumas y gaviotas. Los ojos de la mujer —todavía abiertos, ardidos por el insomnio— siguen prendidos del mismo punto en la pared y su corazón sigue rumiando el mismo fatídico despecho, cuando en la puerta de la habitación aparece la silueta de un hombre.

No ha cumplido los treinta años y es delgado y elástico, pero lo envejece el tono verde trasnochado de la piel. Las malas pulgas se le ven al rompe pero tiene pinta, fuerza y altanería. Los zapatos tenis y la camisa desabrochada que flota por fuera del pantalón le dan aire de pandillero adolescente, pero las bolsas pesadas debajo de los ojos delatan largos años de pesadilla. Su mirada tiene imán y su cara es atractiva a pesar de la gruesa cicatriz en media luna que le apaga el lado izquierdo, agachándole el ojo y frunciéndole la mejilla.

Es el Mani Monsalve, que se queda apoyado en el quicio, silencioso, observando el pelo claro, revuelto, de su esposa, y su cuerpo cinematográfico tenso por la ira, agotado por la espera. Ella no lo ve pero adivina su presencia.

–¿Mataste a Nando Barragán? –le pregunta sin voltear a mirarlo.

–No sé –musita él. Se arrima a la cama y con cuidado, como si fuera a tocar alambre electrificado, intenta acariciarla.

–Lávate las manos primero –dice ella.

El Mani entra al baño, se quita la ropa con asco, la tira al piso, se relaja bajo el poderoso chorro de agua hirviendo y se deja envolver por la nube de vapor. Vuelve al dormitorio desnudo y humeante, el pelo goteando, el sabor mentolado del Colgate en la boca. Se mete entre la cama y se complace con la morbidez resbalosa de las sábanas de raso. Enciende una pantalla gigante de Betamax que ha mandado instalar en el techo, proyecta –en cámara lenta y sin sonido– una película del oeste, y contempla la sucesión morosa de imágenes mudas. Pone la mente en ceros, se embelesa con los caballos que galopan detenidos en el aire, se acerca a su mujer, le pasa el brazo por detrás de la cabeza y la estrecha.

Al contacto con el cuerpo todavía húmedo del marido ella cede, se ablanda, deja que se derrita la montaña de rencor acumulado durante la noche.

–Ya pasó –dice él, convincente–. Olvídate.

Ella quiere olvidarse, creer que sí, que ya pasó, que no vuelve a pasar, que a pesar de todo es feliz, quiere perdonarlo, sentirlo cerca, recuperarlo para siempre, dejar de pensar. Está a punto de regalarle su alma y su cuerpo sin reproches ni condiciones, como todas las noches, pero echa mano del último hilo de voluntad, de la última gota de carácter.

Le dice: ¿Te acuerdas la promesa que me hiciste, de parar la guerra? Le dice también: No has cumplido. Añade: Yo te voy a hacer una promesa a ti. Le advierte: Yo sí cumplo. Se aparta de él, se sienta en la cama, lo mira resuelta, sin parpadear.

–Te ves muy hembra así, rabiosa –dice él.

Ella no se deja provocar y sigue advirtiendo:

–El día que quede embarazada te voy a dejar, porque no quiero que a mi hijo lo maten por llevar tu apellido.

–Esa madrugada Alina Jericó amenazó a su marido pero él no la escuchó, porque ya estaba dormido.

No está dormido. El Mani Monsalve entrecierra los ojos y no contesta nada pero escucha esas palabras, y nunca habrá de olvidarlas.

—¿Los Monsalves vivían en el puerto y los Barraganes en la ciudad?

—Así es. Después de la maldición del Tío, que los expulsó del desierto, se separaron. Nando Barragán se hizo cabeza de los Barraganes, y Mani Monsalve fue el jefe de su gente. Las dos familias se multiplicaron y se enriquecieron, pero cada una por su lado, porque no se volvieron a tratar sino para matarse.

—O sea que después del primer muerto, ¿vino el segundo?

—Después del primer muerto reventó la guerra y por muchos años, y aun todavía, hubo llanto y hubo campanas. Al primero lo siguió el segundo, el tercero, el décimo y de ahí para arriba hasta contar treinta o cuarenta. Por cada Barragán que caía en venganza caía un Monsalve, y viceversa. Así se fue alimentando la cadena de sangre y el cementerio se llenó con sus lápidas.

—¿Siempre vivieron del contrabando?

—No. Eso fue solamente el principio.

—Entonces, ¿cómo hicieron tanto dinero?

—Todo el mundo sabe pero nadie dice.

—Esos que pasaron en la Silverado son los Barragán. En los Toyotas de atrás iban sus guardaespaldas. Mírelos, todavía se alcanzan a ver.

De madrugada, la caravana de cuatro automóviles pasa zumbando, volando bajito, por las calles de la ciudad. Una Silverado y tres Toyotas cuatro puertas de placas venezolanas. Despedidos como ráfagas, chirriando y quemando llantas, ostentando bellaquería y armamento, mordiendo el andén en las esquinas, mansalveando el tránsito, ignorando los semáforos, haciendo saltar estudiantes de maleta, salpicando agua de charco sobre las mujeres que compran leche, metiendo pánico en los voceadores de lotería, en los perros de la plaza.

—Aquí no lo despiertan a uno los gallos, sino los matones.

—¿Cuál es Nando Barragán, el que maneja la Silverado?

—Sí, el de gafas negras y cigarrillo en la boca. El de pinta de criminalazo. El otro es un hermanito suyo, Narciso Barragán.

Es una camioneta Chevrolet Silverado color gris metalizado con rayas anaranjadas, refulgentes como llamarada, a los costados. Lleva las ventanas cerradas y adentro bisbisea, gélido, el aire acondicionado.

Nando Barragán apenas cabe detrás del timón y tiene que inclinar la cabeza para no darse contra el techo. Se lo ve menos voluminoso que antes: el atentado que sufrió en el bar no lo mató, pero le quitó peso.

El muchacho que viaja al lado, su hermano Narciso, es el financista de la familia: maneja negocios sucios de ganancias fabulosas y organiza el dinero debajo de los colchones. Tiene veintisiete años y va escurrido en el asiento, la cabeza contra el espaldar, entrecerrados los ojos, medio dormido, medio ido, medio desentendido, según su forma habitual de estar.

—¿Cómo lo vieron, si la Silverado tiene las ventanas cerra-

das y los vidrios oscuros polarizados, precisamente para que nadie distinga a los que viajan adentro?

Toda la gente de la ciudad sabe cómo es Narciso. Todos conocen de memoria sus ojos, hasta los que no los han visto. Grandes, rasgados, negros, tremendos. Tiene los ojos fieros de los habitantes del desierto. La mirada húmeda y afiebrada de un fedayín. O de un epiléptico. Las pestañas le pesan y le estorban por largas. Las cejas, la barba rasurada y el bigote no rasguñan la piel de las mujeres que se acercan. Son sedosos y oscuros y relucen espolvoreados de luz, porque los cuida con brillantina.

Por lo demás es un hombre común y corriente. Normal. Estatura mediana, flacura quizá excesiva. Los labios demasiado finos, escondidos bajo el bigote. Los dientes quién sabe. No importa: quienes lo miran a los ojos juran que es el hombre más bello de la ciudad.

Siempre viste de blanco, de la cabeza a los pies. La camisa, el pantalón, el sombrero panamá, los mocasines de cuero italiano, flexibles como zapatillas, sin medias. Así anda en sus asuntos: inmaculado, impecable, como una enfermera o una niña de primera comunión.

—*Dicen que en la ropa nadie le ha visto una mancha de mugre, ni de sangre. Aunque también dicen que eso se debe a que no se unta las manos. Que maneja plata, pero no armas. Es el hombre del billete, y el trabajo sucio se lo deja a los hermanos. Tiene fama de cobarde, pero los que lo conocen lo defienden. Aseguran que no es por cobardía sino porque la matonería le parece falta de estilo.*

Narciso Barragán, playboy fino y sincero, se enamora de todas las mujeres hermosas que conoce, pero se enamora de verdad y desde el fondo del corazón. Cuando se les declara se emociona como un poeta, desea ardientemente hacerlas suyas, idolatrarlas a todas, sin que le falte ninguna. Llora lágrimas vivas cuando alguna lo deja y daría hasta la vida misma por cada una de sus incontables novias.

Parte de su profesión de seductor consiste en cantar. Compone sus propias canciones y toca la guitarra, y en la ciudad le dicen El Lírico. La más bella voz, opinan muchos. Otros creen que no es nada especial pero que la hace única la forma como se pierde su mirada en el vacío cuando entona. Sus hermanos se lo reprochan: por andar de verso en verso se descuida, se da a la bohemia, se enamora, se olvida, durante días, de los negocios.

Pasa en la Silverado como un rayo de plata por las calles de la ciudad, y las gentes lo ven sentado al lado de Nando, aunque los vidrios cerrados, polarizados, les impidan verlo. Pero no sólo lo ven, sino que además detectan la estela que deja en el aire su perfume.

—*Hay mujeres que aseguran que su atractivo no está en los ojos, sino en el agua de Colonia que usa.*

Es una fragancia fuerte, dulce, femenina, persistente, que lo envuelve y que impregna a los clientes que le dan la mano, a los amigos que se le arriman, a las mujeres que lo besan. Que se prende a todo lo que él toca: tacos de billar, nalgas femeninas, bocinas de teléfono, timones de automóvil.

—*Si una esposa le es infiel a su marido con Narciso Barragán, la delata su olor indeleble. Se habla también de billetes que han pasado por sus bolsillos y que meses después siguen entrapados en su perfume. Algunos dicen que es Drakkar Noir, de Guy Laroche. Otros, que se echa perfume caro para mujeres. O que es pachulí sin más vueltas, o simple incienso de iglesia. O esencia de marihuana. Nadie se pone de acuerdo. Lo cierto es que cuando las autoridades quieran apresar a Narciso lo encuentran, aunque se esconda en el fondo de la tierra, por su olor.*

Hoy pasa en la Silverado gris rumbo a algún lugar en las afueras de la ciudad. Pero no es usual verlo en ese vehículo duro, blindado, de batalla, que es el de su hermano Nando. El carro de Narciso es otra cosa. Algo suntuoso, nunca visto. Hecho a la medida, encargado directamente a la fábrica. Único en el país. Y en el mundo. Una limusina Lincoln Continental de colección, color violeta, de cuatro metros de largo.

–*¿Violeta?*

Violeta rabioso, morado Semana Santa.

–*¿Por dentro y por fuera?*

Sólo por fuera. Por dentro está forrada en cuero dorado.

Aunque el pavimento de la autopista se vuelve melcocha bajo el sol fiero de la mañana, la Silverado gris se desliza veloz como una lancha por el agua quieta de un lago. Los dos hermanos viajan en silencio.

Nando va perdido en sus recuerdos, dándole manija a la nostalgia, y Narciso cómodo en el sopor, sin pensar en nada. Delante de ellos se han ubicado dos Toyotas con guardaespaldas, detrás de ellos otras dos. La caravana deja lejos la ciudad y llega a un caserío pantanoso, miserable, asentado mitad en arena sucia y mitad en charcos de aguamar.

El jeep de vanguardia se adelanta al resto esquivando en zigzag tugurios anfibios y se adentra, patinando sobre manchas vivas de petróleo derramado, por una playa tapada de basuras agrias y espumarajos industriales. Se detiene frente al último rancho, alejado de los demás. Las cuatro puertas del jeep se abren y sale escupida la patota de guardaespaldas −Pajarito Pum Pum, El Tijeras, Cachumbo, Simón Balas− que rodea el lugar resoplando prepotencia y echando por delante negras armas automáticas. Revisan, husmean, espían; encuentran el área despejada y hacen señas para que se acerque el resto de la comitiva.

Nando y Narciso Barragán descienden de la Silverado y entran a una cocina sin paredes, con un techo de latón pringoso de grasa y renegrido de humo. De las vigas cuelgan matas de sábila, herramientas herrumbrosas, lámparas inservibles, racimos de banano seco, cueros de res, baldes desfondados, desteñidos adornos de Navidad, repuestos de automóvil, de tractor o de avión, y otra multitud de aparatos no identificados que se han ido arrumando sin ton ni son.

Todo tiene óxido, carcoma, mal aspecto. Narciso mira alrededor con sus ojos incomparables, aficionados a contemplar belleza, y se le encoge el alma.

Se ve una mesa que alguna vez fue azul, y unos butacos. En una esquina de la cocina está prendida la estufa de carbón, y en otra, docenas de velas sobre un altar recargado de santos variopintos. Hay desportilladas figuras de pesebre, vírgenes sin niño y pastores sin ovejas. Revueltas con la población sagrada se ven bailarinas de porcelana y muñequitas de yeso: paganas en medio del santerío. En el centro del atiborre, una imagen más grande que las demás. Viste manto de tela negra sobre los hombros; le lloran, compadecidos, los ojos de vidrio; sus cabellos, ralos, son humanos, y entre las manos sostiene con resignación una escoba. Es fray Martín de Porres, el mulato milagrero de los enfermos del mal de Lázaro.

Nando Barragán pone las manos en embudo alrededor de la boca y grita, mirando hacia el basurero de la playa:

—¡Roberta Caracola! ¡Mamá Roberta!

A lo lejos algo se mueve. Nando llama de nuevo y un ser que parece humano sale de detrás de unas canecas vacías, pasa sobre los restos de un bote. Se acerca, con trotecito de perro, esquivando latas, trapos, frascos, kotex.

Es una vieja chiquita, carmelita, llena de pliegues, de facciones confusas, incompletas, como un monigote mal hecho en plastilina. Le falta la nariz y tal vez los labios, o los párpados; nadie sabe bien porque nadie resiste mirarla a la cara. Sus dedos no tienen falanginas, ni falangetas, o tal vez sus manos no tienen dedos.

Como puede se trepa a la plataforma de la cocina y se para, como un duende frente a Nando Barragán, que le pregunta ¿Cómo sigues?

—Ahí desbaratándome de a poco —contesta ella en una medialengua pastosa—. ¿Qué te trae por aquí, y quién es este que está contigo?

—Vengo por tu bendición. Y este es mi hermano Narciso.

Narciso observa a la vieja con ojos atónitos de playboy horrorizado que nunca ha visto nada peor, que trata de descifrar qué clase de cosa es el esperpento viviente, maloliente, que tiene delante. Por fin comprende y el vértigo lo obliga a apoyarse contra la pared: es la lepra. La vieja tiene lepra. O mejor, una lepra bíblica, galopante, se encarna en el guiñapo de vieja.

—Narciso tenía los nervios de punta y el estómago revuelto. Esa visita a la bruja leprosa fue una de las pruebas más duras de su vida. Si algo no resistía era la enfermedad, la vejez, la decadencia física. Lo horrorizaban las llagas, las heridas, las deformidades. No podía ver sangre sin trastornarse.

Ignorando a Narciso la vieja balbucea letanías, enreda y desenreda trabalenguas sagrados, agradece a la Virgen del Carmen, la santa mechuda, patrona de los oficios difíciles. Invoca otras vírgenes y mártires. Exorcisa demonios, obstáculos, enemigos y peligros, y cierra derramando bendiciones sobre la cabezota piadosamente inclinada de Nando Barragán. Después ordena:

—Hazle un regalito a fray Martín de Porres.

—Es un santo flojo, que sólo le hace milagros a las mujeres y a los enfermos —se ríe Nando.

—Trágate tus palabras, Nando Barragán, porque es el santo más rencoroso del santoral. Si no lo cumples, se venga. Tenle miedo y respeto.

—A ningún santo le temo, pero a ti sí —contesta Nando, le entrega a la vieja un fajo de billetes y le pide que le lea la suerte en la taza de cacao.

Ella coloca el chorote sobre el fogón, lo deja soltar tres hervores y sirve dos pocillos. Los trae a la mesa, uno en cada mano, metiendo ostentosamente los pulgares mutilados entre el líquido ardiente. Escruta a los dos hombres. Quiere saber qué tan lejos están dispuestos a llegar. Les dice: Beban.

Nando agarra la taza, no lo piensa dos veces, de un solo
envión se toma el contenido, que le quema la lengua. Coloca
la taza boca abajo sobre la mesa. Narciso, en cambio, no la
toca.

Roberta Caracola clava sus ojos resecos, apagados, en los
ojos suaves, húmedos, del muchacho. Él intenta una explicación:

–No se ofenda, señora. Si no me tomo el cacao no es por
asco. Es que quiero que mi suerte sea un secreto, aun para
mí.

–No hace falta leer ninguna taza para conocer tu suerte,
porque la tienes pintada en la cara: eres un poeta y a los
poetas les va mal en la guerra.

Narciso pierde control, pierde color, se para, se refrena
para no darle un coscorrón a esa vieja podrida, entrometida.
Le dice a Nando de mala manera que lo espera afuera, se
mete a la Silverado, prende el aire acondicionado, pone música
en la casetera, sosiega el aleteo de sus pestañas kilométricas,
entrecierra sus ojos preciosos, trata de no pensar en nada.
Pero no puede.

Huele a orines, a sopa, a trapo, a humedad. Huele a cárcel.

En el aire oscuro del pasadizo se entrecruzan las respiraciones y las maldiciones de los ciento treinta presos que se hacinan en veinte celdas. Ciento treinta pares de pulmones respiran ese mismo rectángulo de oxígeno estancado que de hombre a hombre, de celda a celda, transmite la tisis, la sífilis, la rabia, la demencia.

–¡Qué es de ese Fernely! –se oye el grito alargado, lobuno del guardia.

Enseguida la noticia se riega en murmullos por todas las celdas, vuela de boca en boca, se vuelve el chisme que esa mañana ocupa la atención de los reclusos. Queda en libertad Fernely, alias El Comunista. El mismo que cuando llegó a la cárcel, dos años antes, habló hasta por los codos. Lo apretaron y cantó, entregó a sus compañeros: ese fue el precio que pagó por la vida.

Por mote canero le pusieron El Comunista, con razón o sin ella, porque a lo mejor no es. A nadie le consta que sea alzado en armas; más parece asesino a sueldo. Matón, puro y duro, de los que operan por su propia cuenta y riesgo. O paramilitar. Guerrilla o contraguerrilla, sabe Dios cuál. O a lo mejor todo junto, al mismo tiempo o por turnos.

Lo condena un rosario de acusaciones, pero lo van a soltar. Sale libre porque lo han comprado de afuera. Alguien, algún poderoso, pagó por su libertad. Se habla de un millón. Por un millón –se dice– le desaparecieron el expediente y las autoridades lo declararon inocente.

Nunca le ha faltado dinero, eso lo saben todos porque lo han visto pagar privilegios en la cárcel. Lo financia algún patrón, tal vez el mismo que ahora lo rescata.

Para lo que no le sirvió el dinero a Holman Fernely fue para pagar cariño, para conseguir compañía. Los dos años de reclusión los pasó encuevado en su cambuche, solo como una rata. No hizo amigos, porque desconfiaba. Con nadie se metió, no desperdició el tiempo con la raza humana.

Nunca recibió visita de mujer. Ni siquiera de la madre, que no le falla a un preso por ruin que sea, por bajo que haya caído. A Fernely no se le conoció familia, ni amores, ni amistades. Ni las prostitutas que entran a venderse quisieron acercársele. Creían que las contagiaba: la que se acostara con él, quedaría triste de por vida.

No conversó, no contestó, no dirigió la palabra. Sólo se le oyó decir algún refrán, de cuando en vez, cuando fue imprescindible. Sólo frases hechas, lugares comunes. No tiene imaginación propia para hablar, sino que repite lo que ya está inventado. O a lo mejor no suelta prenda para que no le conozcan la psicología. Por la boca muere el pez, o en boca cerrada no entra mosco: esa sería, tal vez, su explicación.

–¡Qué es de ese Fernely! –vuelve a aullar el guardia.

En el fondo del corredor nacen unos pasos que avanzan sin prisa, en línea recta, hacia la puerta de salida. No se ve el sujeto porque no hay bombillos, y las ventanas ciegas no dejan pasar la luz. El dueño de los pasos se mueve en la oscuridad como un bulto negro. Alto y delgado. Por el ruido elástico de su pisada se reconoce que usa chanclas playeras, de caucho; lo suyo es un chancleteo pausado, arrastrado, pero que sabe a dónde va.

El hombre va pasando frente a las celdas, que están repartidas de a dos, una frente a otra, a izquierda y derecha. Brazos invisibles como ramas en la noche se estiran por entre los barrotes, lo tocan, le jalan la ropa. Voces que salen de las sombras entonan la misma chirimía sin fe que resuena cada vez que alguno queda libre:

–No te olvides de mí cuando estés afuera.

–Acuérdate, hermano, de tu vecino.

–Déjame un recuerdo, que fui tu socio fiel. Cualquier billete, el radiecito, el escapulario...

–Pasa la cobija, para tu amigo de siempre.

Él no los oye, no se conmueve con sus mentiras. Cruza por entre el mar de brazos, de súplicas, sin contestar, sin voltear a mirar. No se despide de Rata Loca, de Sangre Seca, de Niño Bueno, del Carebruja. No los distingue siquiera: Sangre Loca, Niño Seco, Carerrata, Bruja Buena, lo mismo le da. Tampoco de los maricas que le hacen carantoñas: La Lola, Katerín, Margarita, con sus voces atipladas, sus cejas depiladas, sus medias de nailon, sus atributos tan legítimamente de mujer. Pierden su tiempo con él; no lo conmueven un par de tetas auténticas, menos unas falsas.

Va pasando de largo con indiferencia olímpica y expresión vacía. Alguno lo provoca:

–¿Qué hiciste para que te dejaran largar? ¿Entregaste a tu madre?

Él no responde.

–Al fin qué eres, ¿guerrillero, paramilitar o sicario?

Tampoco responde y los deja para siempre con las ganas de saber.

Llega por fin a la entrada del corredor. Se acerca a los guardias y estira la mano derecha para que le estampen el sello de salida. En el antebrazo lleva un tatuaje que dice: Dios y madre.

El preso de las chanclas sale al patio y lo alumbra un desteñido sol de invierno. Es alto y feo. Rubio ceniza, pajizo, escaso de pelo, ralo de barba.

Mira hacia el cielo blanquecino, saca un pañuelo y se frota los ojos. Los tiene inflamados y rojos, afectados por una conjuntivitis crónica que se los llena de lágrimas espesas. Saca un frasquito de Celestone-S, se echa una gota en cada uno, vuelve a frotarlos con el pañuelo.

Atraviesa el patio sin mirar la cola de presos que esperan, cacerola en mano, su ración de aguachirle. Llega a otra reja. Otro guardia le estampa otro sello en el brazo del tatuaje y lo deja pasar.

Fernely llega a un altar improvisado donde arden las veladoras. Se arrodilla frente a la Virgen de la Merced, entrecierra los ojos infectados y suplica morir antes que volver. Repite los mismos rezos de todos los reclusos que quedan libres, sin añadir ni quitar palabras. Su diálogo con el cielo también es prefabricado.

Atraviesa unos peladeros que son canchas de deportes. Llega a la última puerta, la de la calle, la que lo lleva a la libertad. Nada le impide franquearla porque han desaparecido por milagro, o por sobornos, los cargos de asesinato, deserción del ejército, asociación para delinquir, atentado con explosivos, porte ilegal de armas, extorsión, boleteo y secuestro. No hay sumario, luego no hay culpa. El hombre es inocente y su retención es ilegal.

Le devuelven la cédula y un talego de papel con unos zapatos de cuero. Él prefiere dejarse puestas las chancletas.

–Por curiosidad, Fernely –le pregunta con sorna el último guardia–, ¿a qué profesión, ocupación u oficio te vas a dedicar afuera?

–A otra cosa, mariposa.

Un Mercedes Benz último modelo lo espera frente a la puerta de la prisión. Holman Fernely mira por última vez los altos muros de cemento y se despide sin entusiasmo, de nada en especial ni de nadie en particular.

–Con permiso, yo me piso –dice. Cruza la calle arrastrando las chanclas, se sube al Mercedes y se va.

Amanece en la ciudad y un adolescente duerme en la penumbra sofocante de su habitación. Es Arcángel Barragán, el hermano menor de Nando Barragán. Sueña con una iguana azul que lo observa desde el interior iluminado de una bola de cristal. A pesar del encierro el reptil no se angustia, no trata de escapar. Permanece cómodo ahí dentro, tranquilo, mirando hacia afuera con resignación.

Arcángel Barragán yace boca abajo en la cama, cubierto por una sábana. Su pulso es lento y su aliento apenas perceptible: más que dormido parece desmayado, escapado de la vida. Como la iguana de su sueño, también él se parapeta en una burbuja interior apacible y bien temperada, aislada del mundo de la vigilia, y no registra el calor del cuarto cerrado.

El único rayo de sol que se cuela por la rendija de los postigos cae sobre un mechón de su pelo y lo ilumina. Su piel tiene el tono y los tornasoles de la miel. Un arito de oro le perfora la oreja. Contra la almohada se recorta su perfil, tan fino, tan suave, que podría ser de niño, o de mujer.

El adolescente se mueve, cambia de posición para acomodarse de medio lado y la sábana resbala al suelo. Ahora aparece desnudo, levitando en su propio resplandor como un ser caído del cielo, mecido apenas por la respiración. Tiene un vendaje en el brazo derecho y del cuello le cuelga la cruz de dos travesaños, la de Caravaca, la misma que lleva Nando.

La habitación es demasiado espaciosa para dormitorio y está recargada de pesas, aparatos para ejercicios, bicicleta estática y una canasta de basketball en una esquina. Además hay cuatro máquinas de flippers y pinball, vistosas, colorinches, colocadas una al lado de la otra contra la pared.

Entra una mujer vestida de negro que se ha quitado los zapatos en la puerta para no hacer ruido. Dejó atrás los treinta años pero aún no llega a los cuarenta, tiene los ojos duros y las cejas espesas.

—*En el barrio comentaban que era igual a Irene Papas, la actriz griega.*

Nunca habla: es muda. Es La Muda Barragán, tía materna de Nando y de Arcángel.

—*Dicen que si La Muda no hablaba era porque no quería y no porque no podía.*

De La Muda dicen muchas cosas, porque no soportan su silencio. Lo encuentran agresivo, pedante. La gente no quiere a los que no ventilan sus secretos, a los que no confiesan sus debilidades, y ella es una mujer de granito, capaz de soportar tormento sin quejarse, sin achantarse, sin recurrir a nadie.

—*Cuentan que una vez no pudo más y que lloró en el hombro de un novio que tenía.*

—*Falso. Nunca tuvo hombre porque usó de por vida un cinturón de castidad, siempre cerrado con llave y candado.*

—*¿Quién la obligó a ponérselo?*

—*Nadie la obligó. Ella misma decidió proteger su virginidad con hierro.*

—*¿Quién tenía la llave?*

—*Nadie la tenía. Ella con sus propias manos cerró el candado, tiró la llave al inodoro e hizo correr el agua.*

—*Además, nunca vestía de colores. Ni siquiera de blanco, o de gris aunque fuera.*

Jamás viste de colores. En eso es estricta como las demás Barragán. Desde que empezaron a enterrar a sus hombres andan siempre de vestido negro. Aunque con visos verdes, de tanto usar el mismo. La costumbre obliga a un año de luto por cada difunto y ellas no alcanzan a cumplirlo cuando ya empatan con el siguiente. Les pasa como a los presos de penas largas, que no les alcanza la vida para pagarlas.

Cuando La Muda entra a la habitación de su sobrino tampoco percibe el calor denso y húmedo que se ha concentrado durante la noche. Como el cinturón de castidad, su traje negro es una armadura contra las sensaciones y los sentimientos.

Se arrodilla al lado del muchacho dormido y lo mira largo rato. De tanto mirarlo adivina su sueño: ve la iguana azul dentro de la bola de cristal. Hace mucho aprendió a leer los sueños ajenos y puede verlos, como en cine.

La Muda mantiene los ojos fijos en su sobrino. Sus ojos cejones, pestañudos, indescifrables como los misterios e inclementes como el Santo Juez, que juzga y no perdona. Ojos que todo lo ven y nada cuentan.

–*Qué no habría visto La Muda con esa mirada tan penetrante.*

–*Dicen que podía ver a través de las paredes, que por eso conocía los secretos de los demás.*

La mujer observa la belleza celestial del joven y deja pasar el tiempo. Durante cinco minutos, diez, quince, contempla ese cuerpo nuevo, tan terso, tan fresco. Lo ve quieto y vacío, abandonado por su habitante interior que se ha ido a volar muy alto en un sueño sin conciencia ni memoria, muy distante de esa cama, de ese cuarto, de este mundo. La Muda estira la mano y le acaricia la piel melada de la espalda, rozándola apenas.

Después se levanta, sale y vuelve a entrar con una bandeja en la que hay una taza de café, un frasco de desinfectante, algodón, gasa, esparadrapo y una botella de jarabe. Abre las dos ventanas de la habitación, que dan a un patio interior, despierta a Arcángel meciéndolo por el hombro, y le alcanza el café.

–Anoche soñé que tú me tocabas –dice él, con la voz todavía refundida en el fondo de la garganta.

"No", niega ella con la cabeza. "Soñaste con una iguana", piensa.

Arcángel, sonámbulo, se toma el café con los ojos cerrados. Cuando termina se quita el vendaje del brazo. Un impacto de bala le ha dejado una herida que no termina de sanar. La

Muda se arrodilla de nuevo al lado de la cama y se entrega a la tarea de hacerle la curación. Limpia con energía, sin contemplaciones. Erradica la infección con pinzas y algodones, rocía con agua oxigenada y restrega la carne malsana como quien saca manchas de las baldosas del piso.

El dolor acaba de despertar al muchacho, que se queja, se ríe, grita, le impide trabajar a la tía agarrándola por la muñeca, se vuelve a reír, se deja dominar por ella que tiene más fuerza, que lo sujeta con la decisión de un vaquero que marca ganado.

Las punzadas en el brazo empapan la frente de Arcángel y la tía muda le da una cucharada de jarabe y le enjuaga el sudor con pañuelos entrapados en alcohol.

–Limpia más, Muda –le pide él–. Aunque duela. Para que sane.

Pero no quiere que sane. Se quedaría toda la mañana ofreciéndole el brazo, soportando el ardor, con tal de tenerla cerca. Desea que se prolongue la pequeña tortura diaria, tan grata, tan tolerable, con tal de que ella no se aleje, que no lo suelte. No quiere esperar hasta el otro día, hasta el nuevo ritual de algodones y desinfectante, para que sus manos vuelvan a tocarlo. Comprueba sin alegría que la herida mejora y teme que cuando cierre del todo ella ya no vendrá en las mañanas a refrescarle la frente con pañuelos mojados en alcohol.

–*Qué monstruosidad, ese niño Arcángel estaba enamorado de su tía materna. Por eso no le gustaba ninguna otra mujer.*

–*Sí le gustan. Tiene varias novias y les hace el amor. Son muchachas del barrio, de confianza, de familia conocida. La misma Muda se las lleva al cuarto, las encierra con él, porque Arcángel tiene prohibido salir de ahí, por seguridad. Son órdenes de Nando, que lo cuida más que a su propia vida. Sobre todo después del atentado.*

A Arcángel lo hirieron en el brazo tres meses atrás, en un atentado en la capital. Sucedió en un aula de ingeniería de una universidad privada, a donde lo había enviado Nando para mantenerlo alejado de la guerra y ajeno al negocio.

—Tú estudia y prepárate —le había dicho un día, de golpe, mientras se comía un plato de fríjoles—. Vive lejos. Que tu vida sea otra cosa. A los demás nos tocó ser brutos: tú serás inteligente.

Sin más explicaciones, sin pedirle su opinión, lo despachó hacia la capital con dos hombres de su confianza que lo custodiarían día y noche. El viaje se hizo en secreto para que no corriera peligro, y a la universidad llegó con identidad falsa, con diploma de bachiller adulterado porque aún no había terminado la secundaria, y con la orden terminante de mantenerse alejado de cualquiera que lo pudiera reconocer, o de mujeres que lo quisieran enamorar.

Para disimular la perfección de sus facciones le cortaron el pelo al rape, lo cual no hizo más que resaltarlas, y le acomodaron unas gafas postizas de vidrio sin aumento. Gracias a la suma mensual que Nando le enviaba, Arcángel —que pasó a llamarse Armando Lopera— vivió rodeado de lujos pero apabullado por el frío de la montaña y por una soledad impía que no se atrevía a romper, para no exponerse.

A pesar de las infinitas precauciones, los Monsalve lo descubrieron y montaron un operativo para atentar contra su vida. Si fallaron fue porque a la hora de los disparos otro estudiante se interpuso involuntariamente, recibió el grueso de la ráfaga y dio su vida a cambio de la de alguien que no conocía ni de nombre. Del incidente no perduraron sino la nota en la página judicial en el diario del día siguiente, la herida en el brazo de Arcángel y el golpe de asombro que quedó estampado para siempre en su alma, debido al cual ganó fama de criatura etérea y alelada.

El niño tuvo que abandonar la capital, regresar a la ciudad y olvidarse para siempre de estudios universitarios. Y de llevar una vida normal. Es tan grande el celo de su hermano mayor por conservarlo vivo, y limpio de polvo y paja, que lo tiene recluido en la habitación más grande e inaccesible de su casa, bajo el cuidado permanente de La Muda. Le mandó comprar las máquinas de juego para que no se aburra y los aparatos de gimnasia para que se mantenga en forma, pero sobre todo para que corrija un extraño defecto que adquirió –junto con la perplejidad de espíritu– como consecuencia del atentado: la manía de caminar en puntas de pies, como si evitara el contacto con el suelo.

Como los demás miembros del clan, Arcángel acata al pie de la letra las órdenes de Nando. No se le ocurre cuestionarlas, y menos desobedecerlas. La palabra de Nando es ley. A Arcángel le ha dicho que permanezca encerrado, y Arcángel cumple. Por disciplina. Pero también por inclinación natural. Le tiene desconfianza de animal de bosque al mundo externo y abierto, y sólo respira tranquilo en la penumbra de su madriguera.

Cuando practica la gimnasia –levantando pesas, o haciendo flexiones, o encestando en la canasta de basket– lo hace con movimientos idénticos, seriales, empecinados, una vez y otra vez y otra vez hasta contar cincuenta, cien veces, y vuelta a empezar: ha asumido las rutinas maniáticas y reiterativas con que los bichos enjaulados matan la ansiedad y el tiempo.

La Muda le prepara la comida con sus propias manos y se la sirve en el cuarto con horarios irregulares, cada vez que calcula que puede tener hambre. El come poco –apenas dos o tres bocados de cada plato–, retira el charol y se hunde en un sueño sin dolor que se estira y se pega como chicle, del que no puede salir hasta que llega la tía y lo rescata, despertándolo.

Las máquinas de pinball se le han vuelto adicción. Se les para delante y las agarra como si las fuera a penetrar. Las manosea, las acaricia, las mece hacia adelante y hacia atrás, dispara con precisión las bolas color mercurio, maneja los flippers con maestría, le trasmite al aparato el ritmo de sus caderas y lo va llevando, como a la pareja en una pista de baile. Conectado a la máquina en cuerpo y alma, logra fundirse con ella en un único ser, movido por un mismo impulso y un solo reflejo. La herida en el brazo no le incomoda porque se le anestesia, igual que el cerebro, ante el trance hipnótico que le produce el juego.

Una de las máquinas muestra en el tablero imágenes de un mercenario de la contraguerrilla, con ojo parchado y cara de carnicero, que repta por junglas tropicales y se sumerge en pantanos palúdicos. Otra exhibe una horda de amazonas con enormes senos al aire, con mazos para romper cráneos, melena hasta los tobillos y ojos fluorescentes que exigen sangre.

—*Pero su favorita, según dicen, era una intergaláctica.*

Su favorita es la intergaláctica. Dirigidas por su mano experta las bolas plateadas salen proyectadas por el espacio, golpean contra los planetas, rebotan en las estrellas, encienden las luces de la Vía Láctea, embocan en los huecos negros. Arcángel pasa noches enteras prendido a esa máquina, perdido en su firmamento artificial, acumulando bonos, multiplicando el puntaje y haciendo estallar estrépitos de timbres ultrasónicos y tintineo de campanillas electrónicas.

Si a Arcángel lo visitan muchachas, es porque La Muda se las lleva de contrabando. Le mete alguna al cuarto cada dos o tres días, cuidando de no repetir demasiado a ninguna para que no se encariñen. Él con todas es cortés pero abstraído y no les cuenta ni pregunta nada, ni siquiera el nombre. No las seduce, no las apremia, no las toca ni les propone. Si ellas voluntariamente se entregan, si se desnudan por cuenta propia y se meten a la cama, entonces les hace el amor, y si no, no.

Cuando las posee no lo hace con la pasión con que juega pinball, sino de la misma forma responsable y esforzada pero rutinaria como practica la gimnasia. Cuando llega una tímida, que no se anima a tomar la iniciativa, la trata con la misma gentileza desentendida que a las demás, le ofrece refresco y galletas de coco y la deja ir.

Nadie más tiene acceso a su clausura. Ni siquiera el médico, porque Nando ha ordenado que sea la propia Muda quien le haga las curaciones.

–¿No sería todo montaje de La Muda? ¿Que La Muda le metía pánico a Nando sobre los peligros que corría Arcángel, para controlar ella la vida del muchacho?

–Quién sabe. Lo cierto es que mientras Arcángel estuvo encerrado, La Muda era su único contacto con el mundo, su cordón umbilical. Él se apegaba desesperadamente a ella y ella se desvivía por cuidarlo. Tal vez esa fuera la manera de expresarse el uno al otro el amor descarriado, extraño, que se tenían.

Pero también es cierto que los peligros son reales y que el enemigo acecha. El atentado en la capital les demostró a los Barraganes que no había escondedero donde los Monsalve no los encontraran. La verdad escueta es que Arcángel sólo está a salvo aislado en ese cuarto, en medio de esa casa custodiada hasta veinte cuadras a la redonda. Porque la casa de la familia Barragán, aunque parece igual a las otras del barrio, es una fortaleza que los Monsalve no han podido franquear por mucho que han intentado.

Los demás varones Barragán, incluyendo a Nando, pueden poner la cara, exponer el pecho, jugársela, porque su muerte está presupuestada. La asumen como parte de los gajes del oficio, de los riesgos de la guerra. Pero cuando se trata de Arcángel –el menor, el bienamado, el heredero, el destinado a perdurar– toda precaución es poca y de todo el mundo hay que desconfiar, porque entre más grande es el afán de Nando Barragán porque su hermano menor sobreviva, mayor parece el empeño de los Monsalve por truncarle la vida.

A los curiosos les gusta escudriñar en la privacidad ajena y armar enredos donde no los hay. A lo mejor La Muda Barragán sólo le tiene cariño a Arcángel, sólo vela por su bien y por su seguridad. Si no es así, si la mueven intenciones ocultas, no se explica el hecho de que ella misma seleccione las señoritas y se las lleve. Que le sirva de celestina.

—*Poca gente creía el cuento de las novias de Arcángel, porque nadie las vio entrar ni salir.*

No las ven porque ella las introduce clandestinamente por alguna de las entradas secretas que tienen los sótanos de la casa. Lo hace para que él no esté solo, para que conozca mujer y no crezca torcido.

—*A lo mejor lo que había entre tía y sobrino era sólo eso, cariño sano. Aunque quién sabe.*

—*Con esa gente nunca se sabía.*

El Mani Monsalve y su mujer, Alina Jericó, se encuentran en el campo comprando caballos de paso. Animales de los que tienen nombre y apellido y árbol genealógico, que se miman como a los hijos, que cuestan más que un automóvil último modelo.

—Más que joyas, o ropa cara, a Alina le gustaba que su marido le regalara caballos finos.

—Cuentan que hace cinco años, cuando ella cumplió los veinticuatro, él le regaló un moro pataconeado de porte real, la mejor criatura de cuatro patas que se había visto en la región. Dicen que nunca pudo montarlo porque los Barragán le hicieron un hechizo y lo dejaron con el mal del torbellino: en vez de andar para adelante enroscaba el cuello y revolaba en círculos, abriendo hueco hacia abajo, como un taladro.

El cielo es azul y no hay nube, ni avión, ni contaminación que lo fastidie. No hay estridencias urbanas que quiebren el silencio. Por la nariz se cuela el olor dulce y sedante del yaraguá. La brisa, que sopla tibia y cariñosa, despierta un hormigueo alegre en la piel.

Nada en el paisaje ha sido colocado por la mano del hombre, salvo las cercas de madera inmunizada, milimétricamente parejas y con la punta pintada de blanco. Intacto desde el sexto día de la creación, el campo se extiende plano y verde hasta donde llega la vista, a parches pálidos y discretos donde lo golpea el sol, y profundos, brillantes, donde cae la sombra.

—Parece paisaje del paraíso.

—Parece más bien uniforme militar de camuflaje.

Sentados sobre el pasto aromático de la tierra caliente, a la sombra de una ceiba bruja, abrazados y solos, están el Mani Monsalve y su mujer, Alina Jericó.

—La historia de ellos semejaba telenovela, pero no era. Siempre había algo que frustraba el final feliz.

En este momento luminoso y perfecto no piensan ni en los negocios ni en la guerra, ni se acuerdan de las tristezas de antes. Están felices y enamorados, y dispuestos a creer que es para siempre. A Alina se la ve radiante, con el pelo agarrado en una trenza de quinceañera y vestida con ropa de montar. Él es un marido tierno y entregado y le promete al oído que pasará todo el día con ella, lo que no sucede desde que eran novios. No hay prisa, no hay peligro, no hay guardaespaldas, no hay metralletas. Tienen la vida por delante, atrás un pasado que dan por terminado y que quieren olvidar, y ahora sólo esperan a que vuelva a aparecer el montador, que les exhibe los caballos uno por uno para que escojan el que les guste.

–*La debilidad de Alina eran los caballos, y cuando el Mani quería que lo perdonara, le regalaba uno.*

–*No. Su debilidad no eran los caballos. Era el Mani Monsalve.*

Ahora desfila ante ellos un zaino brioso que reza rosarios con los belfos, escupiendo espuma. A Alina no le gusta: dice que bota las manos hacia afuera y enumera otros defectos. Mani, en cambio, se fija en su buen temperamento y le pide a su señora que lo monte. El montador se baja y se lo cede.

–*Ella tenía fama de amazona.*

–*Era fama, no más. Como todo lo de ellos: pura pantalla.*

–*Como había crecido en el campo montaba desde chiquita, y sabía hacerlo bien, con clase. Cuentan que el mayor placer de ella era montar, y que el mayor placer de él era verla montar.*

Alina domina al zaino, le marca un redoble cadencioso y con manejo de riendas y talones lo lleva a recoger la cabeza y apoyarse en la boca. Pero le grita a Mani desde lejos: No. Prefiero el alazán.

A Mani Monsalve no le gusta el alazán porque tiene tres patas blancas:

–Una es bueno, dos mejor, tres malo y cuatro peor.

Aparece el montador con una espléndida yegua blanca, pero Alicia se niega siquiera a mirarla.

–Llévese eso –ordena, sin explicar más.

Les traen un animal fabuloso, mitológico. Es un tordillo fogoso, joven, marcado con una estrella en la frente. Mani se entusiasma, Alina se monta, el animal se crece, a los tres les brillan los ojos. Ese es nuestro caballo, asegura el Mani convencido, dichoso.

–Esa mañana vivían un capítulo más de una vieja historia.

Su historia con los caballos viene de tiempo atrás. Cuando se casaron, él prometió retirarse de los negocios clandestinos y del pleito con los primos, y llevarla a vivir a una hacienda. Pondría su propio criadero de caballos, tendrían hijos y los verían crecer sobre los animales, como centauros.

Para empezar a cumplir su promesa, Mani le compró a Alina quinientas hectáreas de paraíso terrenal.

–Una noche el Mani Monsalve soñó con la hacienda más bella del mundo en medio de una tierra prometida, y cuando despertó la buscó por todo el territorio nacional, hasta que encontró el lugar y construyó una casa idéntica a la de su sueño.

Se hizo dueño de una tierra virgen a orillas del mar, bordeada por una cinta de playa de arena blanca y fina hasta la cual baja la montaña poblada de guatines, tatabras, micos macacos, iguanas y guacamayas. Es un bosque selvático donde crecen entreverados el caracolí, árbol gigante que los indios convierten en canoa; el samán cargado de chicharras; el carreto de madera roja y pétrea; el guayacán florecido; el platanillo con su penacho de carnaval; la palma de cera de medio kilómetro de altura; el enano malayo, una palmera paturra, gordita, repleta de cocos.

Un torrente de agua dulce, de deshielo, baja desde la sierra cargado de sabaletas y doradas y desemboca en el mar, que es sumiso y transparente. Arriba, en la cima de la montaña, donde los venados toman baños de luna y el tigre hace sus rondas sonámbulas, unas moles de piedra negra con inscripciones precolombinas delimitan un antiguo espacio ritual, iluminado por fuegos fatuos.

A ese edén, donde van a morir en paz las ballenas blancas de Noruega y a matar el tiempo las tortugas eternas marcadas con plaquetas por los ecologistas de California, llegaron también, como Adán y Eva, el Mani Monsalve y Alina Jericó, construyeron sobre la playa un rancho-palacio de madera clara y altos techos de paja, lo rodearon de curazaos, cayenas y orquídeas silvestres y lo complementaron con cincuenta pesebreras para sus caballos de paso fino.

—*Gente que visitó el lugar cuenta que esas pesebreras parecían habitaciones de hotel de tres estrellas.*

Alina amobló el rancho asesorada por decoradores profesionales, supervisando ella misma todos los detalles, y le puso nombre: La Virgen del Viento. Conseguían los caballos poco a poco; sólo ejemplares de exposición. Viajaban juntos hasta donde fuera necesario para seleccionarlos y adquirirlos.

Todo estaba listo y Alina se sentó a esperar que el Mani fijara la fecha para la mudanza. Pasaba las horas imaginando el momento en que empezaría la felicidad: selva, niños, caballos, mar y paz, y el Mani a su lado, llevando una vida sana en ese pedazo de cielo que es la Virgen del Viento.

De día soñaba despierta con caballos nobles y hermosos, pero cuando dormía la atormentaba una pesadilla en la que salía de la oscuridad una yegua en celo, negra, ciega y sin jinete, que la asediaba rabiosa y hambrienta y destrozaba a patadas las paredes que la resguardaban. Llegó a sentir tal pavor de la visita nocturna de ese animal de espanto que se opuso a que el Mani volviera a comprarle yeguas, con una obstinación radical que frenó la reproducción de la caballada en La Virgen del Viento y que su marido terminó aceptando como un capricho respetable pero incomprensible.

Mani Monsalve fue posponiendo la fecha para el cambio de vida y pidiéndole a ella que comprendiera, explicándole que tenía que dejar las cosas en orden para poderse retirar. No era fácil lograrlo, y ella trataba de comprender y esperaba.

Cada vez que él le daba la mala noticia de que todavía no, le mandaba varias docenas de rosas para curarle el disgusto. A regañadientes, ella las arreglaba en jarrones y se contentaba a medias.

Mientras tanto, se habían acomodado en una residencia lujosa, a quince minutos del centro del puerto. Era un arreglo temporal, y ella ni siquiera deshizo maletas, porque en cualquier momento se iban. Por eso aguantaba sin quejarse el tráfico permanente de guardaespaldas y hombres armados que entraban y salían de su casa como Pedro por la suya, se quedaban dormidos en los sillones de la sala con las ametralladoras en el canto, devoraban bultos de comida, orinaban en las materas, jugaban damas chinas en la terraza donde ella salía a tomar el sol. Se aparecían como aves de mal agüero —a entregar mensajes, a pedir órdenes, a traer problemas— siempre que ella creía haber encontrado el momento para estar a solas con su marido.

—*Los llamaban "guardaespaldas", o "muchachos", pero en realidad eran una pandilla de matones. Ordinarios y prepotentes. Alina los odiaba, sin darse cuenta de que en el fondo su propio marido también era así.*

Alina se consolaba pensando que todo eso cambiaría y soportaba las rachas de humor sombrío por las que atravesaba el Mani, sus horarios y sus viajes impredecibles y sus largos silencios, en los que ella adivinaba el recuerdo de episodios horrendos que él protagonizaba y no le contaba.

Alina Jericó se armaba de paciencia porque era cuestión de días, porque tan pronto el Mani organizara sus asuntos huirían de ese mundo lleno de amenazas, cercado por la muerte, sin privacidad ni sosiego, y empezarían juntos, los dos solos, la vida nueva, la verdadera vida, el amor de verdad.

–*Es lo que yo digo, lo de ellos era una telenovela a la que nunca le llegaba el final feliz.*

–*La maldición de esa gente era soñar paraísos, hacerlos realidad y a la hora de la verdad no poder disfrutarlos.*

Al cabo de un par de años de aplazamientos Alina comprendió que la fecha de la mudanza nunca llegaría.

–A la Virgen del Viento se la llevó el viento –se quejaba.

Entonces él la animaba, le hacía cuentas, cálculos, promesas, le mandaba cantidades absurdas de rosas. Y para convencerla de que ahora sí sería cierto, la llevaba a comprar un caballo nuevo, que después enviaba a su hacienda para que los esperara junto con los otros, y lo adiestrara un profesional que cobraba tarifas internacionales por mantenerlos como unas sedas, para el día siempre postergado en que los dueños fueran a montarlos.

Allá, junto con los animales del bosque, con el arroyo de agua dulce, con el entrenador y con un staff completo de servicio doméstico, iban envejeciendo el rancho sin estrenar, los muebles entre sus envolturas, el jacuzzi y las tinas de burbujas, y una piscina semiolímpica en la que nadie, nunca, se había sumergido.

Pero eso fue hasta hoy. Hasta esta mañana azul cuando todo va a cambiar, los sueños se harán realidad y el Mani Monsalve verá a su mujer paseándose sobre el lomo del tordillo por las playas de La Virgen del Viento. El juramento sagrado que ella le hizo al amanecer unos días atrás, de abandonarlo si queda embarazada, lo obsesiona y lo atormenta, le resuena por dentro, doloroso, terrible, pegajoso como una canción de moda. Y está dispuesto a llevársela a vivir al campo, a darle una vida distinta, a hacerle un hijo, a cualquier cosa antes que perderla.

Sentado sobre la cerca de troncos a la orilla del potrero, comprende que es el momento de agarrar por los cuernos el toro bravo de su destino. Observa a su mujer. La ve bella, fuerte y segura sobre el potro encabritado, y la adivina capaz de cumplir cualquier promesa. Se convence a sí mismo de que nada en su vida es más importante que ella. Y se anima a tomar la gran decisión.

"Es ahora o nunca –piensa, resuelto–. Este caballo estrellado es el de mi suerte. En la estrella que tiene en la frente está escrito que yo me retire del tropel, antes de que sea demasiado tarde."

–*Ya era demasiado tarde, pero él no lo sabía.*

–*Siempre fue demasiado tarde para él, para todos ellos.*

En el instante preciso en que el Mani Monsalve se resuelve a enrutarse por otro camino, en ese mismo momento, se acerca un jeep que irrumpe en el paisaje rompiendo la paz y el silencio, asustando a las bestias, haciendo trizas el encanto de la mañana. Y reventando sus buenas intenciones como si fueran bombas de jabón.

Del jeep se baja Tin Puyúa, un muchacho menudo, bajito, hiperquinético y alerta. Es la mano derecha del Mani, su hombre de confianza, el que le despacha con eficacia los asuntos que más le interesan, desde escoger las rosas para Alina hasta liquidar un socio tramposo en los negocios.

El Tin Puyúa vive tenso y acelerado, enchufado a la corriente. Se baja del jeep sin apagarlo y le habla al Mani a la carrera, sin terminar las frases, como si no hubiera tiempo.

Dice: Mani, tus hermanos mandan decir que te están esperando.

El Mani se trasforma de un solo golpe en el hombre de

guerra y de negocios. Se le borran los labios dejando la boca convertida en una raya, se le brota la media luna que le cruza la cara y queda automáticamente desconectado del campo, de los caballos, del cielo azul, de los sanos propósitos, del amor, del futuro.

Desde la distancia Alina ve el jeep, adivina las palabras del Tin Puyúa, detiene en seco el caballo y en un solo instante pasa, también en seco, de la dicha a la desazón, de la gratitud con su marido al resentimiento, y espera, amarga, a que le anuncien lo que ya sabe.

—Me tengo que ir, Alina —le grita el Mani con su otra voz, la pública, la de joven ejecutivo del crimen organizado.

—Ya sé —contesta ella con timbre de hielo. Ya sabe también que al personaje que le está hablando ahora no vale reclamarle, ni insultarlo, ni pedirle explicaciones, ni llorarle.

—Compra el caballo que más te guste —le dice él—. Cómpralos todos, si quieres. Disfruta de la mañana, monta a tus anchas. Ahí quedan el chofer y el automóvil para que te devuelvas cuando te parezca.

Los dos hombres se montan al jeep y desaparecen por entre los algarrobos del camino. Sobre el caballo, plantada en la mitad del potrero, con su trenza de quinceañera y su traje de amazona, Alina queda inanimada, tiesa y absurda, como el maniquí en desuso que el dueño de una tienda tira a la acera para que se lo lleven los de la basura.

De los trece hermanos Monsalve sobreviven siete, que se encuentran reunidos en el puerto, en un edificio de su propiedad, un bloque hermético de mármol jaspeado, cinco pisos, antena parabólica en la terraza y vidrios polarizados: un parche enorme y moderno, de estilo nunca antes visto. En medio del barrio viejo de casas con tamarindos en los solares y mecedoras de mimbre en la puerta de la calle, los cuarteles generales de los Monsalve chillan como injerto de otro mundo.

—El edificio parecía de oficinas pero era una fortaleza blindada, y tenía tal ejército de gente armada adentro que los del barrio le decíamos La Brigada.

Seis de los hermanos permanecen en silencio, sentados alrededor de una mesa de cristal con patas cromadas. Los jóvenes, los mayores, todos tienen la piel verde y las facciones afiladas y visten de guayabera, botas de tacón, pistola debajo del sobaco, pantalones de terlenka, anillos de diamantes en los dedos y cadenas de oro en el cuello y las muñecas. La cabecera la ocupa un hombre seco y rejudo, de pómulos en ángulo y mejillas hundidas, con la cabeza coronada por una pelambre crespa, entrecana. Fuma un tabaco de olor fuerte y humo espeso. Es Frepe, el primogénito.

El séptimo Monsalve está parado en la puerta de la oficina, recostado contra el quicio, tomando a pico de botella una Kola Román: es el Mani. Preside la reunión pero no se sienta a la mesa: guarda las distancias. Encabeza el clan, pero no se mezcla. Se mueve distinto a sus hermanos, habla distinto, se viste de otra manera: jeans Levi's, tenis marca Nike, camisa abierta, escapularios en el pecho. No ostenta ni un gramo de oro sobre el cuerpo. De niño desdeñaba la rudeza primitiva de sus hermanos, y de adulto cultiva las diferencias como fórmula eficaz para reforzar su autoridad.

Hoy se siente incómodo, fuera de lugar. Se hizo presente

cuando la reunión ya había empezado, y justificó la demora alegando motivos personales.

Se había retrasado –dijo– porque andaba comprando un caballo. Los demás se sorprendieron al oírlo, se sorprendió él mismo al decirlo, porque entre ellos ningún motivo personal, y menos un caballo, es razón suficiente para incumplir una cita.

Pero el Mani está en otra cosa, su cabeza vaga por caminos internos donde lo asaltan los motivos privados. El hemisferio derecho de su cerebro atiende a la discusión pero el izquierdo se enreda en Alina Jericó, en su juramento amenazador, en el tordillo con estrella en la frente que no compraron, que seguramente no van a comprar.

–La debilidad del Mani era su mujer, pero sus hermanos no lo sabían.

Lo ven irresoluto, evaporado, sin la chispa ni la energía de otros tiempos. Desde hace días comentan a sus espaldas que ya no es el de antes. Siempre lo han aceptado como jefe a pesar de ser el quinto en edad, porque sabe multiplicar el dinero y porque ha sido, hasta ahora, un duro en la guerra contra los Barragán. El olfato de publicista que empieza a desarrollarse en él no es comprendido ni valorado por sus hermanos, cultores del machismo agreste y sin adornos, quienes lo interpretan como amaneramiento o debilidad.

Al Mani le interesa limpiar su imagen y ponerla a tono con los tiempos. Su prestigio de asesino ha empezado a aburrirlo, porque le corta la posibilidad de ascenso social y amenaza con alejarlo de Alina Jericó. Se enamoró de ella en parte porque no se parecía en nada a las mujeres de su familia, y en parte también porque intuyó que esa beldad de clase media con educación secundaria sería la llave para acceder a otros mundos. Pero entiende que eso solo no basta, que hacen falta cambios y ajustes en el estilo personal. Por eso, desde hace un par de años le da vueltas a la idea de lavar el dinero y montarle a los negocios una fachada más o menos legal, más o menos convincente, que le abra a su familia las puertas de la sociedad.

Mientras Mani trata de subir la cuesta, sus primos y enemigos, los Barragán, andan por caminos planos. Permanecen idénticos a sí mismos, en lo mojado o en lo seco, igual pobres que ricos, viviendo en el mismo barrio y en la misma casa, comiendo los mismos fríjoles de cabecita negra, siempre actuando en contravía, con sus mujeres de luto, sus niños hoscos y sus fajos de dólares guardados debajo del colchón. Pase lo que pase en el resto del universo, ellos son un clan cerrado del último rincón del desierto, unos bichos raros, fieles a creencias atávicas, siempre ajenos al medio, siempre hostiles y extraños ante los ojos de los demás.

—*Así era Nando, y así eran todos ellos.*

Mani no. Mani quiere integrarse a un mundo moderno, urbano, donde la ilegalidad y la violencia fluyen por debajo como caños de aguas negras mientras en la superficie brillan los cocteles de smoking; los acuerdos de beneficio mutuo con altos mandos militares; las mujeres hermosas que gastan fortunas en ropa; los bautismos oficiados por obispos; los tratos de tú a tú con políticos prominentes; las oficinas impactantes con empleados de cuello blanco y las inversiones en sociedades abiertas y cerradas.

La ficha que menos le cuadra al Mani en el rompecabezas de su transformación es la guerra con sus primos, ese hueco sin fondo y sin salida que absorbe la mayor parte de su adrenalina, de sus neuronas y de sus ganancias. Que además coloca a los Monsalve en un cruce de noticias amarillas que los fuerza al estrellato y los aleja de la discreción necesaria para el manejo de los negocios clandestinos. Su guerra fratricida es vista con repugnancia por los posibles socios y las nuevas amistades, por los vecinos del barrio elegante, por los gerentes, los concejales y el alcalde, y por el cura párroco que los estigmatiza desde el púlpito.

—*Los periódicos locales hablaban de guerra sucia, de carnicería, de barbarie sin ton ni son. Los del barrio abríamos la prensa buscando noticias de ellos. Hacíamos apuestas sobre cuál iba a ser el próximo muerto. Sus historias despertaban mucho chisme, mucho morbo. A los Barragán eso no les quitaba el sueño. Ya estaban acostumbrados y no esperaban otra cosa. Pero al Mani Monsalve sí, porque aspiraba a salir en las páginas sociales de los periódicos, y no en las judiciales.*

El Mani sigue recostado contra el quicio de la puerta. De un sorbo largo termina la Kola Román y va hasta la nevera del bar por otra. El olor del tabaco de Frepe le produce un fastidio y un mal genio que no puede disimular y los comentarios de los demás lo irritan por grotescos, por ignorantes. Nada le para en el estómago: nunca se ha sentido tan lejos de sus hermanos como hoy.

Hasta hace poco lo unía a ellos el odio atroz por los Barragán, la sed de venganza que los amarra en una complicidad más estrecha que el lazo de sangre. Todos para uno y uno para todos en esa pasión de muerte que devora más que celos de recién casada, peor que llama de amor encendida. Ese rencor redondo y completo como el universo; esa rabia madre y padre que se traga todo y se convierte en la existencia misma, por fuera de la cual no hay motivo para vivir ni para morir.

Pero mientras sus hermanos se revuelcan en la obsesión, el Mani se ha ido desprendiendo de ella, poco a poco, sin buscarlo ni darse cuenta. No ha perdonado a los Barragán: simplemente le importan menos. Los va relegando sin dejar de odiarlos, como se olvida con los años a la novia de los quince, sin dejar de quererla.

El Mani, desubicado en la reunión, intenta recuperar terreno ante los ojos de los hermanos. Interviene, opina, contradice, busca ganar control. Pero Frepe le ha saltado largo cerrándole el espacio: vuela adelante posesionado del papel de hermano mayor, exigiendo reconocimiento, demostrando liderazgo.

Frepe dice: Está mal, está mal, está todo mal. Chupa su tabaco gordo. Alega: La guerra contra los Barragán no basta con pelearla. Hay que ganarla.

Al Mani le cae la indirecta como una patada en los riñones, pero pasa agachado. No tiene cómo revirar: es cierto que ha dado una pelea feroz contra los Barragán, pero es cierto también que no ha podido definirla a su favor.

—*Es cosa propia de estas tierras, pelear guerras infinitas donde todos salen perdiendo.*

Es cosa propia de ellos también. Caen hombres de bando y bando, de lado y lado corre sangre, no hay zeta que no se cobre ni muerto que quede sin vengar. Pero en el balance final nadie pierde, nadie gana, y la guerra campea sin término y sin control. Es reina y señora por designio divino. Los dos ejércitos familiares conviven con ella resignadamente, como quien padece una tara hereditaria. Le dan categoría de catástrofe natural. De epidemia de peste.

—Tenemos que liquidar ese asunto ya, ¿qué esperamos? —pregunta Frepe con golpes en la mesa y encuentra en los hermanos miradas de aprobación.

¿Ganar de una vez por todas? ¿Barrer a los enemigos y olvidarse de ellos? A los Monsalve les suena sensato, y hasta elemental. Están tan habituados a su guerra, tan encariñados con ella que no han pensado en las ventajas de sacársela de encima. ¿Pero cómo?

Mani no tiene respuesta. Toda su capacidad guerrera se ve neutralizada por otra fuerza de igual magnitud y signo contrario, la de Nando Barragán. Han invertido sus vidas enteras en un duelo a muerte entre los dos, y van en empate.

Frepe sí sabe. Tiene la respuesta. La suelta: propone utilizar mercenarios.

—Frepe fue el primero que propuso contratar profesionales para acabar con los Barragán. Mani no. Mani no se hubiera atrevido a hablar de sicarios. Frepe era otra cosa.

Sicarios. La palabra eriza a los hermanos, como un hilo de agua helada rodando por el espinazo. Matar a los Barraganes por mano propia es lo correcto, lo que ordena la tradición que han cumplido hasta ahora. Nadie ajeno a la familia debe meterse.

Después del rechazo inicial, de mucho barullo y mucho alegato en contra, empiezan a ceder, uno por uno. Lo piensan dos veces. La propuesta no deja de tener ventajas, atractivos: significa la posibilidad de hacer sólo el trabajo sucio y delegar en terceros el trabajo asqueroso.

El Mani queda aislado. Sólo él desaprueba, se indigna, discute con ira. Defiende las viejas reglas del juego. Los Barragán las respetan —dice— y nosotros debemos hacer lo mismo. Como no lo escuchan, amenaza, incrimina, señala a Frepe con el dedo. Pero sabe de antemano que está derrotado.

Frepe olfatea su triunfo y mira al Mani con falsa condescendencia. Le dice: los tiempos cambian, Mani. Le explica, alardeando cariño comprensivo de hermano grande: la tradición quedó atrás. Abunda en argumentos, cada vez más seguro de sí mismo: esta guerra no es la misma del principio. Advierte: o nos ponemos al día, o estamos perdidos.

Ante el silencio claudicante del Mani, Frepe se saca el as de la manga. Demuestra que no se queda en las palabras: ya consiguió quién entrene y maneje una escuadra de profesionales que se ocupe de liquidar a los Barragán.

Se trata de un experto con años de práctica, debidamente

recomendado por compadres que lo conocen. Frepe ha mantenido contacto indirecto con él durante meses y ha pagado un millón por sacarlo de la cárcel. Ahora lo tiene ahí, en el edificio, ansioso por entrar en acción.

—Que traigan al hombre —ordena.

Se hace un silencio largo que se rompe con el sonido arrastrado de un par de chanclas de caucho que se acercan por el corredor.

Mani se hace a un lado y por la puerta de la oficina entra Holman Fernely.

–¿Acaso Roberta Caracola, la bruja leprosa, no le leyó la taza de chocolate a Nando Barragán?

–*Sí se la leyó, porque él mismo le pidió que lo hiciera.*

De tres sorbos, Nando Barragán se toma el líquido hirviendo y mece el pocillo agarrándolo entre sus dos manos enormes, con delicadeza torpe, para que no se le quiebre como un huevo. Luego lo coloca boca abajo sobre la mesa, para que el cuncho de cacao se escurra por la porcelana dibujando caminitos, ojos, lagunas, remolinos, y las demás figuras caprichosas que le trazan a un hombre el mapa de su destino.

–*Y qué fue lo que le dijo?*

Roberta Caracola espera siete minutos, para que quede todo lo que tenga que quedar. No sea cosa de que alguna gota no se desprenda y deje de revelar un dato fundamental.

–*¿Por qué siete minutos, y no más, ni menos?*

–*Quién sabe pero fueron siete, como los siete días de la semana, las siete vidas del gato, las siete maravillas del mundo.*

Durante siete largos minutos, mientras la vieja espera en silencio, Nando escucha la voz de Narciso y el ruido de la brisa que arrastra basuras playa arriba.

Por fin Roberta Caracola toma el pocillo con sus manos incompletas, se lo acerca demasiado a los ojos cegatos y lo observa con atención de científico, como si buscara microbios en el fondo.

–Hay una respuesta que no se encuentra aquí –dice–. ¿Para qué sigues en el negocio, si ya tienes más dinero del que puedes gastar?

Nando Barragán le contesta que es a causa de la guerra. Le dice que mantener la guerra contra los Monsalve le cuesta muy caro, que para seguir con vida, y cuidar la de los suyos, necesita mucho dinero.

Entonces Roberta Caracola estira su cuello escamoso en

un gesto solemne de tortuga vieja y le hace una recomendación:

—Deja esa guerra. No es bueno andarse matando entre hermanos.

Nando olfatea el tufo malsano que despiden los pliegues desdoblados del pellejo de la enferma, y le explica que no puede, que ha recibido el mandato, que cumple con la obligación sagrada de cobrar deudas de sangre.

—Entonces haz lo que tengas que hacer —le dice la bruja, que no está dispuesta a gastar en vano las pocas palabras que le quedan en esta vida—. Pero cuídate, Nando Barragán, nunca te pintes la cara de blanco.

—Dices cosas raras —contesta él—. ¿Por qué habría de pintarme la cara de blanco?

—Tú hazme caso. ¿Quieres saber algo más?

—Dime cuántos hijos voy a tener.

—Ni tú podrás contarlos.

—¿Y cómo sabré que mi fin está cerca?

—El día que el bicho no se te pare. Cuando eso te pase, ya no te quedarán muchos días por delante.

Nando suelta unas carcajadas ruidosas, muy exageradas, que se oyen hasta la ciudad. Le hace gracia lo que oye porque es famoso por su potencia sexual de gran verraco, de reproductor mayor de la especie. Le dice a la vieja que el día que no se le pare el bicho va a estar tan viejo, que ya podrá morirse en paz.

—Quién sabe —contesta Roberta Caracola, y su voz débil de enferma terminal queda ahogada por la risa poderosa del gigante—. Y ahora vete —le ordena— porque no te voy a decir nada más.

El Mani se hace a un lado y Holman Fernely entra a la oficina donde se encuentran reunidos los hermanos Monsalve. Estos observan de pies a cabeza al recién llegado, a lo mejor con decepción. Le ofrecen un tinto y mientras se lo toma, notan que el pulso tembloroso le hace derramar el café. Leen el letrero que trae tatuado en el brazo: Dios y madre. Lo miran echarse gotas de medicina en los ojos llorones.

—*A partir de ese día veíamos mucho a Fernely por el barrio, entrando y saliendo de La Brigada. Fernely no era hombre de impactar con su presencia. Al contrario. Nos preguntábamos si ese langaruto de párpados hinchados y mechas ralas era el célebre asesino a sueldo. Nada de corpulencia, ni de pelo en pecho, ni de mirada fría de mercenario. Lo que parecía era enfermo, por la manera más bien triste de arrastrar las chanclas y de refregarse los ojos.*

Fernely se sienta en una silla y no dice nada, según su estilo habitual. Mira a los hermanos más famosos del puerto con apatía, como si no los viera.

—*Algunos vecinos cuentan que Fernely o estaba callado, o soltaba sólo refranes. Unos opinaban que era por prudencia de sabio, otros que era de tarado, o de la pereza de pensar.*

Se sienta a escuchar lo que discuten los Monsalves. Les oye decir que se va cumplir una zeta, pero él ni sabe qué es una zeta, ni le importa un rábano. Le explican que se trata del aniversario de la muerte de Héctor, un hermano de ellos, y la conmemoración exige venganza. Le mencionan los nombres de las posibles víctimas: de los once varones Barraganes quedan vivos cuatro. Nando, el mayor, un hueso duro de roer. Los otros son Narciso, el poeta; el Raca, un tiniebo sin Dios ni ley, y Arcángel, el menor, el consentido de Nando, a quien hace unos meses han herido en un brazo, sin lograr matarlo.

Holman Fernely escucha toda la explicación sin intervenir,

sin dar señales de impaciencia. Ni de vida. Se concentra en el sufrimiento de sus ojos inflamados, que se entrecierran, se protegen entre los párpados húmedos buscando alivio para el ardor. Después de un rato, cuando cree que ha oído suficiente, aconseja:

–Que muera Narciso.

No ha dicho nada distinto de lo que es obvio, lo que ya estaba claro para los demás. Por eso su éxito es inmediato, y la decisión se aprueba por unanimidad.

–Que muera Narciso, por huevón.

–Al enemigo primero arruínalo, luego extermínalo –sentencia Fernely, y esta vez deja perplejos a los Monsalves, para quienes era evidente que Narciso debía morir, pero por farolero, por perfumado, por blanco fácil. Lo que propone la lógica extranjera de Fernely es otra cosa: liquidarlo porque maneja los dineros, las listas de clientes, los contactos...

–Al enemigo primero arruínalo, luego extermínalo –repiten convencidos los Monsalves, y se enamoran del lugar común.

–Chao pescado –se despide Fernely sin entusiasmo ni inspiración, y sale de allí a estudiar el objetivo y a planificar el atentado.

Conocíamos la casa de los Barragán sólo por fuera. Como toda la vida habíamos vivido en el mismo barrio, ellos nos sabían identificar, nos dejaban pasar por enfrente, caminar por su cuadra o sentarnos en la acera a conversar. Porque ellos custodiaban el vecindario. Tenían a su gente patrullándolo día y noche. A nosotros nos dejaban en paz pero a los extraños no les permitían arrimarse.

De ser un barrio tranquilo, más bien aburrido, el nuestro había pasado a ser un frenesí. Cuando uno menos esperaba, pum, pum, pum, y todo el mundo a la calle a ver qué pasaba, traque, traque, traque, a saber quién era el muerto. Muchas casas estaban averiadas por cuenta de la guerra de los Barraganes contra los Monsalves. Cada asesinato, cada enfrentamiento, quedaba señalado como una cicatriz en las calles de nuestro vecindario, y nosotros crecíamos reconociendo en esas marcas los capítulos más impactantes de nuestra historia local.

Ni siquiera los lugares respetables, ni los privados, se habían escapado de ser escenarios del crimen. A un Barragán llamado Helvencio le hicieron un atentado dentro de la iglesia parroquial, y nueve balas quedaron incrustadas en el altar. La décima bala, la más sacrílega, pegó en el cáliz. Ese hombre, Helvencio, se había refugiado en la iglesia creyendo que no se atreverían a atacarlo en lugar sagrado. Pero se atrevieron, y lo mataron.

A todo se atrevían. El sitio favorito de las barras de muchachos y de muchachas era la heladería, porque tenía un ventanal que daba a la calle principal y uno se podía sentar a ver pasar la gente. Ese ventanal lo pulverizaron a rafagazos dos veces en el mismo año, y la segunda vez el dueño ya no tuvo paciencia y lo reemplazó por rejas de acero. Otra vez una balacera causó un incendio en una bomba de gasolina, y en esa esquina sólo quedan escombros renegridos. Había impactos de bala hasta en el parquecito donde se juntaban los ancianos a jugar dominó. Había impactos de bala en todas partes: en las tapias, en las ventanas. Un poste caído a la salida de la escuela pública nos recordaba el día que lo había tumbado un carro lleno de Monsalves, que huían después de atacar.

Muchos eran los estragos que a lo largo de los años iba dejando ese pleito. No quedaba ya cuadra sin su propia historia de sangre. Eran tan frecuentes los tiroteos, que nosotros mismos, a nuestro propio barrio, el lugar donde habíamos nacido y donde forzosamente teníamos que crecer, le decíamos La Esquina de la Candela. Los de los otros barrios le decían así también.

Entre la muchachada era diversión contarles a los visitantes los distintos episodios de esa guerra. Como en todos los oficios, entre los narradores había unos mejores que otros: los que le ponían color y detalle al relato, los de más memoria, los que imitaban perfecto el ruido de ráfagas de metralleta y de chirrido de llantas. O los que sabían actuar en cámara lenta los impactos de balas en un cuerpo, o una escena de lucha a patadas, o a cuchillo.

Los visitantes quedaban impresionados con todo lo que oían. Y veían, porque les organizábamos visitas, como en los museos, llevándolos a los distintos escenarios: aquí asesinaron a un Barragán cuando salía del entierro de un hermano, les contábamos, y ellos podían meter el dedo en los orificios de bala en la pared del cementerio. O estos cristales quedaron destrozados cuando el atentado contra fulano, o en esta lavandería se encontraba tal cuando le dieron el tiro en tal lado.

Nuestro barrio, que antes era común y corriente, simplemente uno de tantos, ahora tenía su tradición, su folclor. Era peligroso vivir ahí, las mamás le prohibían a los hijos jugar en la calle, en las noches cundía el miedo, pero al menos teníamos de qué hablar. Nos habíamos inventado un motivo de orgullo. Todos los días los Barragán eran protagonistas de algo espectacular, algo digno de ser contado.

En realidad no los queríamos, casi no los tratábamos.

Mejor dicho ellos no nos trataban a nosotros. Nos toleraban pero nada más. Por desconfianza, tal vez. No confiaban ni en su madre. Ya era mucho con que nos dejaran pasar por enfrente de su casa sin requisarnos. Por eso teníamos que estar agradecidos: porque no nos matoneaban.

Habían montado sus retenes y tenían carnetizada la población del barrio en el registro de su memoria. Al que no habían visto antes, o no sabían de quién era hijo, o primo, o compadre, no lo dejaban pasar. El barrio era territorio de ellos, y nosotros nos habíamos acostumbrado a que así fuera. Les respetábamos su gobierno y su vigilancia, primero porque no podíamos oponernos, y segundo porque en medio de todo tenía sus ventajas: en La Esquina de la Candela nadie robaba, nadie atracaba, no había delincuencia común de la barata. Pero también tenía sus desventajas: vivíamos sentados en un polvorín, esperando la arremetida de los Monsalves. O la defensa de los Barraganes, que a veces resultaba más perjudicial para nosotros, los neutrales.

Las mujeres Barraganes eran más intratables que los hombres. Andaban de negro, y cuando salían de la casa a hacer mercado, o al médico, o a misa, pasaban rapidito, sin detenerse, sin hablar ni entrar en confianza con nadie. Los varones eran menos ariscos, pero tampoco eran amigables.

El interior de su casa era un misterio para nosotros: casi nadie del barrio había estado adentro. Como digo, sólo conocíamos lo que alcanzábamos a atisbar por entre las ventanas. Y eso cuando no estaban cerrados los postigos. A veces, cuando la guerra andaba en lo fino, esos postigos permanecían cerrados durante semanas, aun en las épocas en que el calor era devastador.

Por eso, cuando anunciaron el matrimonio de Nando Barragán y regaron la noticia de que todos los vecinos del barrio estábamos invitados, ninguno de nosotros quiso perder la oportunidad. No porque los apreciáramos, porque en realidad nos disgustaban, sino por ver esa fortaleza por dentro. Por espiarlos a ellos de cerca. Era curiosidad morbosa de conocer las entrañas del monstruo. Todos queríamos presenciar aquello en vivo y en directo, nadie iba a esperar que vinieran a contarle. Hasta ese momento sólo corrían rumores, chismes, y uno nunca sabía a ciencia cierta cuál era el origen, o si eran datos fieles o viles calumnias. Pero con la invitación eso cambiaba, porque íbamos a ver todo con nuestros propios ojos, sentados en primera fila, como en cine de estreno.

La noticia de la boda nos tomó a todos por sorpresa porque creíamos que Nando Barragán no se iba a casar nunca. Había dejado embarazadas a muchas mujeres, pero ninguna protestaba, ni lo delataba, porque le tenían pavor.

Ni al más envalentonado de los padres se le hubiera ocurrido ir a reclamarle el daño hecho a la hija, ni mucho menos exigirle matrimonio, ni siquiera sugerirle que pasara dinero para criar al niño. Al contrario: las muchachas parían y volaban a ponerle su propio apellido a sus hijos, no fuera que los Monsalve vinieran a desquitarse con ellos, por ser hijos del jefe de los Barragán. Ese era un apellido maldito, y era mejor no llevarlo.

Pero al mismo tiempo los varones del barrio envidiaban a Nando, porque no había virgen que no desvirgara ni viuda que no consolara, ni mujer, en general, que dejara pasar de largo. Cuando podía por las buenas, pues por las buenas, y si no por las malas, o por las regulares, y con una suerte así, ¿quién piensa en casarse?

Su hermano Narciso, al que le decíamos El Lírico –por poeta, por lindo, por perfumado–, también era mujeriego, pero de otra manera. A Nando le servía lo que fuera, con tal de que llevara faldas. Lo cual es un decir, porque también las aceptaba de jeans, de bermudas o de pantaloncitos calientes, lo que le cayera.

En cambio Narciso era selecto y escogía a las mejores. Sólo le gustaban las modelos, o las que aparecían por televisión, y no tenía problema para conquistarlas. Nunca a la fuerza, como Nando, sino con estilo, echando por delante su fama de guapo, su pinta de torero y sus buenos modales. También se enorgullecía de su éxito con las mujeres cultas, maduras. Que fueran por lo menos bachilleres, y mejor todavía si tenían título universitario. Le gustaban las abogadas, las médicas, las ingenieras, cualquier profesión, siempre y cuando fueran lindas. Las quinceañeras y las incultas no eran para él, las unas por inmaduras, las otras por vulgares. Se preciaba de aprovechar sólo lo más fino, y desdeñaba el resto.

Todo lo contrario de Nando, que se mantenía con tanto apetito que devoraba lo que le pusieran por delante. Sus proezas sexuales eran famosas en el barrio. Había preñado hasta a una señora de sesenta años. Claro que se decían muchas cosas, aunque no le constaran a nadie. Lo que estaba claro era que con las hembras él solo pasaba el rato, y después si te he visto, no me acuerdo.

Lo de su matrimonio también fue sorpresa por esa razón, porque todos sabíamos, o por lo menos decíamos, que el único amor de Nando era Milena, la rubia, la prostituta regenerada que no había querido casarse con él. Se hablaba de su amor desesperado por ella y se comentaba que si con las demás mujeres actuaba como actuaba, era por despecho. Por vengarse con otras del desamor de Milena.

Las mujeres comentaban: la única que puede casarlo es esa Milena. A Milena no la conocíamos, ni de vista siquiera, pero se nos había vuelto personaje. Por eso nadie entendió nada cuando supimos que ella no era la novia. Y peor todavía cuando nos enteramos de quién era: Ana Santana, la más común y corriente de las muchachas del barrio. La menos interesante, la menos misteriosa: era costurera, y todo el vecindario pasaba por su casa a pedirle que agrandara o achicara ropa, o que le cogiera el dobladillo a un vestido, que arreglara un pantalón, o un abrigo, para ponerlos a la moda.

Ana Santana no era la más bonita, ni mucho menos, pero tampoco era la más fea. No era muy inteligente y no era muy bruta. Era simpática, pero no demasiado. Ni gorda ni flaca sino regular, como en todo lo demás. Mejor dicho ni fu ni fa: era una muchacha cualquiera, la más cualquiera de las muchachas. Lo sorprendente era que no se casaba embarazada, que no era alianza por obligación, sino por voluntad. Por eso todos queríamos estar presentes cuando Nando Barragán diera el sí. Oír para creer. Hasta que no lo dijera en público, delante de todo el mundo, nadie iba a convencerse de que se había dejado atrapar.

El mismo día que se regó lo de la invitación colectiva a la boda, las vecinas inundaron la casa de Ana Santana, que quedaba a cuadra y media de la de los Barragán. Había descontento entre ellas, porque se preciaban de saber todo desde antes de que ocurriera y esta vez la noticia las había cogido en ayunas. Ninguna sospechaba siquiera que estuvieran de novios. La verdad parece ser que no lo estaban, que se conocieron un día y a la semana escasa ya tenían decidido el matrimonio. En todo caso, a la casa de Ana fue a parar el gallinero, con cualquier pretexto: que vengo por el corte de lanilla que te dejé hace un mes, que vengo a que me prestes clavos de olor y canela, cualquier cosa con tal de averiguar. Y ella a todo el que le preguntaba le contaba lo mismo.

Según la versión de Ana, desde hacía días la despertaba a la madrugada una canción que se llama Caballo viejo. El miércoles santo, cuando pasaba frente a la casa de los Barragán, oyó que sonaba esa misma canción, a todo volumen. Le llamó la atención, por ser fecha de recogimiento.

Al día siguiente, jueves santo, lo mismo, y se animó a acercarse a la puerta para protestar por el irrespeto. Timbró envalentonada porque sentía burlada su religiosidad, pero no se hubiera atrevido a tanto si hubiera imaginado siquiera quién iba a aparecer. Ni más ni menos que Nando Barragán en persona. La leyenda viva, de carne y hueso, le abrió el portón en calzoncillos, de gafas negras, con un cigarrillo en la boca y ostentando sobre el pecho el talismán, y preguntó amablemente qué se le ofrecía. A ella se le atragantaron las palabras. Inmediatamente desistió de la idea de quejarse, y se quedó callada, muda, mirando atónita al gigante medio empeloto que esperaba su respuesta desde el quicio de la puerta entreabierta.

Él hizo la pregunta por segunda vez, sin dejar el tono amable. Entonces a ella se le hizo la luz en el cerebro. Tuvo una iluminación del Espíritu Santo. Se le ocurrió decirle, con un hilo de voz, que si le hacía el favor de prestarle el disco para grabarlo. Él le preguntó si le parecía bonito y ella le contó que todos los días la despertaba. Él le pidió disculpas sinceras y le dijo que se lo prestaba. Ella se llevó el disco y aunque no fue más lo que conversaron, desde ese mismo momento quedó enamorada. Y casi se cae de espaldas esa noche, cuando el propio Nando Barragán golpeó en su casa con el pretexto de recoger Caballo viejo.

Así fue como empezaron el romance, como quinceañeros. Al menos según la versión de Ana Santana, que sonaba a novelita rosa y no tenía nada que ver con la leyenda negra de Nando Barragán, que con las mujeres iba al grano sin ponerse en rodeos ni en coqueteos. Pero como él nunca le contó su versión de los hechos a nadie, la del disco quedó como oficial.

Tampoco fallaron los que visitaron a Ana por interés mal disimulado, porque no se les escapaba que con el matrimonio pasaría de costurera remendona a multimillonaria. Ni los que lo hicieron de buena fe, para advertirle en qué se estaba metiendo.

Le contaron mil historias sobre las mil novias que tenía Nando, y le dijeron: ni te sueñes que las va a dejar por ti. Vas a ser la número mil uno, y acuérdate que la de planta es la que lleva la peor parte. También le hablaron de los negocios ilícitos de su futuro marido y de la guerra contra la otra familia. Desde el momento en que nazcan, tus hijos van a estar amenazados, le recordaron. Ni tú ni los tuyos van a tener un minuto de paz. Dinero sí, todo el que quieras, pero ni paz ni amor.

Desde una población de la otra costa vinieron unos parientes lejanos a ponerla al tanto de un hecho desconocido. Abre los ojos, Ana, le advirtieron, que no es la primera vez que Nando Barragán contrae matrimonio. Le contaron que en una visita que hizo a la tierra de ellos se había encaprichado con una mulata virgen, a quien su padre cuidaba como una perla. Nando Barragán quiso hacer lo de siempre: arrastrarla debajo de cualquier árbol para amarla a la brava.

El padre resultó ser un titán marino de musculatura esculpida durante una vida de sacar langosta del fondo del mar. Cuando vio que un patán recién aparecido iba a perjudicarle a su tesoro, se le plantó delante y lo amenazó con asesinarlo. Nando tal vez sintió respeto por el tamaño monumental del negro, o le vio en los ojos inyectados la decisión visceral de masacrarlo, porque en vez de casarle pelea se sacó del bolsillo un fajo gordo de billetes y se lo ofreció a cambio de quince minutos con su hija.

De entrada el pescador se indignó más de lo que estaba, pero cuando se iba a arrojar como una fiera depredadora sobre su presa, no pudo evitar echarle un vistazo de reojo al paquete de dinero, que debía ser más del que juntaba toda su comunidad en un año entero de vender langosta.

—Le acepto el trato —le dijo a Nando— pero a cambio de que se case con mi hija.

Nando se rió, era lo más absurdo que le habían propuesto en la vida. Pero se le fue la risa cuando vio que el hombre no se transaba por menos. Le ofreció doblar la cantidad de dinero si eran solamente los quince minutos.

—No quiero ni más ni menos de lo que hay aquí —se plantó el hombre, testarudo— pero a cambio de matrimonio.

Mientras tanto la mulatica se asomaba detrás de unas matas de plátano y cuando Nando la veía se le desbocaba el instinto. Se desesperaba por poseerla pero estaba de afán, necesitaba viajar a otro lugar para cerrar un pacto millonario y estaba ahí anclado, perdiendo el tiempo en esa transacción inverosímil.

–Doscientos mil pesos por diez minutos, y trato hecho –dijo.

–Cien mil y matrimonio –regateó el papá.

Nando comprendió que no había nada que hacer, y como estaba decidido a comerse a esa muchacha al precio que fuera, gritó con impaciencia:

–Está bien, maldita sea. Traigan al cura.

El pescador sonrió con todos los dientes, triunfador.

–Queda un sólo problema –anunció–. En este pueblo no hay cura.

Refrenando el estallido de su cólera criminal, Nando Barragán miró alrededor y vio la población entera –viejas y viejos y mujeres y niños– rodeándolos en círculo y gozando del espectáculo. Entre el público había dos monjas catalanas, las maestras de la escuela, vestidas de blanco y con amplios gorros almidonados, como alas de gaviota.

Nando tomó a la más anciana por el brazo.

–A falta de cura, nos va a casar esta madre reverenda –anunció.

La monjita, horrorizada, quiso armar escándalo, pero eso era bastante más de lo que un Barragán solía soportar. Se sacó la Colt Caballo de la cintura y la puso contra la gaviota almidonada que la hermana tenía en la cabeza.

–O usted nos casa ya, o aquí se muere hasta el gato –le advirtió.

La religiosa los casó como pudo, el suegro se guardó su dinero, Nando tiró el pucho, se quitó las Ray-Ban, se abrió la bragueta, desfloró a su esposa en siete minutos y medio y la abandonó en el minuto octavo, desapareciendo para siempre por la carretera en su Silverado gris metalizado.

Ana Santana escuchó esa historia en silencio y cuando sus parientes terminaron, les agradeció la información y los despachó:

—Matrimonio oficiado por monja no vale, ni aquí ni en Cafarnaún —dijo secamente, y no dejó que le volvieran a tocar el tema.

Todo eso y más le reveló y le pronosticó la gente que se preocupaba por su felicidad. Pero ella puso oídos sordos. O ya conocía el currículum de su prometido, o no le importó conocerlo, porque no cambió su decisión.

Para nosotros tanto mejor, porque si Ana Santana se arrepentía no había boda, y si no había boda, todo el barrio se quedaba con los crespos hechos.

La Muda Barragán, descalza y vestida de negro, parapetada en su espacio impenetrable y sin palabras, despercude con un trapo rojo las máquinas de pinball y los aparatos de gimnasia en el cuarto encerrado de su sobrino Arcángel.

–*¿Por qué le decían La Muda Barragán, si ese no era su apellido? ¿Si era tía materna de los Barragán?*

A todas las mujeres de la familia las llaman así, las Barragán. A Severina, la madre de Nando y Arcángel. A La Mona, hermana de ellos, una mujer energúmena y mal hablada, de armas tomar, domadora de hombres, machorra a punta de educarse como única hembra en medio de once varones. A las esposas de los casados, a las hijas de ellos, a la propia Muda, a otras dos tías maternas.

–*Todas encerradas en el caserón, sin querer saber nada del mundo de afuera, vestidas de negro. En el barrio hacíamos chistes, decíamos que eran un harem, un aquelarre, un corral de aves de mal agüero. A ninguno de nosotros se le hubiera ocurrido enamorar a una Barragán, ni intentarlo siquiera, y ellas tampoco nos volteaban a mirar. Las viejas ya estaban secas de tanto sufrir y tanto parir, y a las jóvenes la guerra las había vuelto de piedra. No les quedó tiempo para ser hembras, ni madres. Eran frígidas y estériles. O al menos eso creíamos.*

Los hombres mandan de puertas para afuera, de puertas para adentro gobiernan ellas. Se soportan las unas a las otras en medio de una convivencia tensa, cargada de pugnas soterradas por el poder doméstico y de celos mal camuflados por los afectos masculinos.

–*En La Esquina de la Candela no había pelea, por privada que fuera, que no se volviera pública. Las rupturas de novios, las palizas de los maridos celosos, hasta los pleitos por un partido de fútbol daban para escándalo y se regaban a los cuatro vientos. Sin embargo, nunca llegamos a enterarnos de los conflictos entre las mujeres del clan Barragán.*

Son rencores íntimos, secretos, que jamás estallan en discusiones abiertas. Se respiran en el aire pero no se expresan y desaparecen como por encanto en las situaciones de peligro. Cuando se trata de defender a sus hombres y a sus niños, las Barragán actúan como un solo cuerpo: se olvidan de las rencillas. Pero las hay, y fuertes. Cada una de ellas es un general que compite por el poder interno.

Se dice que la autoridad la detenta Severina, la anciana, la madre, la columna vertebral del clan. Pero la verdad es que cada una, a su manera, domina un terreno. Y además ejerce control particular sobre alguno de los varones.

Severina es la dueña de Nando, su hijo mayor. Lo ama tanto, tan intensamente, que lo somete y lo sofoca con ese amor desquiciado. Él no mueve un dedo sin consultarle, y al mismo tiempo, a sus casi 40 años, le monta de vez en cuando unos berrinches escandalosos de adolescente rebelde.

–*La gente opinaba que el matrimonio sorpresivo de Nando con Ana Santana no era sino eso, ganas de clavarle las banderillas a Severina.*

La Mona, la fiera suelta que sigue a Nando en edad, parece hecha a imagen y semejanza de él; es su vivo retrato pero más baja y con faldas. A pesar de su nombre, no tiene un pelo que no sea negro: no le dicen La Mona por rubia sino porque tiene semejanza con los simios. Es la que administra al Raca, el penúltimo de los hermanos, y de tal palo, tal astilla: en el físico no, pero sí en el temperamento y las inclinaciones, el Raca salió igual a ella, sólo que peor. Inconcebiblemente peor.

Y está, por supuesto, La Muda –ensimismada como sus abuelos indios, enjaulada en su virginidad y en su silencio– y su curiosa relación con el sobrino Arcángel.

–*La Muda no permitía que nadie tuviera contacto, o trato cercano, con Arcángel. Salvo las novias que ella misma le administraba.*

No es así, Arcángel tiene además un amigo del alma, un cabo del ejército llamado Guillermo Willy Quiñones. La amistad empezó hace un año y los dos muchachos la cultivan con visitas semanales de Quiñones, que La Muda tolera.

—*Entonces alguien más tenía acceso al lugar de reclusión de Arcángel...*

Sí. Ese cabo, Guillermo Willy Quiñones, el único hombre de sangre extraña que entra en casa de los Barragán. En sus visitas le trae de regalo a Arcángel números viejos de la revista Soldado de Fortuna, para que se entretenga, y como Quiñones entiende inglés y Arcángel no, le traduce los artículos. Además, se quedan horas hablando de armas, de operativos, de comandos especiales, de mercenarios: los acerca la pasión por una violencia que ninguno de los dos practica. Otras veces hacen gimnasia juntos, o se sientan en silencio a oír los discos de Pink Floyd. Quiñones se precia de saber de memoria las letras de las canciones, y se las traduce al amigo.

—*Y La Muda permitía esa amistad?*

Si no la permitiera no se daría, porque en el cuarto de él no vuela una mosca sin autorización de ella.

—*Se decía por el barrio que en esa casa La Muda, que no tenía voz, era la que más fuerte hablaba.*

La Muda controla las cosas mínimas, las imprescindibles, sin las que nadie puede vivir. Ella maneja la media docena de chinitas que viven en el último patio de atrás, y que hacen los oficios.

Se les dice chinitas pero son esclavas. Duermen sobre jergones y trabajan a cambio de comida. Tienen entre nueve y catorce años, son hijas de familias pobres que no pueden sostenerlas y los Barraganes las han recibido de regalo. Les pertenecen, igual que las mulas o las gallinas o las mecedoras del corredor.

Al frente de su pelotón de chinitas, La Muda se ocupa del

trabajo doméstico, que en esa gran familia es monumental. Las niñas esclavas obedecen en el acto su menor señal. Han aprendido a interpretar el sentido de los gestos de su cara y las órdenes que imparte con la mano. Todo el engranaje práctico de la casa Barragán, que más que casa es una ciudadela, depende de La Muda. Si ella no compra el mercado nadie se alimenta; si no hace la limpieza, se dejan tragar por la mugre; si no paga las cuentas del teléfono, agua y luz, les cortan los servicios; si no obliga a los niños a llenar planas de vocales y consonantes, crecen analfabetos sin que eso le quite el sueño a los adultos.

La Muda le encuentra la camisa al uno, la cartuchera al otro, el remedio para la tos a la de más allá. Ella purga a los muchachos, pone veneno para las cucarachas y trampas para los ratones, remienda medias, embetuna zapatos, riega la huerta, poda los frutales, se fija que haya dentífrico en el lavamanos del corredor, que Fulano se tome la leche, que Sutano no ponga los pies sobre la mesa, y es en el manejo de la cotidianidad donde cimienta su poder invisible. Sin ella la casa se viene abajo y eso lo saben todos, aunque no lo reconozcan.

La autoridad de Severina es moral y absoluta, y le basta su presencia de matrona para imponerla en todos los terrenos de la vida. La Mona, en cambio, manda a las trompadas. Al que no le obedece le pega, le tira un trasto por la cabeza o le grita groserías. Es la encargada del inventario, la limpieza y el mantenimiento de las armas, y de surtir la provisión de municiones. Como mujer que es no tiene parte directa en la guerra, pero se manda una fuerza de toro que delata muchos cromosomas y en su organismo, dispara mejor que sus hermanos y sabe armar y desarmar el fusil más rápido que cualquiera de ellos.

En este momento La Muda está con Arcángel, los dos solos, en la habitación cerrada. Ella limpia el polvo con un trapo rojo y él la mira trabajar, tendido en la cama, sin quitarle los ojos de encima.

–*Para los que sólo la veíamos pasar por la calle, La Muda no era más que unas cejas tupidas, una mirada de acero inoxidable y una anatomía sin forma entre un envoltijo de trapos negros.*

Arcángel la mira mejor y ve mucho más. El exceso de ropa que su tía lleva encima le dispara la imaginación. Se fija en lo único que ella no le oculta, los pies descalzos. En esos pies jóvenes de pasos rápidos y silenciosos el muchacho descifra el código que le permite adivinar el resto del cuerpo. Con su íntimo amigo, el cabo Guillermo Willy, hablan a veces de mujeres. Hacen la lista de las que conocen, se ríen como hombres grandes, utilizan un lenguaje grueso y sin cariño para describirlas. Pero Arcángel, que sólo sueña con La Muda, no se atreve a mencionarla, y se muerde los labios de indignación y celos cuando Guillermo Willy lo hace.

–En el barrio dicen que está solterona y pasada de kilos –le cuenta Willy.

–No es cierto, es hermosa.

–También dicen que usa un cinturón de castidad.

–No es cierto.

–Sí es. Rojas, el herrero, jura que hace años lo fabricó él mismo, con sus propias manos, por encargo de ella. Un día hasta lo dibujó en un papel, para explicar cómo era. Pintó una lámina de hierro con dos orificios, uno por delante, protegido por treinta y seis dientes, y otro por detrás, con quince dientes.

–Son mentiras. Cállate.

Ahora La Muda revuela por el cuarto limpiando el polvo y recogiendo desorden y ropa sucia. Desde la cama el sobrino sigue sus movimientos. Le mira los pies, le admira el cuerpo oculto, desea sus carnes maduras, cree olfatear la humedad de su sexo, imagina el metal que lo aprieta. En los movimientos enérgicos y bruscos del aseo, en la forma como agarra la escoba, como sacude el trapo rojo, el niño capta una convocatoria secreta que lo hipnotiza y lo debilita. La vida entera se le va en mirarla, gasta su fuerza en tratar de adivinarla, quisiera encontrar la llave que abra los candados de tanta maravilla acorazada y prohibida.

—Muda —le pregunta, y ella para de hacer oficio para voltear a mirarlo—. ¿Es verdad que puedes hablar? Háblame. Dime cualquier cosa.

Holman Fernely dedica una semana a seguirle los pasos a Narciso Barragán, y durante ese tiempo recoge la información necesaria para planificar al detalle el atentado contra su vida.

–*Los Monsalve no hubieran tenido que contratar a un profesional para hacer ese trabajo. Para rastrearle la pista a Narciso sólo había que seguir la estela de su perfume.*

Lo del perfume son creencias de la gente, y Fernely es un profesional que no se descresta con habladurías. Él se guía por lo seguro, va a lo fijo: es un científico del crimen.

–*No hacía falta tanta ciencia, tanta técnica, para lo regalada que estaba la víctima.*

Sí y no. El sólo hecho de permanecer dentro de los límites de la ciudad ya de por sí le da a Narciso, y a todos los Barragán, una cierta inmunidad, porque entre ellos y los Monsalve hay un pacto de territorialidad, acordado desde los tiempos en que Nando Barragán se presentó con el cadáver de Adriano Monsalve ante la cabaña del Tío, en el desierto. Según ese pacto, las familias abandonarían el desierto, una iría a vivir al puerto, la otra a la ciudad, y ninguna de las dos podría transgredir el espacio del adversario. Si Narciso se da el lujo de no cubrirse la espalda, en el fondo es porque confía en que los Monsalve no pueden meterse a la ciudad.

–*A menos que se cumpliera una zeta...*

A menos que se cumpla una zeta. Durante las doce horas que duran las zetas el pacto de territorialidad queda abolido y rige una sola ley: los unos a atacar y los otros a defenderse, los unos a matar y los otros a no dejarse. Cada muerte se venga a los nueve días, al mes o al año: por cada muerte una venganza, en cada venganza un nuevo muerto, y las zetas se reproducen como células cancerosas. Todos los atentados de los Monsalve en la ciudad, y los de los Barragán en el puerto, se han llevado a cabo durante algún aniversario. Jamás en otra fecha.

—Nando se cuidaba siempre, zeta o no zeta.

Desde el atentado en el bar, que le malogró la rodilla, Nando toma precauciones, y lo mismo hacen los otros hermanos sobrevivientes, El Raca y Arcángel. Narciso no. Narciso sólo cree lo que quiere creer, y andar de clandestino no favorece sus pases de playboy, sus aires de matador, sus miradas de víbora, sus cantos de seductor de sirenas. Le pasa como a los toreros, como a las superestrellas: su despliegue espectacular de guapeza necesita público, luces, pasodobles, escenarios y aplausos.

Si un Monsalve intenta colarse subrepticiamente a la ciudad, los Barraganes inmediatamente se enteran y lo liquidan, porque tienen ojos y oídos por las paredes, por las esquinas, detrás de los postes. Por eso cuando los Monsalve entran, lo hacen a saco, en las zetas, armados hasta los dientes y en caravanas de carros blindados. Invaden el pueblo tumbando y capando como los hunos, como los piratas al abordaje, como los malos en las películas de vaqueros.

—Y los Barraganes los esperaban con todos los fierros y apertrechados en su fortaleza, como en Masada, *otra película que hizo época en el barrio.*

El plan de Fernely es otra cosa, está diseñado según otro estilo. A él le pagan por matar, y lo hace con rapidez y sin escrúpulos. No respeta ley ni ética, nada le inspira lástima, y por eso es infalible como asesino. Siendo un extranjero desconocido, le queda fácil llegar a la ciudad sin ser notado y circular a su antojo haciéndose pasar por vendedor de chocolates Milky Way de contrabando. Se le pega a Narciso como una mala sombra y necesita sólo unos días para descifrarle hasta el subconsciente y para conocer los secretos íntimos de su conducta.

Lo primero que comprueba es que su víctima siempre está pensando en mujeres. Si baila con una, aprovecha el minuto entre pieza y pieza para llamar por teléfono a otra, si gestiona un negocio se enreda con la esposa o con la hija del socio, si se mete al cine se excita con la actriz, si dirime un pleito con la justicia seduce a la abogada y lleva a la cama a la juez. Ejerce la seducción como un sacerdocio y es tal su afán de fascinar, que se ha vuelto un esclavo de sus propios encantos. Se le diluyen las energías en querer tanto a tantas mujeres y nunca le encuentra el punto justo al amor: no tolera que no lo amen, pero se exaspera si lo aman demasiado. Todas son para él y él es para todas y la vida se le va en esa entrega devota, pluralista, múltiple, absoluta, que le copa las horas sin dejar resquicio para la soledad, pero tampoco para la intimidad ni para el reposo, y mucho menos para cuidar de su seguridad personal.

Holman Fernely no necesita conocer más. Sabe que no hay blanco más vulnerable que un enamorado, y Narciso depende del amor de las mujeres como el pez del agua y el humano del aire. Si no lo mata enseguida no es por dificultad, sino porque ha recibido órdenes tajantes de sus patrocinadores de esperar la hora cero.

Hoy es el día que todos esperaban, el del matrimonio de Nando, y los Barragán han abierto por fin las puertas de su casa. Abiertas es un decir, porque afuera han montado un ejército privado que requisa a quien entre, metiéndole mano al que sea, caballero, señora o menor, padrino de la novia o dama de honor, a ver si lleva armas encima.

Aunque la invitación es por la noche, muchos llegan desde las horas de la tarde para entrar de primeros, y se encuentran con otros que están aun desde antes instalados en los andenes, esperando que empiece la fiesta. También hay falsos invitados: guardaespaldas camuflados entre la concurrencia, Pajarito Pum Pum, Simón Balas y El Cachumbo vestidos de paisanos, haciéndose los locos pero con el ojo abierto para prevenir problemas de seguridad.

–*¿Cómo íbamos a distinguirlos en medio del gentío, si todo el mundo parecía disfrazado?*

Cuando se abren las puertas, los invitados irrumpen en patota gritando y echando vivas, como la fanaticada en el estadio, y recorren la casona curioseando todo, tomando fotos, metiendo las narices por los rincones, como turistas visitando el zoológico.

–*Imaginábamos tesoros, o túneles, o cámaras de tortura, o quién sabe qué cosas estrambóticas dentro de esa casa, pero la encontramos común y corriente, como cualquiera de las nuestras. Sólo que más grande, mucho más grande.*

No descubren adentro ni las riquezas ni los misterios que esperan. Sólo ven unos muebles pasados de moda arrejuntados al desgaire por las habitaciones y los corredores, como si el paso de los años, más que la voluntad humana, se hubiera ocupado del arreglo. Hay cuartos cerrados con llave en los que no pueden entrar. Espían por las hendiduras de las viejas maderas y no ven más que espacios desolados. En un dormitorio los sorprende un catre de bronce perdido entre montañas de maíz apilado. En otro, un chivo amarrado a la pata de un armario.

En un oratorio pequeño que huele a incienso y a ratón muerto descubren los retratos al óleo de cada uno de los difuntos de la familia, con sendas veladoras encendidas debajo. Hay un gran santo de yeso, con capa y espada y sin nariz. Están también el crucifijo, los candelabros, los cirios. Un ataúd sin estrenar, tamaño estándar, espera disimulado detrás de una cortina: todo dispuesto para velar al próximo.

—A esa gente la muerte nunca la encontraba desprevenida...

Cuando el sitio está atestado hace su aparición Ana Santana, del brazo de un tío materno porque es huérfana de padre.

—La llegada de la novia nos volvió a desinflar. Esperábamos un traje despampanante con revuelos de velo y de encaje como el de Grace Kelly cuando se casó con Rainero o como el de Mariana en el último capítulo de Los ricos también lloran.

Ana no parece arreglada para boda sino para primera comunión. El vestido se lo ha hecho ella misma, soso de puro sencillo, en un rasete barato, y aunque en el salón de belleza la peinaron de bucles y la maquillaron con pestañina, polvo de arroz y rubor, sigue siendo la misma muchacha simplona de siempre, ni fea, ni bonita. La gente la mira más con lástima que con admiración, y piensa al verla de blanco como una paloma: se está metiendo en la boca del lobo.

Los hermanos Barragán no están a la vista y las mujeres de la familia tampoco. A los invitados los reciben y los atienden las chinitas, amarillas, azules y rojas, y unos meseros inexpertos, ordinarios, como adiestrados en el oficio el día anterior.

—Efectivamente, los habían adiestrado el día anterior. En realidad eran peones de confianza traídos de las fincas de los Barragán, quienes por seguridad no contrataban desconoci-

dos para ningún propósito, porque corrían el riesgo de que se les infiltrara el enemigo. No habíamos visto al novio, a Nando, pero corrió el rumor de que estaba encerrado en una oficina chiquita, atendiendo negocios. Como Marlon Brando durante la boda de su hijo, cuando actuó de Padrino.

Al principio Nando despacha los asuntos privados, pero después aparece en medio de la fiesta. Viste lo de todos los días, la misma guayabera habana con que se lo ha visto durante años.

—A lo mejor no es la misma sino que tiene muchas iguales.

Como gesto de deferencia con sus invitados hoy se muestra por primera vez en publico sin las gafas negras Ray-Ban. Tiene los ojos despistados y torpes del que se quita unos anteojos de uso permanente, y la gente prefiere no hacerle frente por pudor de entrometerse en la intimidad de esa mirada siempre escondida en la sombra y de repente expuesta a la luz del día. Estrenando ojos redondos, desconocidos, pasa cojeando por entre el gentío, saludando con aparatosos abrazos de oso polar que asfixian a las víctimas. La única que no amerita abrazo es la propia novia, que no recibe sino un beso en la frente, fraternal y desapasionado.

Nando Barragán rechaza los vasos de licor que le ofrecen los meseros. Va hasta el buffet, lo observa detenidamente, examina bandeja por bandeja, olfatea con desconfianza de roedor y no prueba nada. Después se pierde de vista por entre la ropa tendida del penúltimo patio y se mete a la cocina.

Allí encuentra sola a su madre, Severina. También ella viste de entrecasa, como si fuera un día cualquiera: una manta larga de algodón negro estampado en flores blancas, una toalla sobre los hombros, delantal de hule atado a la cintura y pies descalzos. Se ha lavado la cabeza con jabón Cruz Azul contra los piojos y Nando puede verla con el cabello suelto, lo cual sucede rara vez.

Aunque Severina ha permanecido toda la vida encerrada entre la casa, con excepción de las periódicas visitas al cementerio, sus hijos nunca la ven desarreglada ni recién levantada, ni saben a qué horas se acuesta, ni qué necesita, ni la han oído quejarse, ni llorar, ni reírse: su privacidad es impenetrable. Se ha ocupado de manejar las debilidades de los demás, pero ha permanecido hermética en relación con las propias. Cuando los otros se emborrachan ella se mantiene sobria; cuando están enfermos los asiste; cuando se derrumban la sienten entera; cuando se extravían la encuentran plantada en el centro; mientras derrochan ella ahorra cada centavo; cuando el mundo familiar se viene al piso y se deshace, ella recoge los fragmentos y vuelve a pegarlos.

Severina conoce a los suyos por dentro y por fuera, pero a ella no logra descifrarla nadie. Se ha convertido en un enigma, el de la fragilidad todopoderosa. Siempre está ahí, siempre ha estado ahí, imperturbable como una roca prehistórica, y sin embargo es irreal como el tiempo y el espacio. En su aguante milagroso y en su misterio de esfinge radica el secreto de su autoridad absoluta.

Perdió a su esposo por muerte natural y a siete de sus doce hijos por muerte violenta, y de tanto ver morir se ha vuelto un ser de otra materia, un habitante de esferas más allá del dolor y la humana contingencia. Asume su destino terrible con un fatalismo heroico, o paranoico, al menos incomprensible. Aunque es la principal víctima de la guerra contra los Monsalves, jamás le ha pedido a sus hijos que le pongan fin.

Los años le han mermado y encanecido el pelo pero aún lo conserva largo hasta la cintura. Nando la observa desenredarlo con un peine de dientes apretados y se percata de que maneja las hebras escasas con los mismos ademanes enérgicos que años antes necesitaba para lidiar la magnífica cascada.

"Ya está vieja", piensa, y se sorprende al comprobar que su madre es susceptible al paso del tiempo.

–Tengo hambre, mamá.

Ella va hasta la estufa prendida de carbón –nunca ha querido estrenar la eléctrica que los hijos le mandaron instalar– y le sirve al primogénito una bandeja hasta los bordes de fríjoles de cabecita negra y un vaso repleto de Old Parr.

–*Nando Barragán vivía con temor de que lo envenenaran y por eso no probaba bocado que no fuera preparado por su propia madre.*

–*La verdadera razón era otra: era una persona inculta, incapaz de probar un plato que le pareciera nuevo o raro.*

Encerrados en la cocina, madre e hijo se olvidan de la fiesta que retumba lejos, como feria de otro pueblo. Nando se sienta a la mesa pesada y curtida en la que la familia ha comido, amasado la harina de maíz y planchado la ropa durante veinte años. Severina se le acerca por detrás y con sabiduría de domador de fieras le soba el cuero cabelludo con las yemas de los dedos, como suele hacerle desde pequeño cada vez que quiere apaciguarlo.

–Ahora sí, explícame por qué te casas con ella. Dame una sola razón –le pide.

–Porque un hombre debe tener esposa –contesta él, y se concentra en la tarea de devorar los fríjoles, pasándolos con tragos calientes de whisky vivo.

–La vas a destrozar, Nando.

–Ana Santana es más fuerte de lo que parece.

–Entonces te va a hacer mal ella a ti. Mira el circo que has montado hoy, no más para complacerla. Nunca antes habían entrado extraños a esta casa.

–Todo está bajo control.

–Eso dices siempre y siempre todo termina mal.

Se abre la puerta de la cocina y entra un señor cuarentón,

blanco, más alto que el promedio, con ojos de un azul higiénico y apacible que rima bien con el rosado saludable de sus mejillas. Viste camisa clara y un discreto traje oscuro que inspira confianza profesional y seguridad personal. Es el doctor Méndez, amigo y abogado de la familia.

–En la ciudad, el doctor Méndez tenía fama de ser un señor. Era amigo de los Barragán, pero no se parecía a ellos. Era soltero, llevaba una vida tranquila y no se enredaba en pleitos de armas. En realidad trabajaba como abogado de las dos familias, de los Barraganes y de los Monsalves, y era la única persona que a lo largo de los años había sabido lidiar con ambas sin enemistarse con ninguna.

El abogado Méndez defiende frente a terceros a miembros de cualquiera de las dos familias. Desempeña su oficio en términos estrictamente imparciales, sin apasionarse, sin personalizar, sin ocuparse de asuntos que enfrenten a los dos bandos y, sobre todo, sin recibir de ninguno un centavo más de lo que cuestan sus modestos servicios profesionales.

Méndez sabe que trata con gente acostumbrada a untar la mano y a comprar conciencias, y que en el mismo momento en que un sujeto les recibe dinero por debajo de cuerda se convierte en su esclavo, en pertenencia de su exclusividad, sin derecho a pataleo, con obligaciones de fidelidad incondicional y con pena de muerte en caso de incumplimiento.

Las dos familias respetan al abogado por considerarlo un hombre instruido y honesto y se precian de su amistad. A ambas les conviene contar con la existencia de alguien como él, porque a pesar de la guerra a muerte –o debido a ella– es necesario algún nexo indirecto, una comunicación a través de alguien cercano pero neutral.

–De todas maneras la vida del abogado pendía de un hilo, porque un gesto equivocado de parte suya, o una palabra de más, hubieran roto el equilibrio milimétrico que mantenía

entre Monsalves y Barraganes, y su humanidad rozagante hubiera ido a podrirse al fondo de una zanja.

Recién afeitado y fresco como si estrenara piel, el abogado Méndez entra a la cocina y saluda de beso y abrazo a Severina y de apretón de mano a Nando.

—*Era la única persona ajena a la familia que saludaba de beso a las Barragán. Además era el único que entraba a su cocina.*

—¡Doctor Abogado! —lo saluda Severina, con una efusividad que no le demuestra a nadie.

—Siéntense —les pide Méndez, como si el dueño de la casa fuera él—. Me alegra encontrarlos juntos. Quiero hablarles a los dos.

Se trata de Narciso. Aclara que no trae chismes ni información de los Monsalves, que no lo hace nunca, ni de allá para acá ni de acá para allá. Sólo quiere que sepan lo que es obvio para cualquiera: que Narciso se expone innecesariamente. Que se exhibe con mujeres vistosas en griles y en discotecas.

—Si sigue así no dura —advierte.

—Siempre hay mujeres detrás de las muertes de mis hijos —sentencia Severina sin inflexiones en la voz.

Mientras tanto, afuera, la fiesta hierve a todo vapor y las orquestas rugen. A ratos el barullo y la actividad se disparan en ascenso, alcanzan un pico y todo el barrio vibra, sacudido por la energía que despide la casa de los Barragán. Después el ambiente se enfría, embotado de ruido, fatiga y whisky, hasta que lo agarra otra vez la ola, lo encarama en la cresta y estalla de nuevo el frenesí.

—*En esa fiesta sucedió de todo.*

Hacia el final del segundo día, cuando los músicos, los meseros y los guardaespaldas están tronados por el ron y los orinales improvisados despiden un robusto olor a amoníaco, Nando Barragán ya ha nivelado los rangos y acortado las distancias y está refundido, hombro a hombro e hipo a hipo, con los demás borrachos de la parranda.

Como siempre, lleva en la muñeca derecha un Rolex de oro macizo con cuarenta y dos brillantes incrustados, aparatoso y deslumbrante, que no pasa desapercibido. Uno de los invitados, un hombrecito insignificante llamado Elías Manso, zumba y revolotea, codicioso, alrededor del reloj. Tiene pinta antipática de diablo pobre pero pretencioso —sombrero corroncho, pantalón bota tubo, zapatico blanco— y Nando se lo espanta de encima como a un mosquito, con manotazos inconscientes. Manso, que está ebrio, vuelve a la carga y clava los ojos con deseo y lujuria en el Rolex y su constelación refulgente de brillantes.

—Regálame ese reloj —le dice a Nando, que no lo oye—. Regálame ese reloj —insiste, cansón como un abejorro.

Hasta que Nando monta en cólera, en su desmedida y temible cólera de gigante neurasténico, y lo alza del piso con un grito seco que congela las sangres y que hace que el hombre se asuste y se ensucie encima. Nando Barragán se da cuenta y le dice: Eres un insecto, te cagaste en los pantalones, y yo quiero ver qué tan bajo eres capaz de llegar para conseguir lo que quieres.

—Ya no quiero nada, en realidad tu reloj no me gusta —susurra Manso temblando.

—No mientas —ruge Nando—, entregarías a tu madre con tal de tenerlo. Te voy a dar la oportunidad. Que te traigan plato, tenedor, cuchillo y servilleta. Si te comes tu propia mierda, despacio y sin aspavientos, con buenos modales y sin chasquear, te regalo el reloj.

La multitud hace corrillo en torno a Elías Manso y quizá hubiera presenciado un acto repugnante si en ese momento no les azota el tímpano un estrépito que estalla afuera y que se desgrana en la catarata de notas de *La Negra*, interpretada con entusiasmo por las quince guitarras, los veinte violines y las veintitrés trompetas de cinco conjuntos de mariachis contratados para que toquen al tiempo. La serenata atronadora sacude, como un shock eléctrico, al gentío que se alborota y corre a agolparse contra la puerta de entrada para presenciar el espectáculo. Por la calle baja la nube de charros tocando sus instrumentos, debajo de grandes sombreros negros y apretados en vestidos de paño gris con adornos de plata.

Detrás de ellos, a paso de procesión, silencioso y suntuoso, se desliza el Lincoln Continental color ultravioleta de Narciso Barragán.

—*En el matrimonio de Nando, fue Narciso el que se robó el show. Imagínese, aparecerse con tanto mariachi.*

—*Él siempe se robaba el show.*

—*Hizo una entrada triunfal, como la del Negro Gaitán en la gran plaza de la capital.*

Detrás del Lincoln, cerrando la comitiva, cruje y se tambalea un armatoste extraño y enorme que a duras penas cabe por la calle y cuya naturaleza nadie identifica a simple vista. Viene montado sobre un remolque y jalado por un tractor, es redondo y plano y mide cuatro metros de diámetro.

Se trata del regalo de bodas de Narciso para su hermano Nando: una gran cama circular elaborada en carey, con colchón de agua, juego de espejos, bar incorporado, colcha de colas de zorro y profusión de cojines de diversos tamaños en la misma piel.

Narciso parece Gardel, con el pelo echado hacia atrás y pegado al cráneo con Brillantina. Va rigurosamente vestido de blanco con un traje ceñido a la torera y calza mocasines italianos, también blancos, livianos y flexibles como guantes.

—*Toda esa blancura en el atuendo era deliberada, buscada a propósito para que resaltaran irresistibles sus ojos, profundos y negros como la noche del desierto.*

—Todo en él era deliberado y buscaba fascinar.

Lo acompaña una mujer sacada de revista de modas, una nena costosa, varios centímetros más alta que él, de piernas extralargas, pelo superliso, boca sensual y escote en ve hasta la cintura que deja al descubierto buena parte de su pecho plano.

—No sé qué le vería Narciso, si era flaca como una gata.

—Las escogía así, descarnadas y modernas. Decía que carne por libras sólo pedía en las carnicerías. Le gustaban las muñecas finas, no las hembras ordinarias.

Narciso ordena a los mariachis que toquen la marcha triunfal de *Aida*, y con un gesto pomposo, magnífico, invita a Ana Santana a tomarlo del brazo y a acompañarlo: quiere hacerle entrega oficial del regalo. La lleva hasta la sala, la levanta en brazos con todo respeto, como corresponde con la mujer de un hermano, y la coloca en el centro de la cama, sobre la colcha de pieles. Pide silencio a la concurrencia y ante la expectativa general, enciende los interruptores incrustados en la cabecera del mueble indescriptible.

Entonces ocurre el milagro. Música brillante empieza a fluir a través de un radio empotrado, se encienden las luces rojas y negras que bordean la estructura de carey, se activan los resortes del sommier produciendo vibraciones y masajes, oscila el colchón, para arriba y para abajo, hacia derecha e izquierda, da lentas vueltas de ciento ochenta grados.

La gente se aterra, se emociona, grita.

—¡La cama está embrujada!

—¡Parece rueda de Chicago!

—¡Salven a la novia!

Entre despavorida y divertida, Ana trata de mantener el equilibrio, rueda entre cojines y colas de zorro, rasga el vestido blanco, pierde la corona de azahares, sufre un ataque de risa nerviosa, pide auxilio, grita que paren, se arrepiente, quiere montar en cama un rato más, se quiere bajar, se quiere quedar.

Como si les hubieran dado cuerda, los músicos se arrebatan tocando, las parejas arrancan a bailar, los borrachos se animan y vuelven a beber, el mico pajero sigue en lo suyo, la muchedumbre aúlla, todos quieren montar en la cama mágica, se atropellan por subir primero, finalmente hacen cola para pasar uno por uno.

Hasta que Narciso, que no es persona que se deje opacar por una cama, grita ¡Basta!, interrumpe la corriente eléctrica, liquida el carnaval y recupera el papel estelar. Se pone un sombrero charro en la cabeza y un clavel en el ojal y empieza a cantar rancheras, recorriendo los solares con los mariachis detrás, acompañándolo.

Su voz vibra por encima de los violines y las trompetas y los invitados quedan atrapados: los hombres pegan aullidos y ayayays mexicanos y las muchachas lloran histéricas, como fans de un ídolo de rock.

–¡Ay, mi hermanito del alma! –grita enternecido Nando Barragán, y sus brazos de acero estrechan a Narciso levantándolo en el aire hasta que los mocasines italianos apenas tocan el piso. Le acaricia la cabeza con mimos patanes de gorila cariñoso y le dice al oído, con voz entrecortada por la emoción y el alcohol:

–Cuídate. No te dejes matar como un perro.

Como de costumbre, Narciso aprovecha la oportunidad para montar espectáculo. Con garbo de gitano y agilidad de maromero, de un brinco se encarama a caballo sobre los hombros de Nando, y su figura blanca se baña de luz, como enfocada por reflectores. Se hace un silencio de iglesia que él, desde la altura de su pedestal de carne y hueso, prolonga durante largos minutos mientras paraliza a la muchedumbre con los rayos febriles de sus ojos preciosos.

Luego, con voz serena y nostálgica, responde a la advertencia de Nando improvisando una arenga que habrá de hacer historia en La Esquina de la Candela:

—Hermano mío: Mierda somos y en mierda nos convertiremos. Tú y yo lo sabemos, porque estamos condenados. ¡Bebamos hasta rodar, comamos hasta reventar, gastemos hasta el último centavo, amemos a todas las mujeres, miremos la muerte de frente y escupámosle la cara!

—*¿Cómo terminó la fiesta?*

Al cabo de los tres días la casa parece un campo después de la batalla: silenciosa y desierta, tapada de basura, semidestruída por el paso de la horda e invadida por tropillas de perros callejeros buscando sobras.

Ana Santana está sola en la inmensidad redonda de su cama nupcial, con su camisón de bodas almidonado e intacto, aceptando el abandono y la subordinación conyugal con una resignación a prueba de orgullo, mientras Nando Barragán, borracho y caído en un rincón de la cocina de su madre, en medio de una montaña maloliente de colillas, llora la dolorosa memoria de la rubia Milena, la mujer que no quiso quererlo.

Las gentes del puerto despiertan de la siesta, abren de par en par las persianas y dejan que el chorro de luz inunde las casas y disperse la humedad rancia de las cuatro de la tarde. El Mani Monsalve, que nunca duerme a mediodía, está sentado en su escritorio y mira por los ventanales de su despacho. A través de los vidrios polarizados el mar adquiere tonos plateados y artificiales que le agradan más que los naturales, y el cielo violeta se ve espléndido e irreal, como una fotografía.

El Mani se entrevista a puerta cerrada con su ayudante y mano derecha, el Tin Puyúa. Se ha quitado los zapatos y frota suavemente los pies contra el tapete, que mandó cambiar hace poco porque el anterior ya había perdido el olor a nuevo.

Todavía lo sorprenden las texturas y los aromas de los materiales costosos que vino a conocer de adulto. Siente placer al palpar el metal cromado de las patas de su escritorio, el mármol de la tapa, la imitación cuero de su silla reclinomática, el cristal tallado del vaso que sostiene en la mano. Aspira a fondo el perfume limpio e impersonal de un spray ambiental. Comprueba con satisfacción que no oye el estrépito del mar: ha mandado recubrir las paredes en corcho para aislarse del ruido, que le produce dolor de cabeza. Tiene el aire acondicionado funcionando al máximo y la temperatura helada le eriza la piel. Le gusta así: aguantó calor durante tantos años, que ahora se siente poderoso aguantando frío.

Cada semana recibe en su despacho la visita de un contrabandista que le lleva los últimos inventos de la tecnología y que siempre sale complacido porque el Mani Monsalve es cliente fijo para todo lo que tenga enchufe. Llena clósets con electrodomésticos que no necesita, que compra sólo por darse el gusto. Colecciona algunos que ni siquiera sabe para qué sirven. Guarda celosamente los empaques y las instrucciones de uso, y lo poco que sabe de inglés, lo ha aprendido tratando de descifrarlas. Siente una pasión incontenible por los inter-

comunicadores, las pantallas gigantes, los equipos cuadra-
fónicos, los relojes digitales, los tableros electrónicos, los ca-
lendarios magnéticos, las cobijas térmicas, las tostadoras
microondas, los hornos que se limpian a sí mismos, las graba-
doras que se autorreversan, las cámaras autofoco y, sobre
todo, los teléfonos.

Entre los veintiséis teléfonos conectados en su residencia,
no hay dos que sean iguales. Tiene modelos inalámbricos,
magnetofónicos, psicodélicos, memoriosos, antiinterferencias,
en forma de zapato, de lata de Coca-Cola, de perro Snoopy.
Su favorito, el que mantiene sobre el escritorio, es uno transparente que exhibe la maquinaria interna, recibe mensajes y
los transmite, arrulla al que espera en la línea con una canción
de cuna y despide luces de colores en la oscuridad, como un
platillo volador.

Así como lo cautivan los aparatos eléctricos, los cuadros
que cuelgan de las paredes, en cambio, le producen desconfianza. "Pintura moderna", le explicó el dueño de la galería
de arte que se los vendió a precios elevados. Él pagó resignado, dejó que los colocaran donde les pareció mejor y hasta se
aprendió los nombres de los artistas, pero la verdad, que no
le confiesa a nadie, es que no le agradan. No entiende cómo
pueden cobrar tanto dinero por unos manchones incompren-
sibles o por unos retratos que parecen pintados por niños.
Sin embargo no se atreve a cambiarlos. Si los decoradores los
escogieron, deben estar bien.

Ha conseguido más dinero del que hubiera podido soñar,
pero le falta criterio para gastarlo. No sabe qué es bonito y
qué es feo, qué está de moda y qué no, y esto lo preocupa
hasta la obsesión.

—No es sino que me guste una cosa —le comenta a Alina—
para que resulte de mal gusto.

Por eso necesita asesorarse, andar sobre seguro, no cometer

errores ni incurrir en cursilerías que pongan en evidencia su condición de nuevo rico.

Como los Obregones y los Boteros, hay otras cosas que no ha digerido, entre ellas la ropa de marca. Compra por toneladas pero no se la pone porque le pica, le estorba, le aprieta. Lleva las uñas siempre descuidadas: odia a las manicuristas. También a los masajistas, los peluqueros y los médicos, porque tiene fobia a que le toquen el cuerpo. Para evitar el contacto físico, no se arrima a la gente ni deja que la gente se le arrime. Duerme poco, puede pasar días sin comer, no fuma, no se droga, no le gusta el alcohol y sólo bebe Kola Román.

–*La Kola Román era su adicción. Se bajaba un litro tras otro y se decía que era la anilina roja de esa gaseosa lo que lo mantenía hiperactivo.*

–¿Está listo lo de esta noche? –le pregunta el Mani Monsalve al Tin Puyúa, mirando hacia otro lado, como si no le interesara, como si en realidad no estuviera preguntando. Se saca del bolsillo un chicle de menta, lo masca con la boca abierta, nervioso. Lo que quiere saber es si ya está montado el atentado contra Narciso Barragán. "¿Qué pasó con lo de esta noche?", vuelve a preguntar sin dar tiempo para que le contesten. Ha decidido mantenerse al margen: no ensuciarse las manos con el asunto y dejarlo bajo responsabilidad de su hermano Frepe. Para tener la conciencia tranquila. Para que Alina no pueda echarle la culpa. Pero está demasiado acostumbrado a manejar todos los hilos y a última hora no puede controlar el impulso de inmiscuirse. "¿Cómo va lo de Narciso, ah?"

Sentado en el borde de una silla y martillando el suelo con el tacón de su bota, como si sólo esperara el momento de irse, el Tin Puyúa contesta las preguntas de su jefe. Habla a la carrera, desmenuza papelitos con las manos, se echa hacia atrás el mechón de pelo que le cae sobre la frente con un movimiento espasmódico de la cabeza.

Tin informa: como se cumple una zeta, los Barraganes van a estar acuartelados en su casa, salvo Narciso, que no le hace caso a las zetas y que va a pasar la noche con una modelo celebrándole el cumpleaños. Fernely lo sabe porque interceptó los teléfonos. Le va a caer cuando llegue a la casa de ella. Le va a atravesar una camioneta de Obras Públicas para bloquearle la vía y lo va a emboscar con hombres vestidos de deportistas que llevan armas entre maletines.

Mani escucha y se revuelve en su silla, desapacible. El chicle no le sabe a nada y lo escupe. Tin Puyúa sigue: Fernely ya consiguió la camioneta sobornando a un empleado municipal y ya ubicó la casa de la mujer; tiene todo listo y sólo espera que Frepe le dé luz verde.

–¿Para qué carajos le meten tanto misterio? –pregunta el Mani, fastidiado.

Matar es para él un oficio sencillo, de cojones y no de inteligencia, más parecido a la cacería de animales que a la táctica militar. Se indigna con tanto preparativo y tanto invento raro, se acelera, va a llamar a Frepe para decirle que se deje de armar enredos, que desconvoque al tal Fernely, que se vayan los dos solos en un jeep, le peguen un tiro en la cabeza a Narciso, y ya. Pero se contiene y no lo llama. Se ha propuesto no llevar velas en ese entierro, y va a cumplir.

Por tercera vez en el día le pregunta al Tin Puyúa qué opina de Holman Fernely, y el Tin está a punto de repetirle también por tercera vez que no sabe, cuando se abre de golpe la puerta del despacho.

–*Dicen que el Mani se sobresaltó y echó mano del revólver. Es comprensible porque nadie, ni siquiera su esposa, se atrevía a irrumpir en su despacho sin golpear.*

Es Alina Jericó. El Mani suelta el revólver y la invita a sentarse, sorprendido. Le pregunta: ¿Qué pasó?

—Nada —contesta ella, y Mani enseguida adivina que sucedió algo grave.

Ella viste pantalón y camisa de seda clara y holgada, y unas sandalias que dejan al descubierto sus pies blancos y perfectos de escultura en mármol. Tiene la cara sin maquillar, y en las ojeras marcadas se ve qué pasó la noche batallando con la yegua negra de sus pesadillas. Sus orejas asoman por debajo del pelo recogido, y en cada lóbulo brilla un diamante pequeño pero diáfano y azul como Venus en el cielo de la tarde.

—Dime qué pasó.

—Nada.

Alina se sienta en una silla frente al escritorio del marido y se queda callada. Fulmina al Tin Puyúa con una mirada donde el odio refulge más que los diamantes azules. Aborrece los tics nerviosos del pistolero y resiente su presencia entrometida veinticuatro horas al día en su vida privada. Cruza la pierna y aprieta los labios, porque delante del Tin no va a decir ni una palabra. El Mani se da cuenta.

—Vete, Tin —ordena.

El muchacho azota hacia atrás el mechón de pelo con dos sacudidas seguidas de la cabeza y se para, soberbio. Por el Mani da la vida, pero con Alina el fastidio es recíproco y él tampoco hace nada por disimularlo. Sale y cierra la puerta.

—Ahora sí, dime que es —le pregunta el Mani a su mujer, mientras hace fuerza para que no se trate de un tema complicado. Tiene el cerebro saturado con el problema de Narciso y se siente incapaz de soportar reproches conyugales en este momento. La mira con ojos duros, cansado de antemano con la discusión que se avecina. La adora, siempre y cuando no le arme problema.

Sin abrir la boca, Alina busca entre su bolso hasta que encuentra un sobre. Se para, lo coloca en el escritorio y se vuelve a sentar. Hay en su actitud algo desafiante –un gesto a lo James Dean– que pone en alerta al Mani, quien duda antes de agarrar el sobre. Mira a su mujer interrogándola con los ojos, suplicándole un respiro, un plazo para lo que sea, pero ella le devuelve la mirada sin concesiones.

Mani se siente perdido. No sabe de qué se trata, pero lo que sea es grande, gordo y pesado y no hay nada que hacer porque ya se vino encima. Abre el sobre, desdobla el certificado que hay dentro y lo lee: "Laboratorio de Análisis Clínicos. Doctor Jesús Onofre. Señora Alina Jericó de Monsalve. Prueba inmunológica del embarazo: positiva."

—¿Toda la gente de La Esquina de la Candela asistió al matrimonio de Nando Barragán?

—Casi toda, pero no, toda no. El Bacán y su combo se negaron a ir.

—¿Quiénes eran?

—Una barra de jugadores de dominó. El Bacán era un negro ciego que medía dos metros. Hacía que su mujer le leyera los periódicos, hablaba de política y de historia y sabía todas las cosas porque las había aprendido solo. Tenía autoridad en el barrio: era el único que sin manejar armas tenía autoridad. Odiaba la violencia, los atropellos, las trampas y la ostentación. Y el Combo era su barra de compañeros de dominó, un grupo de amigos que todas las tardes, a partir de las seis, se juntaba en el andén, frente a su casa, para encontrarle ganador a un campeonato que habían empezado tres años atrás y que nunca lograban terminar. Una de esas tardes, antes del matrimonio de Nando, la mujer del Bacán, una mulata grande de cuerpo, mucho más joven que él, le interrumpió la partida para pedirle dinero para comprar el vestido de la boda. Él le contestó que no, secamente. Ella, acostumbrada a que su viejo marido le diera gusto, quiso saber por qué. Y ahí mismo, delante de sus amigos y de los curiosos, el Bacán levantó de las fichas sus ojos inútiles, bañados en cataratas, albicelestes como un cielo nublado, y dijo lo que en el barrio nadie se atrevía a decir: "Porque no vamos a ir. No tengo trato con asesinos."

A las cuatro de la mañana, en la zona roja de la ciudad, un Mercedes Benz 500 SE, blindado, color crema chantilly con vidrios opacos y tapicería en cabritilla blanca, frena en seco frente a un muro pintado de negro, sin ventanas y con un letrero en neón que dice "La Sirena Azul, Bar Topless y Strip Tease, Auténticas Sirenas que harán Realidad sus Sueños más Exóticos". Detrás paran dos Toyotas cargados de personal armado.

Del Mercedes se baja un hombre cojo, grande como un orangután, entra al establecimiento y escudriña en la penumbra cargada de humo a través de los lentes negros de sus gafas Ray-Ban. Es Nando Barragán, que espera unos minutos para poder distinguir las figuras que se mecen en la oscuridad al ritmo del merengue *Devórame otra vez*. Observa el panorama con ojo clínico hasta que se hace una composición mental de las existencias. En total hay disponibles doce mujeres, medio desnudas, medio disfrazadas, discriminadas así: dos mariposas, un pavo real, dos sirenas, una colombina, dos travestis, una conejita, una tigra y dos simplemente putas.

—La Sirena Negra, el Pavo Real y la Tigra —ordena a sus guardaespaldas. Enseguida sale del local y espera en el Mercedes a que sus órdenes se cumplan.

—*En otras épocas, antes del atentado que le lesionó la rodilla, Nando llegaba a La Sirena Azul, mandaba cerrar la puerta, le pagaba trago a todos los presentes, se trepaba a la pasarela, manoseaba a las bailarinas del strip-tease, les metía dólares entre los bikinis y terminaba quitándose la ropa él también.*

—*Y al que no le gustara verlo empeloto, que se aguantara.*

—*Dicen que tenía el miembro pequeño, ridículo como un chito en medio de ese cuerpo descomunal.*

—*También dicen que a pesar de esa escasez de atributos las hacía gozar a todas y le sobraba para la segunda ronda. Pero* es que de él dicen muchas cosas y no siempre son ciertas. Cuentan por ejemplo que estaba todo cubierto de vello, como un simio auténtico, y la verdad es que tenía la piel cerosa y lampiña de la gente amarilla.

Los guardaespaldas se acercan a una negra inmensa vestida de sirena, a una rubia con penacho de plumas de pavo real y a una flaquita con orejas y cola, forrada en malla imitación piel de tigre. Les dicen algo al oído y las tres mujeres se cubren a la carrera con chalinas, agarran sus bolsos y salen a la calle balanceándose sobre sus tacones aguja de nueve centímetros y medio, empujándose como colegialas y alborotando como gallinas.

Se montan al Mercedes en algarabía de grititos y saltitos, el Pavo Real adelante, la Sirena y la Tigra atrás, pero Nando desaprueba y ellas se reacomodan para que quede adelante la Sirena, y atrás la Tigra y el Pavo Real. El Mercedes y los Toyotas arrancan por las calles del barrio de tolerancia chirriando y quemando llantas. En plena marcha al Pavo le da por abrir la puerta, que le ha atrapado el penacho, y en una curva cerrada por poco sale despedida, pero se salva porque alguien la agarra de una presa y la tira hacia adentro. Se detienen frente a la plaza de los serenateros y a una señal de Nando los guardaespaldas recogen un trío conocido, de confianza, y lo montan en uno de los Toyotas.

Con el Mercedes a la vanguardia, la caravana enruta hacia la costa y toma por una carretera de montaña que bordea el mar, enroscándose por entre precipicios y acantilados con las olas tremendas, negras, verdes y violetas, rugiendo al fondo. Con una mano, Nando maneja a ciento veinte kilómetros por hora, con la otra sostiene una botella e intercala tragos de whisky con chupones de Pielrojas que las mujeres le ponen en la boca. Va volando bajo, borracho y por instrumentos, desoyendo la fuerza de gravedad que a cada curva lo llama desde las profundidades y haciendo disparos de Colt contra las señales de tránsito que le advierten los peligros de la ruta.

Las chicas están en ambiente, llevadas por la rumba y el reventón, entregadas al trago y al humo y ocupadas en atender a su anfitrión: mientras una lo besa, la otra lo chupa y la tercera le recita versitos de amor al oído. Se bajan por la garganta el Old Parr y tiran las botellas vacías por la ventana para ver cómo el cristal color café estalla contra el asfalto en mil astillas doradas que los Toyotas tienen que esquivar, con inverosímiles maniobras de timón, para no pinchar las llantas.

Por órdenes de Nando la Sirena inicia un brutal strip-tease mientras canturrea merengues con voz ronca de indio malo. Se desabrocha un sostén marino con escamas metálicas que parece armadura medieval, y saltan al aire, buscando la libertad, dos tetas monumentales, dignas por su tamaño del libro Guinness de récords, con el pezón estampado en toda la mitad como un ojo único de cíclope. Cada pecho de la Sirena Morena es un negro enorme, un campeón mundial del peso pesado, el de la derecha es Frazer y el de la izquierda Muhamad Alí, que con el mece-mece y las sacudidas de la carretera se trenzan en un desafío pugilístico: curva a la izquierda y Frazer cae sobre Alí dejándolo contra las cuerdas, curva a la derecha y Muhamad responde con un uppercut que noquea a Frazer, y en medio de la excitación de la refriega, los dos pezones se endurecen, se abren como antenas parabólicas y envían señales pornográficas, pidiendo guerra.

Los pasajeros del asiento delantero van comprimidos como sardinas enlatadas, como si en vez de dos personas de gran tamaño viajaran cuatro, Nando el Gorila, la Sirena mejor llamada la Ballena, el gran pecho Frazer y su hermano gemelo, el pecho Alí.

La Sirena se saca la cola de pescado, armada con alambres y lamé plateado, y queda al aire libre la pelambrera bravía que tiene entre las piernas. El sexo de la mujer, desbordante y pródigo como una vorágine, despide efluvios animales que hacen que Nando se inspire, se emocione y empuje una botella por entre esa carnosa cuenca amazónica hasta que la ve desaparecer, devorada, con todo y el viejo barbudo que está pintado en la etiqueta.

—Me engañaste, Sirena —le dice Nando con desencanto—. Las sirenas no tienen agujero y tú tienes una tronera que si me asomo te veo las amígdalas.

Mientras tanto atrás el Pavo Real, que es una rubia de pelo largo, se ha quedado dormida con los ojos abiertos y la boca descolgada, y Nando le ordena a la Tigra que la despierte y que la desplume. La Tigra, que es flaquita pero mañosa, agarra a la otra a cachetadas para despabilarla, la sacude, la mordisquea, le estampa besos sonoros en la boca, pero el Pavo sigue inmutable y ausente, perdida en quién sabe qué purgatorios alucinógenos y consumida en melancolías alcohólicas. Entonces la Tigra, que es fiera y no perdona desplantes, la araña con las uñas filudas, le arranca las plumas del penacho y también la peluca rubia, que rueda al suelo dejando al descubierto una cabeza afeitada y lisa como bola de billar.

—Esta no tiene ganas de nada, no colabora —la acusa, modosa y lambona, la Tigra.

Al Pavo Real no le importa, nada le causa encanto ni atractivo y sigue ahí desmayada en su asiento, pobre pajarraco plebeyo y deslucido, con el penacho achantado, las tristes tetas derrotadas por su propio peso, cogida in fraganti en el ardid de la peluca y con el cráneo expuesto en su verdad monda y lironda.

—Estas putas me engañan —se queja Nando Barragán, desolado como un niño—. La Sirena es un fraude y la rubia también. En esta vida cruel sólo me quedas tú, Tigra.

La Tigra se ufana de su victoria y responde al estímulo

emitiendo ruidos nasales y guturales. Le pone a Nando Barragán la peluca del Pavo y se le cuelga al cuello metiendo y sacando la lengua rosada como un gatito que toma leche tibia de un plato. Como viaja atrás la posición se le dificulta, se inclina demasiado sobre Nando y le aplasta la cabeza, le troncha la nuca, le insufla el mal aliento, le tumba las gafas, le hace cosquillas en las orejas con sus largos bigotes de felino y le impide manejar.

Pero la Tigra no se amilana ante los obstáculos, se empeña más que nunca en ejercer bien su oficio y manipula las partes masculinas desplegando experiencia y garantía en el trabajo. Hace arpegios con los dedos, florituras con las yemas, masajes y vibraciones con las palmas. Por el espejo retrovisor, él la mira quitarse la piel de tigre y exhibir la de mujer, más estrujada que la otra pero de todas maneras dotada de atractivos ocultos y secretas vanidades, y logra, finalmente, una erección satisfactoria.

En completa sintonía de máquina y hombre, el Mercedes aumenta la velocidad a medida que crece la excitación de su amo, y a cada golpe equivocado de timón asoma las narices sobre el abismo con audacia suicida. Después de una curva que saca al vacío las dos llantas del lado izquierdo, Nando se detiene para enmendar el rumbo y retomar alientos, y nota con tristeza que el incidente ha frustrado su ya de por sí dificultoso ascenso hacia la eyaculación.

—A veces me parece que es allá abajo donde quieres estar —le dice al automóvil con cariño desprendido.

Han llegado al pico más alto de la carretera. Con serenidad de gran señor acostumbrado a tomar decisiones drásticas sin que le tiemble la mano, Nando Barragán apunta la trompa de su Mercedes hacia el precipicio, imparte a los pasajeros la orden de descender a tierra y se baja él mismo, con agilidad improbable para su gran tamaño.

Colosal, todopoderoso, borracho como una cuba, con su peluca larga y rubia de guerrero teutónico, horrendo y espléndido como el eslabón perdido, empuja el vehículo hasta el borde, mira el mar que reverbera al fondo, hincha el pecho de aire y mete el empujón final.

El Mercedes Benz 500 SE color crema chantilly se desploma por el abismo despidiendo chispas y destellos, ofreciendo un espectáculo irrepetible y cinematográfico de gran angular y efectos especiales, mientras Nando, atónito, hipnotizado, embelesado, lo mira volar con suavidad por el aire inmenso y sin fondo, lo ve descender en silencio y en cámara lenta, rasgando nubes y decapitando ángeles a su paso, rebotando blandamente contra los peñascos negros, demostrando en cada golpe su solidez germánica y su incuestionable calidad de fábrica, hasta que al final del recorrido celestial las aguas del mar océano lo reciben bienhechoras, le amortiguan la caída en su lecho muelle, se abren dóciles a su paso triunfal en una alegre efervescencia de espumas y burbujas, y se lo tragan sin remedio y por siempre jamás.

Arriba, desde el borde del precipicio, Nando Barragán, el dios ebrio y amarillo, el de la soberbia peluca rubia, el de las gafas oscuras, la Colt Caballo en la cintura, los agujeros en la piel y la pata coja, contempla sobrecogido la escena grandiosa con los brazos abiertos en cruz y la mirada extraviada, y adivina que le llegó por fin el momento de alcanzar el éxtasis. Siente torrentes cálidos de leche que le inundan el cuerpo, los deja brotar en surtidor y riega el planeta tierra con su simiente. Luego eleva a las alturas los ojos llenos de lágrimas y grita henchido de orgullo, con voz tonante que se escucha en los cielos y en los infiernos:

—¡Soooooy un artistaaaaaa!

—*¿Es verdad que alguien iba dentro de ese carro? Dicen que al regreso de la orgía, en los Toyotas con los guardaes-*

paldas no volvieron sino Nando, el trío, la Sirena y la Tigra.
Del Pavo Real nunca se volvió a saber nada.

—*Como iba dormida, a lo mejor se les fue con el Mercedes*
y no se despertó hasta que llegó al fondo del mar. Si hubiera
sido sirena tal vez se salva, pero como era ave de corral...

Los músicos, que todo el camino han venido tocando entre el Toyota, rodean a Nando y lo abruman con vallenatos, siguiéndolo donde quiera como sombras fieles. Él, repleto como un nuche de Old Parr y exhausto tras el orgasmo cósmico que le ha producido la voluntaria destrucción de un automóvil de cien mil dólares, toma la decisión de descansar como Dios Padre en el séptimo día de la creación, y se tiende a dormir en un nicho blando de arena.

El conjunto musical rodea al durmiente en actitud de adoración. Le cantan boleros quedos y otras tonadas para el sosiego, hincados de rodillas con sus guitarrones y sus maracas, humildes y solícitos como Melchor, Gaspar y Baltasar velando el reposo del Niño.

—¡Se callan hijueputas! ¡Si tocan una nota más, los mando fusilar contra el barranco! —grita Nando, que no ha podido pegar los ojos, y los corta en seco en la mitad de un re menor. Después se queda profundamente dormido, ronca como una bestia del monte y en sueños vuelve realidad a Milena, la inaccesible.

—*¿Qué pasó con la Tigra y la Sirena?*
—*Que se las comieron los guardaespaldas y los músicos*
mientras el patrón dormía.

A la mañana siguiente en La Esquina de la Candela, en el garaje de la casa de los Barragán, Ana Santana se acerca a uno de los dos Toyotas, lo ve vomitado y hediondo, y en la parte de atrás del vehículo encuentra una gorda medio desnuda y medio embutida en una absurda cola de pescado, que duerme tirada en el piso.

—Denle desayuno a esta mujer —ordena Ana Santana.

—¿Se lo sirvo en la mesa del comedor? —le pregunta una de las chinitas.

—No. Póngaselo ahí mismo, entre el carro.

—Alina Jericó había dicho que si quedaba embarazada abandonaba a su marido, y quedó embarazada. ¿Cumplió su promesa? ¿Abandonó al Mani Monsalve?

—No fue exactamente así como planteó la amenaza. Era una mujer de carácter, capaz de cumplir su promesa. Pero estaba enamorada de su marido, y le dejó una puerta abierta. Cuando le confirmaron el embarazo, lo que le dijo al Mani fue: "Un muerto más por culpa tuya, y me voy."

Alina le entrega al Mani el certificado del laboratorio y sale del despacho después de soltar su última y única frase: "Un muerto más por culpa tuya, y me voy."

El Mani queda ahí, con el papel entre las manos, mudo y tieso como un pájaro disecado, sin saber qué pensar ni qué decir, con su cicatriz de media luna estampada en la cara como un signo de interrogación.

La amenaza de Alina palpita ante él como un sapo grande y negro, dispuesto a saltarle a la cara. Dos cables pelados se le cruzan en el cerebro, hacen corto circuito, huelen a chamusquina: el nacimiento de su hijo y el asesinato de Narciso Barragán. Le toma un rato reponerse de la parálisis cerebral y el embotamiento de los miembros y cuando cae en cuenta de que ha debido abrazar a Alina, o felicitarla, o invitarla a brindar, ella ya ha salido de la oficina con los ojos aguados y un nudo en la garganta, dejando tras de sí, suspendidos en el aire helado, el rumor de seda de su ropa y el recuerdo de sus pies de diosa griega.

El Mani mira la hora. Son las siete y diez, y en cualquier momento durante la noche puede producirse el hecho que lo apartará para siempre de su mujer y de su hijo. A menos de que logre dar marcha atrás a un operativo que ya va demasiado lejos. Se agarra la cabeza a dos manos. Ahora desea que Narciso Barragán sobreviva con la misma fiebre con que días antes quería que muriera.

Con movimientos todavía lerdos se calza los tenis, se amarra los largos cordones y se pone de pie. Va a salir detrás de Alina para tranquilizarla, para asegurarle que no pasará nada, pero se frena: no puede perder un minuto. Le dan ganas de orinar pero aplaza la ida al baño: no hay tiempo.

Agarra el teléfono transparente y por la línea interna manda llamar al Tin Puyúa. Mientras lo espera, saca una botella de Kola Román de un refrigerador empotrado en la biblioteca sin libros y se la baja de un solo trago largo, siguiendo curva a curva el trayecto del líquido frío hasta que le cae al estómago. Siente alivio en su cerebro recalentado y recupera algo de aplomo, pero lo fastidia la urgencia de orinar.

–¿Sabes dónde encontrar a Fernely en este momento? –le pregunta al Tin.

–No *era propio de Mani Monsalve preguntar así. Él siempre había estado al tanto de todo, y ahora lo agarraban desinformado, fuera de base, desconectado, pendiente de su ayudante para un dato de vida o muerte.*

El Tin Puyúa olfatea lo anormal de la situación. El Mani siempre da órdenes y respuestas, jamás hace preguntas, y hoy no ha hecho sino interrogar y pedir opiniones. Al muchacho se le crece el ego: le produce orgullo secreto estar más enterado que su jefe. Contesta con ínfulas:

–Sí sé. En el Hotel Nancy, en la ciudad. Dijo que estaría ahí, esperando instrucciones de Frepe.

–Entonces llámalo –ordena el Mani. La Kola Román ha seguido su trayecto descendente y ahora cae en la vejiga, aumentando la presión.

–¿Por teléfono?

–Sí. Ya mismo.

Tin Puyúa no puede creer lo que oye. El Mani, que no comete errores, acaba de darle una orden disparatada. Tin protesta: Pero es seguro que Fernely no se registró con su nombre... Mani insiste, como si nada: Que llames, dije. Tin obedece: el conserje niega que se haya registrado alguien llamado Fernely.

—Te lo dije, Mani —se la cobra el Tin, y se anima a seguir—. Ojalá Fernely no se entere de que lo andamos preguntando desde el teléfono de tu casa, por su nombre, horas antes de un golpe.

Mani no lo oye. Lo único que le importa es no perder a su mujer y lo que más lo apremia son las ganas de orinar, y lo tienen sin cuidado cosas como la opinión del Tin o la seguridad de Fernely.

—Entonces ubica a Frepe en la ciudad por radioteléfono —ordena mientras su vejiga hinchada pide pista a gritos.

El Tin no está de acuerdo. No entiende de qué se trata, pero apuesta que Alina Jericó tiene algo que ver. Obedece contra su voluntad, enfurruñado. Entra la comunicación. Mani habla con Frepe, que ha viajado a la ciudad para supervisar el atentado. Le pide que busque a Fernely en el hotel y que le ordene congelar el plan.

—Después te explico por qué —le dice Mani, mientras piensa que ya tendrá tiempo de inventar alguna razón para no tener que confesar la verdadera.

Frepe dice No se puede. Alterado, explica que de manera imprevista la ciudad se llenó de policía por un acto oficial en un edificio cercano al Nancy. "No puedo entrar en la zona —advierte— es peligroso." Mani insiste hasta que Frepe cede, en parte porque su instinto de clan lo empuja a obedecer, y en parte por costumbre, porque siempre ha bastado una palabra del Mani para que las cosas se hagan o dejen de hacerse, sin que los hermanos pongan peros o pidan explicaciones. Frepe se compromete a estar en diez minutos en el Nancy, buscar a Fernely y comunicarse inmediatamente con el Mani.

El Mani le dice al Tin que no se mueva del radioteléfono y

sale a buscar a Alina. Toma el ascensor del servicio para subir dos pisos, recorre un amplio corredor entapetado que absorbe el ruido de sus pisadas y llega al dormitorio principal. Allí la encuentra: tendida boca abajo sobre la cama, con la cara hundida en el edredón de plumas, trágica y divina como Romy Schneider en *Sissy*. Antes de decirle nada se dirige al baño.

El Mani Monsalve orina: abundante, satisfactorio, espumoso, amarillo subido. Vuelve a la habitación sintiéndose ligero, aliviado, con la certeza de que en el inodoro acaba de solucionar la mitad del drama. Ahora sólo queda pendiente la otra mitad. Se sienta al lado de su esposa y le acaricia el pelo.

—Si es mujer se va a llamar Alina —le dice para hacerla feliz, pero en realidad quiere que su hijo sea varón y está seguro de que va a serlo.

Vuelve enseguida al cuarto del radioteléfono y llega justo en el momento en que entra la llamada de Frepe, que ya está en el Nancy pero no ha encontrado rastro de Fernely:

—Por aquí no ha pasado todavía —dice—. Tal vez esté por llegar.

Mani le ordena que no haga nada distinto a buscar al hombre. Que plante a su gente en el hotel hasta que lo vean entrar. Le dice que el Tin Puyúa sale para allá y estará llegando en dos horas. Que se comunique tan pronto haya novedad. El Tin agarra un automóvil y parte hacia la ciudad con la orden de colaborarle a Frepe parar frenar a Fernely. Así sea a tiros, le ha dicho Mani. Tin piensa que Mani está loco, pero sale dispuesto a cumplir.

El Mani se queda al lado del radio teléfono y espera. Juega solitarios con la baraja, uno tras otro. Desocupa botella tras botella de Kola Román. Una hora, hora y media, dos horas. A las 9:45 de la noche recibe la llamada de Frepe, quien le informa que acaba de llegar el Tin pero que Fernely no aparece.

–Tal vez se espantó al ver tanta tropa –dice–. Tal vez fue directo a lo suyo, y ya no pasa por aquí...

El Mani monta en cólera.

–¿Es que nadie controla a ese hijueputa? –grita–. Si dijo que iba a estar en el Nancy, tenía que estar en el Nancy.

–Él hace sus cosas a su manera –lo defiende Frepe.

El Mani insulta a su hermano, lo llama imbécil, monigote pintado en la pared, le dice que Fernely se la baila y le ordena que mande al Tin a buscar a la modelo, para advertirle del atentado y pedirle que prevenga a Narciso.

–¿Como? –ahora es Frepe el que grita, ardido por la sospecha de que su hermano se vendió al enemigo–. ¡Es demasiado tarde, Mani! ¿Quieres que le ordene al Tin que se atraviese en el tiroteo? ¿Quieres que se muera por salvar a un Barragán?

Mani comprende que si no recupera la calma pierde la partida. Respira hondo, habla claro y despacio y le pone a cada una de sus sílabas toda la carga de autoridad de que es capaz.

–Haz lo que digo. Detén a Fernely.

Frepe cuelga la bocina y se limpia en el pantalón la palma de la mano, empapada en sudor. Le da un chupón largo a su tabaco y sale de la cabina, que queda inundada de humo sucio. Camina hasta el automóvil donde lo espera Tin Puyúa.

–¿Qué ordena el Mani? –pregunta el Tin.

–Nada –miente Frepe–. Dice que ya es tarde, que no hagamos nada.

Nando Barragán está reunido con los suyos en el patio central de su casa, y el sol poniente, que se cierne a través del encaje de hojas del tamarindo, espolvorea un aserrín de luces y sombras sobre su tribu de gente amarilla. Todos se han hecho religiosamente presentes para rodear al jefe, incondicionales a su servicio, como ocurre siempre que cae una zeta.

Esperan de pie, apoyados contra los muros, aspirando silenciosos cigarrillos y aplastando las colillas contra los baldosines del corredor, listos a salir a devorar Monsalves a la primera señal. Nando medita, tendido en una hamaca, en medio de ellos.

Salvo Arcángel, que está recluido en su cuarto, Narciso, que nadie sabe dónde está, y El Raca, que a nadie le importa, no falta ninguno de los varones vivos del clan. Primos hermanos, primos segundos, tíos, compadres: están presentes los Barragán Gómez y los Gómez Barragán, los tres hermanos Gómez Araújo, los dos pelirrojos Araújo Barragán, Simón Balas, Pajarito Pum Pum, El Tijeras, El Cachumbo.

Desplomado en su hamaca Nando fuma y piensa, y no hay quien se atreva a romper su mutismo de viejo guerrero que repasa la estrategia. De repente una gallina clueca se le encarama en la rodilla y todos la dan por muerta: esperan que el jefe la lance de un manotazo contra la pared y la transforme en mazacote de míseras plumas. Pero él la deja estar, condescendiente con su tibia presencia.

La Mona Barragán se abre paso a empujones por entre el personal masculino, se acerca a la hamaca y le dice algo a su hermano mayor al oído. Entonces Nando rompe el suspenso del patio y con voz monótona de sacerdote soñoliento que oficia misa sin fervor, anuncia que le han vendido el secreto de que los Monsalves ya están en la ciudad, en alguno de los hoteles del centro.

—¿Cómo le vendían los secretos?

—Nando Barragán montó un sistema infalible de inteligencia y espionaje. En la ciudad no se movía una hoja sin que él se enterara. Era una red de vecinos, de taxistas, de lustrabotas, de loteros, de prostitutas, de policías, de agentes de aduana, de lo que quiera, que le hacían llegar secretos. Él se los compraba a cambio de dinero, de protección, o simplemente a cambio de dejarlos vivir en paz.

Nando reparte órdenes: Las mujeres y los niños a los sótanos. Los hombres a los jeeps, para caer en batida sobre el centro y buscar a los Monsalves por los cinco hoteles: el Intercontinental, el Caribe Inn, el Bachué, el Diplomático y el Nancy.

—¿Entonces era cierto que existía un laberinto bajo tierra en la casa de los Barraganes?

Es un refugio subterráneo, húmedo y oscuro, que ellos llaman "los sótanos". Tiene boquetes abiertos al nivel de la calle para montar guardia con carabinas. La casa de los Barragán es en realidad todas las casas de una manzana unidas entre sí, y los sótanos las conectan unas a otras por debajo de la tierra. Los utilizan como trincheras, caletas de armas, depósitos de mercancías y escondite. Tiene varias salidas hacia el exterior, todas secretas.

—Se hablaba de un túnel que iba desde La Esquina de la Candela hasta las afueras de la ciudad. A Nando Barragán lo vimos alguna vez entrar a su casa y después supimos que había aparecido, a los dos minutos y sin pisar la calle, a veinte cuadras de distancia.

—Algunos decían que los sótanos no eran sino una red de cañerías de aguas negras. Otros opinaban que era un prodigio de ingeniería militar.

La Mona Barragán asume el mando de los que se quedan. Morena cetrina y hombruna, tiene los dientes y los colmillos enchapados en oro blanco y el pelo apretado atrás en una trenza larga y recia como un rejo. Cumplió treinta y cuatro años, es mal hablada como un arriero y malgeniada como un demonio y su vida transcurre dividida entre dos únicas y grandes pasiones: la armería y las telenovelas.

Es famosa por su puntería infalible que le permite cazar ratas con cauchera y por su destreza para distinguir la marca y el calibre de un arma por el sonido del disparo. Es más veloz que cualquiera para desarmar y volver a armar un fusil y derrota al que se atreva a desafiarla a pulsear.

—Por el barrio se decía que esa Mona era mujer de tres huevos...

Sin embargo, todos los días, a las siete y media de la mañana y a las cinco en punto de la tarde, enciende el televisor y se sienta en un butaco a ver sus telenovelas favoritas. En las escenas tristes llora sin pudor, adora a los buenos y abomina a los malos y no hay nada en el mundo que le haga apartar los ojos de la pantalla, tal como pudieron comprobar los suyos el día que el río se desbordó e inundó la casa, y mientras todos bregaban por salvar los muebles ella alzó en vilo el televisor —un armatoste arcaico con imágenes en blanco y negro—, lo colocó encima de un armario para que no se mojara y terminó de ver el capítulo de *Simplemente María*.

Con las cananas terciadas al pecho, una carabina San Cristóbal en la mano, faldas amplias y botas de caucho, La Mona recluta su pelotón de hembras y menores y los arrea trotando por la escalera negra que desciende al sótano. Ilumina los pasadizos tenebrosos con antorchas que clava en las paredes de greda mohosa y circula por el laberinto de túneles encharcados como un general en el campo de batalla.

A berridos y a trancazos organiza a sus cristianos. Reparte entre las mujeres las armas que no se llevaron los hombres: una miscelánea de vejestorios que va desde una ballesta oriental de repetición hasta la Walter P38 de un oficial nazi que después de la guerra se refugió en el trópico. Ordena traer agua potable, cobijas y provisiones para la noche. Instala a las chinitas y a los menores en un lugar seco. A Ana Santana, que ha bajado con un tejido entre las manos, le tira lejos lanas y agujas y la obliga a recibir una pistola.

—Para que vaya aprendiendo, mija —le dice—, cómo son las cosas por aquí.

—¿A Arcángel, el menor de los hermanos, lo dejaron encerrado en su cuarto?

—No. También bajó a los sótanos, con su brazo vendado, protestando tímidamente porque lo trataban como a un niño y pidiendo un arma.

—Y La Mona, ¿lo insultó?

—No. A Arcángel nunca lo insultaba. Le soltó una sonrisa chueca de su dentadura metálica y le escupió a la cara tres órdenes militares, lo que tratándose de ella era expresión pura de cariño. Además le dio el arma que pedía. Pero no le permitió unirse a los que salían a buscar camorra.

Arriba, en el patio, la noche apesta a sudor de hombres coléricos y en el aire vibran, filudas y calladas, unas ganas sagradas de venganza. Gómez Barraganes, Barraganes Araújos, Pajarito Pum Pum, El Tijeras: se disponen a infligir el castigo ritual en la fecha señalada. Se dividen en grupos según disposición de Nando y esperan entre los jeeps con el motor prendido a que den la largada, juagados en espuma como caballos de hipódromo. Tensos, eléctricos y reconcentrados como competidores de los cien metros planos. En sus marcas... Listos... Paren. ¡Paren! Vuelvan atrás. Órdenes del jefe. Apaguen los carros. Enfunden las armas. Otra vez todos al patio.

Nando se acaba de enterar que de siete a nueve de la noche hay un acto de gobierno con funcionarios públicos e invitados internacionales en uno de los edificios del centro. Para proteger a los participantes la policía militar ha regado docenas de hombres por la zona, que además está inundada de escoltas y guardaespaldas.

La milicia privada de Nando Barragán no tiene problemas con la policía local, que no interfiere con sus acciones gracias al viejo pacto, hasta ahora respetado por parte y parte, de beneficio mutuo, coexistencia pacífica y vista gorda. Pero caer al centro de la ciudad cuando está militarizado y patrullado por gente de afuera es enredarse en conflicto ajeno. Hay que aplazar la movida hasta las nueve.

—No importa —dice Nando—. No hay afán. Esto paraliza a los Monsalves también.

Los hombres vuelven a encender cigarrillos y a sumirse en la lenta melancolía de los ejércitos desmovilizados. Nando ordena que les repartan tazas de agua de panela y trozos de queso fresco. Algunos se tienden en el suelo y duermen, otros conversan en la oscuridad.

A las nueve los vengadores se ponen de nuevo en pie de guerra y llenan el patio de ruidos sordos de pisadas y de fierros. Se echan agua en la cara, toman las armas, se hacen la señal de la cruz en la frente, en el pecho, en el hombro izquierdo y en el derecho, y vuelven a los jeeps a esperar al jefe máximo.

Nando se demora dos minutos mientras se encomienda en privado a su talismán protector. Lo aprieta con devoción entre la mano, Santa Cruz de Caravaca, a tu Poder yo me acojo, y en ese preciso instante suena el teléfono.

Severina contesta.

—Es para ti, Nando.

—Ahora no, madre, ¿no ves que ya me fui?

—Espera. Dice que es el Mani Monsalve.

Al oír ese nombre Nando Barragán queda tieso, como un gigante petrificado, y en la tensión de la sorpresa se entierra en la palma la cruz de los cuatro brazos.

—*¿Acaso ellos hablaron personalmente alguna vez?*

—Una sola vez en su vida de adultos, y fue esa.

—¿Y cómo se supo en el barrio?

—Así eran las cosas. Los Barraganes sabían todo lo que ocurría en la ciudad, pero en la ciudad también sabíamos todo lo que ocurría en la casa de ellos. La noticia de la llamada nos pareció extraña. Enemigos a muerte de toda la vida, Nando y el Mani, como quien dice agua y aceite, perro y gato, sin relacionarse jamás, como no fuera a tiros, y de repente esa llamada. Nando creyó que era una trampa, una burla o un engaño, pero de todos modos pasó al teléfono.

Nando no sabe cómo es la voz del Mani, y sin embargo, apenas la oye, detecta su misma sangre.

—¿Cómo iba a reconocer esa voz, si jamás la había escuchado?

—La reconoció sin conocerla, por instinto, por olfato.

La identifica desde el primer ¿Aló?, con la misma certeza con que distingue un lobo el aullido de otro animal de su especie. Un súbito dolor en la rodilla minusválida le confirma que está hablando con el hombre que se la deshizo de un balazo. "Es él", le dice a Severina mientras tapa la bocina con la palma lastimada de la mano.

El Mani Monsalve pronuncia cinco palabras y cuelga.

—¿Cuáles fueron exactamente?

—Dicen que sólo cinco palabras: "Esta noche cuiden a Narciso."

Nando Barragán quedó sumido en las oscuridades de la perplejidad. Lo que acaba de suceder no tiene antecedentes en la larga historia de su guerra cruenta.

—Dicen que fue un hombre distinto antes y después de la llamada de su primo hermano, el Mani Monsalve. Toda una vida peleando según unas reglas del juego, y de pronto, de buenas a primeras, aparecía tu enemigo para advertirte por qué lado iba a golpear, para contarte el secreto de su siguiente jugada...

Nando rebusca alguna luz en el fondo de su entendimiento y sólo encuentra espejismos, suposiciones, dudas y sin sentidos. Si van a matar a Narciso, ¿por qué le avisa el Mani? ¿O es que la intención es otra, y la llamada pretende confundir? ¿Por qué llama personalmente el Mani Monsalve? ¿Sólo por montar una treta? Nando mira a Severina que ha permanecido parada a su lado, pero no le cuenta lo que dijo el Mani. Sólo le pregunta:

—¿Le creo o no le creo?

—Créele.

—Entonces hay que encontrar a Narciso.

En este mismo instante Narciso puede estar en cualquier parte —bar, restaurante, gallera, bolera, rumba, serenata— desprevenido y encantador, bajo la mira de un arma enemiga. ¿Cómo llegar hasta él antes de que lo alcance la bala asesina? Severina tiene la respuesta:

—San Antonio. Voy a poner de cabeza a san Antonio.

—*Es una vieja costumbre en el barrio. Siempre que alguien busca algo, desde empleo o novio hasta una llave perdida, pone patas arriba la imagen del santo, que con tal de que lo devuelvan a los pies encuentra lo que sea.*

—*Y en esa ocasión, ¿dio resultado?*

—*San Antonio les hizo el milagro. Antes de media hora Narciso apareció por su casa, por su propia voluntad, sin que nadie lo hubiera encontrado ni llamado, todo perfumado y engalanado porque iba de paso para una fiesta en casa de su novia la modelo.*

Por la puerta de la calle entra Narciso Barragán, El Lírico, de frac blanco con gardenia en el ojal, radiante y risueño, recién salido de un baño turco y un masaje japonés, inocente de todo peligro y desentendido de cualquier guerra. En el Lincoln violeta lleva flores y champaña para celebrarle el cumpleaños a una muñeca fina que quiere enamorar.

—¡Feliz Año Nuevo! —les grita en pleno agosto a los esforzados pistoleros de su hermano, y les pasa por el lado bailando suavemente una cumbia sabrosona.

–No *sabía que era una zeta?*

–Sí *sabía, pero se hacía el loco.*

Encuentra a Severina, se agacha para darle un beso sonoro en la frente, le pide canturreando que le sirva un plato de arroz con leche y sólo alcanza a ejecutar otros dos pasos de su cumbia cienaguera cuando le cae encima la humanidad sobredimensionada de Nando Barragán y lo inmoviliza.

Narciso patalea para zafarse, grita y maldice, echa chispas doradas por los ojos preciosos, pierde los mocasines. En la resistencia inútil se le ensucia el frac, se le deshoja la gardenia, se le altera por completo el peinado a lo Gardel. Pero Nando, sin darle explicación ni tregua, lo arresta y lo arrastra hasta los sótanos y se lo entrega a La Mona, con una orden:

–De aquí no lo dejas salir hasta mañana.

La Mona trinca a Narciso de cara contra la pared, le clava una rodilla en los riñones, lo encañona en la nuca con su San Cristóbal y le repite, demasiado cerca del oído, con su peor entonación de ogro:

–Ya oíste. De aquí no te mueves hasta mañana.

–*A raíz de la llamada del Mani, Nando Barragán cambió de estrategia. Ya no iban a cazar enemigos por los hoteles, porque lo fundamental era volcar todas las fuerzas a la defensa de la casa, o sea de Narciso, que ya estaba entre la casa. Cuando los Monsalves vinieran por él tendrían que sitiar la fortaleza y tomársela. Si eran capaces. Iba a ser una gran batalla, la más espectacular de todas, y nosotros, las juventudes del barrio, también queríamos ser protagonistas. Así que nos sumamos a la causa de los Barraganes y les ayudamos a armar trincheras por las calles vecinas, con adoquines, cajas, piedras, muebles viejos, costales de arena.*

Nando Barragán prepara la defensa más impresionante que se ha conocido en el país desde los tiempos de los piratas.

Oficia de comandante en jefe de las fuerzas unificadas de La Esquina de la Candela y se hace presente en todas partes al tiempo, como el Espíritu Santo, para organizar barricadas, ubicar francotiradores, armar piquetes, comités, comandos suicidas, vanguardias y retaguardias. Ningún detalle escapa a su control absoluto de único y grande señor de la guerra...

—Cada vez que caía una zeta había conmoción en La Esquina de La Candela. Los Barraganes tenían cómo protegerse y cómo defenderse. Sus mujeres y sus hijos se refugiaban en los sótanos, capitaneados por La Mona, y ellos salían a hacerle frente a los Monsalves. Pero en el resto del barrio cundía el pánico. No teníamos a dónde ir ni a quién acudir, y pasábamos la noche en vela, esperando lo peor.

La noche más larga fue esa en que se regó el chisme de que los enemigos vendrían al barrio por Narciso Barragán. Los jóvenes se le volaron a los padres para ir a sumarse a la guerra, y los viejos nos encerramos en las cocinas, a esperar. El párroco y las beatas salieron como profetas del apocalipsis a decir que si no entregábamos a Narciso, los Monsalves pasarían de casa en casa como ángeles exterminadores, degollando a nuestros primogénitos. Les creímos y se armó el juicio final. ¿Pero cómo les íbamos a entregar a Narciso, si no lo teníamos? Los más exaltados agitaban para que entre todos atacáramos la casa de los Barragán, tomáramos cautivo a Narciso y le entregáramos su cabeza a los Monsalves, para que se calmaran. Pero a la hora de la verdad contra los Barraganes nadie se atrevió a alzar un dedo. Si a los Monsalves, que eran los enemigos, les teníamos miedo, a los Barraganes, que eran los amigos, les teníamos pavor. La única persona en el barrio que conservó la calma fue el Bacán. Miró alrededor sin ver nada, cerró sus ojos lavados, clarividentes, y siguió jugando su interminable partida de dominó. Sus amigos, los del combo, lo acompañaron toda la noche sin pestañear.

—Hacia la medianoche corrió la voz de que ya llegaban los Monsalve, que eran más de sesenta hombres en doce jeeps. Nos protegimos detrás de las puertas armados de piedras, garrotes y ollas de aceite hirviendo, y esperamos a que sucediera lo peor. Esperamos mucho rato, pero nada que llegaban.

—Para la gente del desierto, la zeta, o sea el momento de ir a cobrar el muerto, era el punto estelar en una cadena de sangre. Como el nocaut en el box, el home run en el béisbol, la voltereta en los toros. Sin la ejecución de las zetas el juego no tenía pies ni cabeza. Una zeta duraba una noche, ni un minuto más, ni uno menos, según una tradición estricta que Barraganes y Monsalves habían respetado durante veinte años. Llevaban dos decenios de sacrosanto acatamiento de esos aniversarios, que regulaban sus vidas en ciclos de muertes y venganzas, tan naturales como el verano y las lluvias, la Cuaresma y la Pascua, la Semana Santa y la Navidad. Esa noche, sin embargo, las horas iban pasando sin novedad. Desde que se produjo la llamada del Mani, alrededor de las nueve, los Barraganes se concentraron en La Esquina de la Candela para custodiar a Narciso. Pero dieron las doce y no había pasado nada. Tampoco pasó nada a la una, ni a las dos, ni a las cuatro.

A las cinco de la madrugada Nando abandona el frente y pasa por la cocina de Severina, para descansar un poco.

—¿Nada? —le pregunta ella.

—Nada —contesta extrañado—. Pero todavía les quedan dos horas.

Ha dado órdenes de que le avisen a la menor señal. Dan las seis de la mañana, en el patio nace una luz fresca que despierta a las gallinas en sus varas, a los mirlos cantores, a los perros, al mico grosero. De los Monsalves no se tiene noticia.

Severina nunca ha visto a su hijo tan nervioso. De nada vale el caldo de papa con perejil que le prepara para tranquilizarlo, ni la paciencia con que le soba el cuero cabelludo. Nando se ha quitado las Ray-Ban y las bolas miopes de sus ojos bailan sin eje, nubladas por el desconcierto. Lo que le preocupa no es que los enemigos ataquen, sino que no lo hagan. No resiste que le rompan los esquemas. La sola idea de que una zeta transcurra en paz lo saca de quicio, y hace que la ansiedad le suba grado a grado, como si fuera fiebre.

Dan las seis y media, los pollos comen maíz, las chinitas restriegan ropa en el lavadero, todo el mundo hace lo que tiene que hacer, menos los Monsalves, que no aparecen.

—¿Y si no atacan? —le pregunta Nando con voz lela al vacío—. ¿Si esta vez no hay muerto?

—¿Y si la próxima vez tampoco? —devuelve la pregunta, como un eco, Severina.

Van a ser las siete, hora de cierre de la zeta, y a Nando le agarra un malestar general con depresión y taquicardia. Los Barraganes lo rodean, alarmados.

—Le va a dar la gripa —dictamina alguno.

—Es el cansancio —corrige otro.

—Es la tensión.

—No —dice Severina—. Es la sospecha.

—¿La sospecha?

—La sospecha de que la vida podría ser distinta.

Es un radiecito marca Sanyo, pequeño pero potente. Toda la noche lo ha tenido el Mani Monsalve pegado a la oreja, con el volumen apenas audible. Alina, acostada a su lado, le pregunta por qué no lo apaga, y él le contesta que quiere oír música. Pero la verdad es que está pendiente de los boletines informativos.

Pasan la noche medio dormidos y medio despiertos, narcotizados por la duermevela y por el sonsonete del radio, abrazados y perdidos en medio del universo perfecto de su cama king size: suave y blando, lila y rosado, sin límites, irreal, aislado, de rasos y de plumas.

—*Dieron las siete de la mañana y los boletines no habían pasado la noticia que el Mani tanto temía, la del asesinato de Narciso. Quería decir que se había cerrado la zeta y que Narciso se había salvado.*

La vieja Yela les trae el desayuno a la cama y el Mani, que acostumbra tomar sólo café negro, esta vez pide huevos, pan, jamón, leche, frutas y sorprende a Yela y Alina comiendo con un apetito jamás visto en él. Después ordena que no los interrumpan por ningún motivo, porque van a dormir toda la mañana.

Apaga por fin el Sanyo, se agarra de Alina Jericó como un niño de su madre y se deja caer mansamente hasta la honda región de los sueños tranquilos, que no visitaba hacía mucho tiempo. Al llegar se desnuda y se baña en una quebrada de agua dulce y helada que corre sin detenerse, sin hacer ruido, por entre piedras verdes hasta fundirse en el mar.

—*Era la quebrada de La Virgen del Viento...*

La casa de los Barragán se apacigua con el olor tibio del café recién hecho. Los hombres descansan en el patio con la expresión anonadada de los que esperaban el fin del mundo y a último momento les avisaron que se aplazó para otro día. Los animales domésticos se comportan con la atolondrada ingenuidad de los que estuvieron a punto de morir y nunca se enteraron. El sol cae generoso sobre todos, bañándolos en gracia y perdón.

Narciso Barragán sube del sótano hecho una fiera. No saluda a nadie; ni siquiera le contesta a Severina que le ofrece arepa de huevo y tajadas de papaya.

–Les dije que no iban a venir. Maricadas, perdederas de tiempo, pura mierda –murmura indignado mientras se sacude el frac blanco, irremediablemente echado a perder durante la noche más larga y aburrida de su vida, diez horas infernales asediado por el mal genio, la claustrofobia y los gases de catacumba de los sótanos.

Pasa por delante de Nando y no se digna voltear a mirarlo, sólo bufa de la ira. Ya no baila cumbias ni derrocha encantos: le tira patadas a los perros y le gruñe a la gente. Tampoco irradia blancura y elegancia: está sucio, pasado y matado, igual a cualquier Pajarito Pum Pum, a cualquier Simón Balas.

Coge el teléfono, llama a su novia la modelo, trata de componer la voz.

–Anoche no pude llegar, belleza... No fue culpa mía, muñeca... Sí ya sé, tu cumpleaños... Te juro que no... Déjame explicarte... Tienes toda la razón, pero yo... Es que... Espérame, salgo enseguida para allá.

Cuelga el teléfono, se precipita al lavadero, se lava la cara sin jabón y los dientes sin dentífrico, se cambia la camisa sin fijarse cuál se pone, sale de la casa como una exhalación, agitado como un colegial que va tarde a clase, y mientras corre se pasa el peine por el pelo.

—Debió ser la única vez que Narciso Barragán salió de su casa sin haberse mirado mucho rato al espejo...

—Así es. Llevaba tanta prisa y tanta rabia que no se despidió ni de su propia imagen.

Arranca en su Lincoln soberano y lo violenta con el acelerador para que vuele como un jet. Atraviesa La Esquina de la Candela como un bólido violeta, arrollando con la trompa los costales de arena que los vecinos no han terminado de retirar. Devora kilómetros sin respetar semáforos ni señales de pare.

Los rayos del sol recalientan el Lincoln y Narciso, que se cocina adentro y se marea con el olor concentrado de su propio perfume, abre las cuatro ventanas y le da la bienvenida al ventarrón que entra a chorros y le despeja la fatiga y el mal sabor de la trasnochada.

Llega por fin a un barrio residencial de las afueras, de calles sombreadas por los gualandayes, poco tráfico y cercas tapadas de buganvillas naranjas y fucsias. Nada ve y en nada piensa, salvo en la frase salvadora que va a echar por delante para vencer la resistencia de la mujer que dejó plantada anoche.

Si le dice la verdad no se la va a creer, si le dice mentiras no se las va a perdonar. ¿Cómo explicarle, a ella que es fina, esbelta y civilizada, que si la dejó esperando fue porque no pudo sacarse de encima a la bestia de su hermana que lo encañonaba con un rifle?

Deja atrás residencias amplias, claras, iguales las unas a las otras, con jardines de prados bien podados y aparatosos automóviles parqueados a la entrada. Mejor hablarle de una reunión de negocios que se alargó hasta la madrugada. O de una sorpresiva enfermedad de su madre: un ataque de asma, una caída, una falsa alarma.

Atraviesa un parque con columpios donde juegan unos niños y conversan unas sirvientas. ¿Y si mejor no le explica nada y que se vaya si no le gusta? Para eso hay tantas... No, eso nunca. No quiere perderla. Hay muchas pero su orgullo no resiste perder a ninguna, y menos a ésta...

Pasa frente a un centro comercial, con un supermercado, droguerías, almacenes de ropa, oficina del correo, floristería. Tal vez si para y le compra rosas... Pero no, tiene el asiento trasero lleno de flores marchitas, las que le iba a entregar anoche...

Panadería, lavandería, joyería... Puede comprarle una esmeralda... Pero aún es temprano y no han abierto. Deja atrás el centro comercial, hace un cruce a la derecha, uno a la izquierda, otro a la izquierda y desemboca en la calle de ella.

En medio de la ciudad desbaratada y tragada por los tugurios este barrio es una rareza, sin basura amontonada en los andenes, sin huecos en el asfalto... Unos trabajadores de Obras Públicas, con sus uniformes amarillos, nuevos, reparan postes de luz, y su camioneta gris está atravesada al final de la calle.

Un barrio tranquilo, silencioso... Unos muchachos juegan fútbol en la mitad de la vía. Narciso toca la bocina para que se aparten.

La ha visto a ella: en la tercera casa de la derecha, asomada al porche, con grandes gafas de sol, descalza, de camiseta suelta y shorts que dejan al descubierto sus piernas kilométricas. Ella le hace señas con la mano. ¿Lo saluda? Entonces tal vez no esté enojada... Pero los futbolistas no le dan paso y él se impacienta, se pega a la bocina, saca la cabeza por la ventana para gritarles que abran paso. Ella se ve radiante, preciosa, a lo mejor ya lo perdonó, Narciso no ve la hora de besarla, pero le incomoda la idea de no traerle regalo... Tal vez si le entrega las botellas de champaña... ¿A estas horas de la mañana? Absurdo. Le va a dar un beso, y nada más.

Pero los muchachos del fútbol no se apartan. Uno alto,

rubio, feo, demasiado maduro para estar jugando entre adolescentes, se acerca al automóvil.

Narciso no repara en él porque sólo la mira a ella que lo espera en la puerta, y se tranquiliza al ver que lo recibe con una sonrisa luminosa, sin reproches.

El deportista rubio se le acerca aún más, se pega a la puerta del carro como si quisiera pedirle alguna cosa. De repente Narciso percibe algo horrible en la expresión de ese hombre: le adivina en la cara la intención de matar. Entonces, por fin, en la última fracción de segundo, los ojos divinos de Narciso, El Lírico, se abren a la realidad y alcanzan a ver impotentes como el flaco feo destapa con la boca una granada de mano y la tira por entre la ventana abierta hacia el interior de su Lincoln nazareno y oro, color sacrificio como altar de viernes santo, día de pasión y de crucifixión.

Narciso, o lo que queda de su cadáver deshecho, yace desnudo en la penumbra del oratorio familiar.

A los muertos los viste quien más los ama: Nando Barragán descuelga una camisa de organza con arandelas, blanca, crujiente de almidón y olorosa a limpio. Se inclina ante su hermano querido y se la pone con dificultad por los destrozos, con torpeza de niño lerdo que arregla su muñeco roto, desbaratado.

Le cubre la cara con un pañuelo de seda y lo coloca boca abajo entre el ataúd, sobre faldellines de encaje.

–En ese pañuelo quedó grabado el bello rostro de Narciso, pero con las facciones perfectas, como antes de la granada. Ese pañuelo todavía impregnado en pólvora y en perfume está guardado en la catedral, donde van a rezarle las personas con malformaciones faciales y las que se han hecho la cirugía estética. El sacerdote lo saca de la urna y lo coloca sobre la cara de los devotos, que amanecen curados de la deformidad y libres de cicatrices.

Las campanas de la ciudad rompen a doblar en un repiqueteo mortuorio que oscurece el cielo como bandada de cuervos. Nando Barragán se carga el ataúd a la espalda, lo saca a la calle con los pies hacia adelante y se lo entrega a las mujeres, que lo acompañan a pie hasta el cementerio en una procesión estancada y negra, como río de aguas muertas.

Nando regresa solo a su casa, enloquecido por tanto tañer de campanas. Se encierra en su oficina, muerde un trozo de palo con sus mandíbulas de gran carnívoro y da rienda suelta a la ira y al dolor. Por cada campanazo que cruza el aire, descarga un golpe de su frente contra las paredes, resquebrajando el cemento con las arremetidas del cráneo poderoso. Se arranca la ropa a jirones, se destroza los puños, hace volar los objetos sin tocarlos, con el solo magnetismo de su desenfreno.

—Quería tapar el dolor del alma con el sufrimiento del cuerpo, porque en su larga vida de hombre rudo había aprendido a soportar el segundo, pero el primero no.

—Su gran despecho era comprensible. A Narciso, su adorado hermano, lo habían matado fuera de tiempo, después de terminada la zeta. Y con una granada. Nunca antes en la guerra de ellos se había asesinado en forma tan irreglamentaria y cruel. Hasta entonces no se habían utilizado explosivos.

—A Fernely no le importaba, él mataba como fuera. Pero eso no lo sabía Nando. Ni siquiera sabía que existía Fernely.

Severina regresa del cementerio y escucha, desde el otro lado de la puerta cerrada y trancada de la oficina, los golpes del castigo que se inflige su hijo Nando, pero no interrumpe su duelo, por respeto. Acerca un butaco a la puerta y se sienta a acompañarlo desde afuera, y a esperar.

—Las campanas lo vuelven loco —dice—. Ya falta poco para que paren.

Las campanas se silencian y se apaga el eco de los porrazos. Ahora Severina puede oírlo respirar: una respiración agónica, entrecortada por sollozos de macho derrumbado, de fiera malherida con los colmillos quebrados y el alma rota.

Durante tres días con sus noches Nando permanece encerrado en ayuno y penitencia. Al tercer día abre la puerta y resucita, sobreviviente pero demacrado, exhausto, cubierto de cardenales. Se toma un botellón de agua fresca, mete la cabeza maltrecha entre la alberca, se deja caer en una hamaca y ordena a sus hombres:

—Averigüen quién mató a Narciso.

A Severina le consulta una duda que lo quema por dentro y que sólo ella puede absolver, porque es la única que descifra los enigmas de la propia sangre:

—Madre, ¿por qué me engañó el Mani?

—No fue él.

—¿Ha visto cómo el calor, cuando es tanto, desdibuja las cosas, como si les echara un velo por encima? Es que la resolana marea las imágenes, igual que el vaho de la gasolina. Y la demasiada luz quema los colores... Así fue como vimos aparecer a los Barraganes en el cementerio ese día ardiente de la muerte de Narciso: como vapores. Como una procesión de manchas en una fotografía velada.

—Estaba la prensa en el cementerio. Reporteros y fotógrafos de los periódicos, porque el asesinato de Narciso Barragán se había vuelto noticia famosa. Pero dicen que ninguna de las fotos que tomaron salió buena: sólo captaban una refulgencia cegadora que no era de este mundo.

La bola de vecinos y curiosos lleva rato esperando que aparezcan los Barragán. Mientras esperan, se defienden del ruido de las campanas atorándose los oídos con tacos de algodón. De las rabietas del sol se protegen bajo las alas extendidas de unos ángeles de yeso que ofrecen los únicos rincones de sombra del camposanto.

El pabellón de la familia ocupa todo el sector nororiental: allí se amontonan lápidas y más lápidas con sus nombres esculpidos en un mármol albino que se deshace en cal. Algunos tienen epitafio: Héctor Barragán. El Justiciero. Diomedes G. Barragán. Tu mano cobró la deuda. Wilmar H. Barragán. Vengador de su raza por la gracia de Dios. A los que fueron Barragán por parte de madre les reducen el apellido paterno a una inicial mayúscula y un punto, para que el clan siga unido y marcado también en la otra vida. Barraganes y más Barraganes, todos muertos de muerte antinatural, esperando el juicio final entre fosas recalentadas como hornos por el gran astro blanco.

—A esas temperaturas, ¿consiguen los muertos el descanso eterno?

–No. *Se revuelven en las sepulturas acosados por sus culpas, se cocinan en sus propios gases y se hinchan hasta explotar.*

Antes de ver a las Barragán, los vecinos las oyen a lo lejos y se sobrecogen: esos gemidos femeninos, más agudos que las más altas campanas, ¿vienen de ultratumba? No. Son voces humanas, ya se acercan, ya se entiende lo que dicen:

–¡Pobre de ti, Narciso, lástima de tu guapura, desbaratada!

–¡Tus ojos tan negros, se los tragará la tierra!

–¡Ay de tus ojos divinos, Narciso Barragán, que allá abajo no verán nada, no encontrarán a nadie!

–¡Mataron a Narciso, El Lírico! ¡Lo hicieron los enemigos! ¡No tuvieron piedad con su cuerpo, asesinaron hasta su alma!

Sólo Severina grita en voz baja, ronca, ahogada en rencor. Murmura en secreto una consigna de combate, una letanía pagana que no pide perdón, ni piedad, ni descanso eterno:

–La sangre de mi hijo fue derramada. La sangre de mi hijo será vengada.

–*Y a la tumba de Narciso, ¿le pusieron epitafio?*

–*Sí. Un epitafio extraño, distinto a los otros, pero también dictado por el propio Nando. Así decía y debe decir todavía, si el calor y el tiempo no lo han borrado: "Narciso Barragán, El Lírico. Aquí yace asesinado, aunque no mató a nadie."*

El abogado Méndez viaja con los ojos cerrados en un carro alquilado por las calles de la ciudad. Maneja el Tin Puyúa, ayudante y mano derecha del Mani Monsalve. Es él quien le ha dado la orden de mantener los ojos cerrados para que no se entere a dónde lo lleva.

—Móntese atrás, recuéstese en el asiento, cierre bien los ojos y hágase el que duerme —le ha indicado el Tin—. El Mani no quiere que usted sepa a dónde lo llevo y a usted le conviene más no enterarse, así que por favor, siga las indicaciones.

El abogado Méndez trata de dormir durante el trayecto pero no puede. Lo lamenta, porque no es fácil mantener los párpados voluntariamente cerrados durante tanto tiempo. Empiezan a temblar, amenazan con abrirse. Además, se está mareando. Como los vidrios oscuros del automóvil van subidos, siente calor y no respira bien, pero prefiere dejarlos así. Peor sería bajarlos y correr el riesgo de que lo vieran los hombres de Nando Barragán.

El rosado saludable de sus mejillas y la frescura habitual de su semblante se han perdido, y se le ha alterado el pulso. No se ha montado en ese carro por su propia voluntad, sino presionado por el Tin Puyúa, quien lo ha abordado a la salida de su oficina, en el centro de la ciudad, y le ha dicho que el Mani Monsalve quiere verlo y que lo manda recoger. El Tin se ha dirigido a él en términos corteses pero imperativos. Al principio el abogado Méndez trató de negarse, argumentando que en ese momento no tenía tiempo de viajar hasta el puerto para entrevistarse con el Mani.

—El Mani no está en el puerto —contestó el Tin—. Está aquí en la ciudad. Ha hecho el viaje sólo para verlo a usted, y se devuelve tan pronto termine la cita.

El abogado subió al carro sin preguntar más porque conoce bien a los Monsalve y sabe cuando no se les puede decir que no. Además intuyó que el asunto debía ser realmente urgente, o de otra manera el Mani no se metería a la ciudad a las dos semanas del asesinato de Narciso Barragán, exponiéndose de frente a la ira de Nando.

Ahora viaja en el asiento trasero y su mareo se hace más fuerte con las vueltas y revueltas que da el Tin para asegurarse de que nadie lo sigue. El muchacho frena en seco, maniobra bruscamente el timón, y en un momento dado al abogado le da la impresión de que avanza en contravía por una avenida, esquivando el tráfico. Antes de subirse, Méndez se ha percatado, por una calcomanía en el vidrio, que el automóvil es de alquiler. Eso lo tranquiliza un poco: al menos disminuye las posibilidades de que los encuentren los Barragán, que andan a la caza de Monsalves como perros muertos de hambre.

Después de media hora de idas y venidas, el Tin detiene el automóvil y le indica que se baje. "Pero no abra los ojos hasta que yo le diga", le advierte.

El abogado Méndez camina, ciego y con la cabeza inclinada, del brazo del Tin Puyúa. Recorre un pasillo que huele a limpio y a nuevo. Sube varios pisos en un ascensor rápido y silencioso, siente unas manos que lo requisan de pies a cabeza, oye cómo alguien abre una puerta, penetra en un espacio alfombrado, siente el frío artificial del aire acondicionado, se sienta en un sillón cómodo y recibe por fin la orden de abrir los ojos. Lo hace, pero tras el esfuerzo prolongado de mantenerlos apretados sólo ve puntos de luz sobre un fondo negro.

Poco a poco recupera la visión hasta que frente a él, sentado en un sillón gemelo, aparece el Mani Monsalve recién bañado, con el pelo goteando, envuelto en una bata de toalla. Por la abertura de la bata se asoma la cacha del revólver que lleva en la sobaquera, sobre el pellejo. Tiene en la mano una Kola Román helada y le ofrece otra. Su voz no es la de siempre; es más opaca. Las pocas palabras que dice salen martilladas. El abogado acepta la gaseosa y mira alrededor mientras el otro se la trae. "Estamos en una suite de un hotel de primera y nos han dejado a los dos solos", dice mentalmente, tratando de ubicarse.

En otras ocasiones el trato entre Méndez y el Mani ha sido fluido, fraternal, sin tensiones ni preámbulos. Hoy no. Mani se demora en volver a hablar y el abogado Méndez calla. Prefiere esperar. Los segundos caen uno a uno, gordos y morosos, atascados en las agujas del reloj.

Hundido en su sillón, el Mani estira voluntariamente el silencio hasta que se hace insoportable, sin dar señal de querer romper el hielo, como si pusiera a prueba el temple del abogado. Este se da cuenta y lucha por no perder la serenidad: respira hondo y toma sorbos pausados de líquido. También el Mani toma Kola Román. Finalmente es el abogado Méndez quien se decide:

—Dime de qué se trata —dice—. Tú me mandaste traer.

—De Alina Jericó —responde el Mani, y al abogado le pega un brinco el corazón, porque confirma sus sospechas. Sí, el asunto es delicado, piensa. Una palabra en falso y es hombre muerto.

—Alina Jerico está bien —se anima a decir, logrando que su voz suene casi natural.

—Tal vez esté bien, pero está lejos de mí. Se fue de mi casa el día de la muerte de Narciso Barragán. Y se llevó a mi hijo antes de nacer. Alquiló un apartamento y se mudó. ¿Usted sabe, doctor, quién le ayudó a alquilar ese apartamento?

—Sí, yo sé, y tú también sabes, porque has ordenado que tus hombres la sigan día y noche. Yo se lo ayudé a conseguir. Como también los muebles, y las cortinas, y los trastos de cocina... Lo hice porque ella me pidió el favor. Porque me dijo que su voluntad era vivir lejos de ti, para proteger a su hijo.

—Hace una semana, Alina dio una comida en ese apartamento. ¿Usted sabe, doctor, quiénes asistieron?

—Las hermanas de ella con sus esposos, y yo. Sirvieron pollo al horno, puré de papas, ensalada de lechuga y cerveza. ¿Algún dato que no conocieras ya?

—Hace tres días, doctor, usted viajó en avión del puerto a la capital. Llevaba traje entero, de paño...

—Sí. Y más temprano en la mañana tenía puesta ropa de algodón. Me cambié en casa de Alina. Fui a ayudarla a firmar el contrato de alquiler y después no tuve tiempo de pasar por mi hotel antes de viajar... Pero no, Mani, yo no ando enredado con tu mujer. No te hagas ilusiones: ella no te dejó por mí. Si así fuera, te bastaría con sacarme del medio... El asunto es más grave, y tú lo sabes. No quieras tapar el sol con un dedo.

De nuevo el silencio se extiende por el cuarto, helado como la escarcha sobre las botellas de gaseosa roja.

Lidiar con el temperamento de Barraganes y Monsalves nunca ha sido fácil para el abogado Méndez, y menos si están irritados. Y celosos, como el Mani en este momento.

"A lo mejor no vuelvo a ver la luz del día", piensa Méndez y trata de mirar por la ventana. No puede porque las cortinas están corridas. Fija la vista en un cuadro grande en azules y verdes pálidos, los mismos colores de la alfombra y la tapicería de los muebles. En el cuadro ve un velero demasiado estático sobre las olas y piensa que está mal pintado. Observa los ojos del Mani Monsalve, que permanecen inmóviles y absortos en un punto fijo de la alfombra, como si esperaran ver crecer las lanas. Ve las gotas de agua que aún ruedan por su pecho y se detiene en la cacha de madera que se asoma. Piensa: "A lo mejor saca esa arma y hasta aquí llegué." No lo sorprende la idea. Lo sorprendente es que no haya ocurrido ya.

El abogado Méndez es coterráneo de los Barraganes y los Monsalves, aunque él de ascendencia blanca y ellos de ascendencia indígena. Su amistad con las dos familias data de antes de la guerra entre ellas. Cuando se metieron en los negocios torcidos y empezaron a enredarse con la ley, el abogado Méndez se sintió obligado a ayudarlos –a cada familia por su lado– por viejos nexos de solidaridad. Cada día las ganancias de ellos fueron mayores y también sus pleitos legales, y el abogado se vio cada vez más involucrado en su defensa. Muchas veces quiso zafarse y no pudo, porque sin proponérselo se había montado en un tren sin boleto de regreso. Estaba casado, sin opciones de divorcio, tanto con los Barraganes como con los Monsalves, y había invertido su juventud y parte de su madurez en el ejercicio extenuante de mantenerse vivo mediante un equilibrio perfecto y una imparcialidad meticulosa frente a los dos clanes.

Sabe que su integridad física está defendida, en cierto modo, por las leyes ancestrales de las dos familias, que obligan a respetar la vida de los abogados de la contraparte, así como de las mujeres, los ancianos y los niños. El abogado de tu enemigo –símbolo de su protección no frente a ti, sino frente al mundo exterior– es intocable según las leyes de la guerra interna. Lo malo es que no hay ley que hable de que una familia no pueda liquidar a sus propios abogados. Por cargo de traición, por ejemplo. Y eso es lo que está a punto de ocurrir. Para un hombre del desierto la peor traición es que le toquen a la mujer.

Cuando Alina Jericó le pidió apoyo para separarse del Mani Monsalve, el abogado Méndez previó con toda claridad los acontecimientos de hoy –una conversación igual a esta y este mismo sentimiento de resignación ante la muerte, que en últimas no es sino una repentina fatiga de seguir vivo– como si se los mostraran por anticipado en un noticiero de televisión.

Era obvio que en la cabeza de alguien como el Mani no podía caber la posibilidad de que otro hombre se acercara a su esposa sin que mediara una cama. Además estaba ardido, destrozado y humillado por la separación reciente. Todo eso lo había tenido claro el abogado desde el principio. Pero no estaba en su carácter negarse a ayudar a que Alina y su futuro hijo se sacaran de encima la maldición de una guerra incomprensible para ellos. No le había quedado alternativa.

"Ahora ya no hay nada que hacer. Todo está escrito", piensa, se acomoda mejor en el sillón, se endereza la corbata y recupera la estabilidad. Está en paz con su conciencia. No le ha tocado un pelo a Alina Jericó. No le ha hecho una insinuación siquiera.

Aunque... para qué se va a mentir a sí mismo a la hora de la gran verdad... No ha sido por falta de ganas, sino porque ella no le ha dado pie. También por respeto a su condición de embarazada... y sobre todo por temor al Mani Monsalve. Su relación con Alina no ha pasado de una franca amistad basada en el trato profesional, es cierto. Pero básicamente porque ella la ha planteado así. El abogado sonríe. Voy a pagar con la vida un mal pensamiento, cavila. Le divierte la idea y le da otra vuelta: "Pena capital por desear la mujer del prójimo." Le suena a titular de diario amarillo.

A su vez el Mani, que se ha sumido en una meditación torturada y contradictoria, se mueve incómodo en el sillón. En el fondo del alma reconoce que lo que dice el abogado es cierto, que lo suyo no es un problema de cuernos. Ojalá lo fuera, porque bastaría con liquidar al gallinazo. Pero no, la cosa es más profunda, más difícil. Por un lado lo alivia no tener que matar a un amigo de toda la vida; por el otro, no quiere convencerse que la solución a su dolor no sea algo sencillo como un tiro en la cabeza de un hombre. Se debate dándole mentalmente vueltas a esa moneda de dos caras, echándola sucesivamente al aire para considerar primero el sello, después la cara, y otra vez el sello y otra vez la cara.

Pasa un rato largo, y cuando lo único que espera el abogado Méndez es oír el disparo que le ha de totear el cráneo, oye en cambio la voz del Mani:

—Le creo, doctor. Creo lo que me dijo —su tono ya no es frío sino más bien indefenso, infantil, a pesar del esfuerzo porque las palabras suenen recias—. Y lo felicito. Acaba de salvar una vida. La suya propia. Puede irse cuando quiera, el Tin lo vuelve a dejar donde lo recogió.

El abogado Méndez no tiene ganas de responder ni alientos para ponerse de pie. Sigue ahí, callado, prende un cigarrillo aunque sabe que al Mani le fastidia el humo, y le dedica todo el tiempo del mundo a tomarse lo que queda de Kola Román, como si no tuviera mejor plan para esa tarde. Entones el Mani se para, descorre las cortinas y se pone a mirar hacia la avenida de enfrente, repleta de vendedores ambulantes que extienden su mercancía en el piso, bajo la sombra avara de unos almendros ralos. Desde su sillón, el abogado Méndez también ve la calle y la reconoce: en realidad, pese a las largas vueltas que dio el Tin Puyúa para despistar, están a pocas cuadras de su oficina.

—Alina no quiere hablarme, ni por teléfono —dice el Mani, todavía mirando para afuera, con la espalda vuelta hacia el abogado—. Le he mandado docenas de rosas y las devuelve.

Méndez nota algo extraño en su voz. "¿Será posible que esté llorando?", se pregunta. Sí. Lágrimas disimuladas le quiebran las sílabas al Mani. "Hace un minuto me iba a hacer un juicio sumario y ahora me llora en el hombro", piensa Méndez risueño, y le responde:

—Dale tiempo al tiempo, Mani. Búscale una solución real al problema. A punta de rosas y de actos desesperados no vas a ningún lado.

—¿Y cuál es la solución?

—Son tres, ya lo hemos hablado. Uno: liquida el pleito con

los Barragán. Dos: compra cuna y respetabilidad. Tres: limpia de una vez tu dinero y conviértelo en propiedades y en negocios legales.

—Llevo años tratando pero no es fácil.

—Ahora se presenta una situación excepcional. El Banco de la Nación va a abrir lo que llaman la "ventanilla siniestra", para recibir los dólares que le lleven sin preguntar nada, ni el origen, ni el nombre, ni la cédula, ni nada. La única condición es que sólo cambia mil dólares por persona. Mandas cien personas cada una con su cuota y en un sólo día limpias cien mil dólares.

—¿Usted me ayuda, doctor? Quiero decir, a dar los tres pasos... —la voz de Mani suena agradecida, arrepentida, casi servil ante el hombre al cual por poco asesina y que ahora reconoce como el único puente tendido hacia su mujer.

—Por supuesto.

El abogado Méndez se para, se estira el saco, se pasa dulcemente la mano por el pelo, como si se acariciara la cabeza milagrosamente ilesa, y se dispone a marchar.

—Espere, doctor —lo detiene el Mani—. Quedo en deuda con usted.

—Olvídalo —responde el abogado.

—Quiero pagarle sus favores de algún modo —insiste el Mani—. Dígame quiénes son sus enemigos.

El abogado Méndez comprende la frase: es una vieja fórmula de gratitud entre la gente del desierto, que equivale a decir "tus enemigos son mis enemigos".

—No amerita que los mates —contesta con una sonrisa no fingida, y se despide con afecto del Mani.

—¿También al Mani Monsalve lo atormentaba pensar que había traicionado a Nando Barragán con la llamada telefónica?

—Un poco, pero no tanto como a Nando. Ellos eran distintos. Nando era un hombre de principios; Mani era un hombre de realidades. Nando era un soñador empedernido; Mani un pragmático con un solo sueño, Alina Jericó. Nando era un hijo del desierto; Mani había salido de allá demasiado joven, antes que la arena de los médanos se le colara por la nariz y se le depositara en el cerebro.

Nando Barragán pasa las horas encerrado en la oficina haciendo lo que nunca antes. Se dedica al análisis, la lectura y la pensadera, para descifrar lo indescifrable. No se baña y huele a tigre enjaulado, no pierde el tiempo con mujeres, no bebe ni come: se mantiene vivo con café negro y cigarrillos Pielroja. Tampoco atiende asuntos de dinero. Los secretos del negocio se fueron a la tumba con Narciso y Nando no demuestra preocupación por rescatarlos, porque cuando necesita plata se la pide a la cruz de Caravaca. De su esposa, Ana Santana, se ha olvidado por completo.

–*Sólo se olvida lo que alguna vez se tuvo en el recuerdo, y Ana no había logrado llegar hasta allá.*

Ante los ojos de Nando, Ana no pasa de ser una silueta sentada el día entero frente a una máquina de coser y, a la noche, una presencia femenina más o menos deseable entre una cama redonda en la cual él jamás duerme, porque prefiere la hamaca y porque ve con desconfianza todas las camas, y en particular esta, que es un fenómeno de feria.

De niño se perdía maravillado por la Ciudad de Hierro que cada año volvía más oxidada y más crujiente, después de dejar un reguero de tuercas y tornillos por los pueblos del desierto. Pero nunca montó en la montaña rusa, la rueda de Chicago o los carritos locos: sólo los observaba. Al lecho nupcial que le regaló Narciso sólo se encarama de tanto en tanto, unos pocos minutos, apenas los suficientes para echarle a su mujer un polvo de gallo, en silencio y sin emplearse a fondo, más por cumplir que por placer.

Y ahora ni eso. En cambio, ha ordenado que Arcángel abandone el encierro forzoso y lo mantiene al lado suyo. Con el mismo tono absoluto con que antes resolvió enclaustrarlo, decidió de repente permitirle una libertad condicional para convertirlo en su compañía permanente.

—¿*Cuál era la obsesión que compartían Nando y Arcángel que los hacía olvidarse así del resto del mundo?*

Un nombre. El de Holman Fernely.

Cuando los espías le llevaron a Nando los primeros datos relacionados con el crimen de Narciso, hubo uno que le llamó la atención. La noche anterior la telefónica había registrado una llamada desde la casa del Mani Monsalve a la recepción del Hotel Nancy, para un tal Holman Fernely.

Era la primera vez que Nando oía ese nombre. Se lo entregaron por escrito en un trozo de papel y lo leyó en voz alta.

—¿Se dice Olman o Jolman? —preguntó.

La segunda vez que lo oyó fue en un alarido espeluznante que salió de los sótanos y retumbó por la casa. Se lo arrancó Pajarito Pum Pum a un socio de los Monsalve que capturaron vivo, un viejo llamado Mosca Muerta. Lo sorprendieron en calzoncillos en casa de una moza, lo agarraron de los huevos, lo encerraron en los sótanos y lo torturaron hasta que cantó.

—*Delató a Fernely como autor material contra la voluntad del Mani.*

—¿*Entonces Mosca Muerta confirmó la intuición de Severina?*

—*Sí. Dicen que Nando Barragán bajó personalmente para oír la confesión con sus propios oídos. Y que su gran dolor se redujo a la mitad: siguió penando por la muerte de Narciso, pero se alivió de la traición del Mani. Y que su gran ira sí siguió entera, pero toda dirigida contra una sola persona: Holman Fernely.*

¿Quién es Fernely? Nando y Arcángel se dedican a documentar su vida y milagros con morbosidad de coleccionistas. Reciben la información de manos de altos oficiales que se la cambian por whisky. Pasan y repasan fotos y datos pero no comprenden al personaje extravagante que se dibuja ante sus ojos.

–Por primera vez en esa guerra, a un Barragán no lo mataba un Monsalve. Sino un Fernely. Un desconocido. Para Nando era algo imposible de entender. Se obstinaba en no creerlo, como si en la zeta violada y en el estallido de la granada no estuviera estampada la firma –nombre y apellido– de un extraño. De un advenedizo.

Los expedientes judiciales de Fernely hablan de deserción del ejército, de vinculación a la guerrilla, de consejos verbales de guerra. Ante las gafas negras de Nando Barragán pasan fotografías que lo muestran tras las rejas, o saludando la cruz gamada, o cantando himnos bajo la hoz y el martillo. Recibiendo premios al mérito o ganando carreras de bicicleta. En unas aparece mechiclaro, en otras pelinegro, o enrulado, o rapado; más gordo o más delgado. Todo su físico cambia como el del camaleón, salvo su fealdad sin remedio: no importa qué disfraz lleve, resulta desagradable mirarlo.

Arcángel, abstraído como si jugara inútiles solitarios con una baraja, ordena las fotos en hileras sobre la mesa y pasea sobre ellas su mirada suave y apacible, hecha para contemplar atardeceres.

–Este hombre es rubio, zurdo, habla poco, tiene la nariz quebrada, mide un metro con ochenta y está enfermo de los ojos –dice al rato en voz baja, con una certeza sin énfasis que Nando y los demás pasan por alto porque la confunden con la ingenuidad.

Los informes de inteligencia acusan a Fernely de agente de la CIA o de la KGB, de líder sindical, de rompehuelgas. Los *dossiers* lo reconocen como experto en explosivos entrenado por la ultraderecha en Israel, y como artillero graduado en una escuela para subversivos en La Habana. Viejos recortes de periódico lo implican en asaltos a cuarteles, robos de banco, secuestros de millonarios. En sus cartas privadas firma como

Holman, como Alirio, como Jimmy, como El Chulo, como El Flaco.

¿Quién es, en realidad, Holman Fernely? Nando Barragán empieza a tenerlo claro. Diagnostica:

—Holman Fernely es un pobre hijueputa.

La maraña de datos judiciales, contradictorios, internacionales, le da vueltas en la cabeza como un carrusel. A él, que jamás ha salido de su país, que no se atreve a montar en avión, que no habla correctamente ni el idioma propio. Que no le vengan con cruces, con hoces ni martillos, a él, que es un líder natural, un delincuente común, un cacique de la tribu caníbal. Para darle caza al asesino de su hermano lo que necesita saber son las cosas importantes de su vida. Qué le gusta comer, con quién se acuesta, a quién le teme. Pero eso no hay quién se lo cuente, porque nadie lo sabe.

Cerca de la madrugada, cuando los hombres se retiran a descansar y a Arcángel lo vence el sueño en un sillón, Nando siente llegar del patio la primera alharaca de los pericos y los pasos ingrávidos de Severina, que va de jaula en jaula repartiendo alpiste, trozos de banano, gajos de naranja. Entonces se rasca su enorme cabeza y recuerda con cariño los tiempos en que la guerra contra los Monsalves no era sino balaceras escandalosas entre muchachos, con mucho tiro y poco herido. Añora otra época, parrandera y bohemia, en que la lucha se narró con coplas: Narciso El Lírico componía vallenatos contra los Monsalve, y ellos, que no eran inspirados, contrataban músicos a sueldo para que contestaran los insultos con otros peores.

—*La ciudad entera se sabía esos duelos de canciones, que se tocaban en las fiestas y en las serenatas, y una casa disquera lanzó un* L.P. *con una selección de las mejores.*

Nando le suelta más cuerda al recuerdo y llega conmovido al primer día de la guerra, cuando mató a su primo hermano

Adriano Monsalve por culpa de la viuda de Marco Bracho...
De ahí regresa al presente, trata de adivinar cuánto cobró
Fernely por liquidar a Narciso y se pregunta si será el mismo
pecado matar por amor que matar por dinero.

—*Mucha agua debió correr bajo los puentes para que
Barraganes y Monsalves pasaran de líos de faldas y guerra de
coplas al profesionalismo frío de un Holman Fernely...*

—*Mucha sangre corrió bajo los puentes, y lo que tenía que
pasar pasó.*

Nando y sus hombres se exprimen los sesos discutiendo si
será más conveniente buscar a Fernely en la ciudad o en la
montaña, enfrentarlo de día o de noche, con arma blanca o
de fuego, en emboscada o en duelo cuerpo a cuerpo. Anali-
zan estrategias para romperle el alma, montan planes para
hacerle tragar polvo, le dan vuelta a su psicología, estudian
sus hábitos, detectan sus puntos flacos. Hasta que Nando se
aburre.

—No más –dice–. Que lo comprenda su abuela, que yo lo
mato a mi manera.

Un hombre pesca a la orilla de un río de corriente perezosa y parda, espesa. Está parado en el porche de su casa, un ranchón de madera montado sobre vigas entre el agua, como un zancudo de patas largas. Como los zancudos palúdicos que zumban alrededor de su cabeza sin que él los espante. Sólo se mueve lo estrictamente necesario para echar hacia atrás la caña y lanzar más lejos el nailon con el anzuelo. De tanto en tanto la caña se tensiona por el tirón de alguna planta acuática, y su vibración agita la viscosidad del aire. Se acerca el mediodía y el pescador no ha sacado el primer pescado.

—Se murió el pobre río —comenta para sí—. Ya no arrastra sino mierda.

—*¿Cómo se llamaba ese hombre?*

—*No se llamaba. Era nada más un pescador.*

Su mujer se asoma a la puerta del rancho y pregunta: ¿Hay pescado para fritar? El hombre: No. La mujer: Bueno, entonces aso plátano.

El hombre recoge la caña, levanta el balde vacío, se monta en su chalupa y rema hasta la desembocadura de un arroyo que baja de la montaña, donde dejó su red engarzada al amanecer, a ver si atrapaba algunas sabaletas. Desde lejos ve que algo tranca el paso del agua, forzándola a brincar por encima. No se hace ilusiones: suelen ser ramas que la quebrada arrastra hacia el río.

Se acerca a la red, mete la mano. No, no son ramas. Parecen hojas... saca un puñado. Tampoco son hojas.

—*¿Qué eran?*

Son billetes. Saca un puñado de billetes. Vuelve a meter la mano y saca otro más.

—*¿Qué hacía ahí tanto dinero?*

Eso mismo se pregunta él, aterrado, maravillado, y no se sabe contestar. Está pasmado: no se atreve a moverse por temor a que desaparezca el tesoro. Su cerebro sigue paralizado, pero sus bolsillos reaccionan. Ya no se pregunta más, sólo quiere apropiarse del botín. Observa alrededor, por si aparece el dueño. Nada, nadie. Sólo lo miran unas lagartijas con manitas de niño. El corazón del pescador late con violencia, la saliva se le seca en la boca. Furtivamente, ojeando hacia los lados, con pánico de ser sorprendido, zafa la red tratando de recoger todos los billetes atrapados. Muchos se le escapan y arrancan río abajo, pero de todas maneras la red sale repleta. Los echa al balde, empapados, apelmazados, y los que no caben, al fondo de la chalupa.

—Mira lo que traigo —le dice a la mujer, de regreso al rancho.

Observan los billetes grises y verdes, brillantes y quietos como sardinas muertas.

—Esta moneda no es de aquí —dice él.

—Son dólares —dice ella—. Son billetes de dólar.

—¿Qué se podrá comprar con eso?

—Un radio nuevo. Y un televisor. Hasta una lancha con motor...

—¿Y si son falsos? Además, algún dueño han de tener...

La mujer agarra uno y lo mira a contraluz, después le muerde una esquina, le pega una restregada con la punta de su índice.

—Son más verdaderos que las siete llagas de María Dolorosa —dictamina— y a partir de ahora son nuestros.

Los mete en canastos y corre a secarlos al sol, colgándolos de la cerca de alambre con las pinzas de la ropa.

A dos kilómetros montaña arriba de la desembocadura de la quebrada donde el pescador ha encontrado el botín se extiende una de las haciendas de los Monsalve. El capataz y los peones recibieron orden del dueño, del Mani Monsalve en persona, de desenterrar todos los dólares que tenían encaletados. Cavaron hoyos, destaparon grutas, abrieron cuevas de Alí Babá y sacaron barriles llenos de billetes, que fueron cargando en una volqueta. Algunos salían podridos: tragados por la humedad, el hongo y la polilla. Uno de los barriles se les escapó de las manos, rodó hasta la quebrada, se deshizo de un golpe contra las piedras y los dólares escaparon, saltarines y libres, hacia el río.

    —Eran los billetes que después encontró el pescador...
    —Esos.

En otras haciendas de los Monsalve los peones se ocupan de lo mismo, desencaletar fortunas por órdenes del Mani y cargarlas en camiones. También en el puerto, en varias casas y departamentos: echan abajo muros y rescatan dólares de baños y garajes cancelados; levantan las tablas del piso, destapan el cielo raso y sacan maletas llenas; de los tanques de agua extraen bolsas de plástico embutidas de billetes y herméticamente selladas.

Mientras tanto, del edificio de piedra amarilla del Banco de la Nación, en el centro del puerto, parte una cola de gente de cinco cuadras de larga, como para cine de estreno. Cientos de pares de pies esperan, unos alineados detrás de los otros, y avanzan paso a paso, metro a metro, para acercarse a la ventanilla. Van arrastrando toda suerte de zapatos. De charol negro, tacón alto y dedos floreados a la intemperie; de recio cuero de becerro, suela de goma y cordones trenzados hasta los tobillos; zapatos tenis, nuevecitos, marca Adidas, de doble piso y arco abullonado; tenis deshechos con huecos en la lona; alpargates impermeabilizados en pecueca; auténticos mocasines Bally suizos; pies descalzos, curtidos en caminos de tierra y endurecidos en calles de asfalto; ejemplares inverosímiles para varón exótico, combinación en terciopelos rojo y azul y tachonados en falsos brillantes. Los dueños y dueñas de tantos zapatos tienen aspectos tan dispares como los zapatos mismos. Con una sola característica en común: llevan en el bolsillo un rollo de mil dólares propiedad de los Monsalve.

Todos ellos están ligados a la familia por uno u otro lado. Son secretarias de sus oficinas, peones de sus fincas, pistoleros de sus cuadrillas, cocineras, jardineros y un ejército de primos segundos, tíos abuelos, concuñados, suegras, compadres y comadres: gente pobre de la que tanto abunda y siempre anda por ahí, dispuesta a lo que sea con tal de ganarse unas monedas.

Los han reclutado para que colaboren en la monumental tarea del lavado de dólares. Su oficio consiste en recibir la suma de mil asignada a cada cual, hacer la cola, pasar por la ventanilla siniestra, cambiar por pesos, quedarse con un cinco por ciento y devolver el resto, para que los hombres del Mani lo consignen en las cuentas corrientes de los testaferros en los bancos locales. En dos minutos les explican la movida y ellos la entienden enseguida, sin necesidad de hacer preguntas, y quedan entrenados para hacer el oficio a la perfección.

Alrededor de la cola se organiza un tumulto de feria con tres músicas distintas que suenan al tiempo y se consolida una nube de olor a sobaco y a chicharrón. Los vendedores ambulantes asedian con almojábanas, hojaldres, avena en ollas, tajadas de piña, raspados de hielo con jarabes de colores. Verduleras acuciosas instalan mesitas con licuadora para producir jugos de guayaba, zapote y guanábana. Un médico dudoso promociona huevos de iguana en camándula para hacer mejor el amor.

Los hombres del Mani, disimulando las armas, recorren la fila de arriba a abajo, vigilando, para impedir que alguien huya con los dólares encima.

–*Cuentan que hubo gente que lo logró.*

–*Sí. Cuentan que en la fila una señorita empezó a quejarse de ganas insoportables de orinar. Los matones del Mani le ordenaron que aguantara, pero ella armó escándalo, doblada por el medio, con los riñones a dos manos y suplicando porque se iba a reventar. Al final le autorizaron que se aliviara detrás de unas canecas de basura, al fondo de un callejón. Pero la marrullera no sólo quería hacer pipí, sino que además empezó a hacer popó, y el responsable de que no se volara tuvo que mirar hacia otro lado porque es desagradable y de mal agüero ver a una extraña cagar. Ahí fue cuando ella aprovechó, se aseguró el dineral entre el seno y salió disparada con el último pedo como una muñeca de inflar pinchada con alfiler. Cuando el pistolero volteó a controlar, sólo encontró el bollo con un dólar enzurrullado y clavado en la punta, como bandera. Por muchas cuadras correteó a la fugitiva hasta que sus balas, que la perseguían con saña para castigarla por sucia y atrevida, se cansaron de errar el blanco y la indultaron. Dicen que ese hombre quedó sintiéndose marica de por vida y que todavía le retumban en los oídos las carcajadas de ella. Dicen que esa tal señorita se fue a los ventorrillos de contrabando y se gastó los mil dólares en calzones de encaje francés y Leche de la Mujer Amada, para hacerse preñar de un novio mecánico que tenía.*

—Es un hijueputa —dice Nando Barragán sobre Holman Fernely.

Para los que lo escuchan la frase no pasa desapercibida, porque nadie se la ha oído proferir antes sobre sus enemigos de guerra.

—Para un Barragán no había en el mundo nada más sagrado que su madre, y su madre era hermana de la madre de los Monsalve. Y viceversa. Insultar a la madre del enemigo era insultar a la propia.

Toda La Esquina de la Candela se entera de lo que ha dicho Nando y se riega un comentario: "Si asesina a los hijos de su propia tía, ¿qué no le hará a un hijo de puta?"

Desde que supo de la existencia de Fernely, Nando Barragán es incapaz de pensar en nadie y en nada distinto. El deseo de matarlo lo ha marcado como el fierro al rojo a un novillo. Desde que oyó ese nombre no volvió a ocuparse de los negocios, el dolor por la muerte de Narciso se le volvió lujuriosa pasión de venganza y su melancólico amor por la rubia Milena perdió potencia. Se debilitó hasta su obsesión por el Mani Monsalve, ser decisivo en su vida dedicada a odiarlo con toda la fuerza de su corazón desbaratado.

Durante los días de luto por su hermano, Nando permanece recluido en el aire viciado de tabaco de su oficina, de gafas negras en la semioscuridad. Es común verlo en compañía de Arcángel, confidente de planta para su nueva, monótona fijación: planificar el desquite. No sabía Nando que el luminoso y pacífico Arcángel sintiera afición por la guerra. Pero desde que los hermana la búsqueda de Fernely, ha descubierto en el muchacho una predisposición sobrenatural y apocalíptica de exterminador bíblico, y se pregunta si no habrá sido equivocada la decisión de mantenerlo alejado de las armas.

El cielo se oscurece. Nadie enciende el único bombillo de

la habitación, que cuelga ocioso del techo al extremo de un cable desnudo. Los dos hermanos están tan absortos que han dejado enfriar intactos los platos de fríjoles que Severina les ha servido.

–*A Nando, el primogénito, Severina lo alimentaba con fríjoles, y al mismo tiempo alimentaba su rencor con permanentes referencias al honor de Narciso, con indirectas que dejaba caer como al descuido cada vez que entraba a la oficina con la bandeja de comida.*

–*Mucho se decía que el verdadero motor de esa guerra era Severina, su violentado amor de madre que no permitía el perdón. Se decía también que Nando era una máquina de guerra, pero que la pétrea voluntad que lo impulsaba estaba en ella, porque no hay en el mundo sed de venganza como la de una madre de hijos asesinados.*

Nando y Arcángel se compenetran en una afinidad de hermanos que no habían disfrutado antes. Cuando se fatigan de fabular venganzas hazañosas se pasan al intercambio de memorias, como niños de escuela en cambalache de figuritas para los álbumes de moda.

Arcángel habla de la capital, que Nando no conoce, ciudad helada donde los burros son lanudos, las flores peludas y la gente abrigada entre su casa. Con voz trémula de cantante de tango Nando evoca el desierto, tierra de los antepasados, de donde Arcángel salió bebé para no volver. Le habla de indios desnudos que patean una pelota de trapo en un peladero de arena; de pueblos sedentarios, amarrados al suelo, pero hospitalarios con cualquier caminante que venga de lejos y les cuente historias de viajes; de contrabandistas que de noche cruzan la frontera cargados de mercancías y de día se entretienen apostando sus ganancias a las peleas de perros.

Hermano mayor y hermano menor dejan que los recuerdos vuelen, que las horas se estiren, que se enfríen los fríjoles de Severina, y no se percatan de la presencia taciturna que acecha desde el umbral.

—*Una tercera persona estaba ahí... ¿Quién era?*

—*No puedo mencionar su nombre. Era mal agüero, y sigue siendo.*

—*¡Raca Barragán, El Tinieblo! El tercer hermano sobreviviente...*

Nando y Arcángel siguen conversando. El único de sus nueve hermanos varones que queda vivo, el Tinieblo, está a sus espaldas, recostado en el quicio de la puerta, pero ellos no se percatan de su respiración irregular ni del golpeteo de su pulso alterado, no ven los pinchazos en sus venas esquivas, no presienten el sudor frío que empapa su eterna chaqueta de cuero. No adivinan los latidos de su corazón de hielo bajo la medalla de la Virgen del Carmen, cosida a la piel de su pecho sobre la tetilla izquierda...

Mayor que Arcángel, menor que Narciso, el Raca Barragán lleva veinticuatro torturados años haciendo maldades, a sí mismo y a los demás. Sería alto como Nando si no se encorvara, sería bello como Narciso si la luz de sus ojos no estuviera apagada, sería dulce como Arcángel si por su sangre no corriera tanta heroína y tanta hiel.

Severina supo que había tenido un hijo malhadado desde el momento mismo en que lo parió, en medio de dolores extraordinarios, y le vio la mancha opaca en el fondo de los ojos abiertos. "A este niño hay que temerle", dijo. Nando comprendió la naturaleza torcida de su hermano cuando vio el fervor con que torturaba a un gato a los dos años de edad.

A los seis aún no había aprendido a hablar, y a los doce Nando lo adoptó de mascota, le enseñó el arte de la violencia y lo involucró en todos sus tropeles.

—*Lo adiestró para ser su heredero...*

Lo llevó de la mano por los despeñaderos de la ilegalidad

y la guerra y le trasmitió sin reservas toda su sabiduría peleonera. Pero nunca lo amó. No sentía por él ni la fascinación que le inspiraba Narciso ni la ternura protectora con que arropó a Arcángel. Aunque el Raca supo convertirse en el mejor estratega y el más hábil pistolero, la desfachatez con que mataba y veía morir despertaba en Nando un desprecio mal disimulado que se traducía en dureza de trato y ferocidad de palabra.

—Nando Barragán, rey de criminales, desdeñaba a sus iguales y admiraba a la gente de paz, de estilo, estudio y razón. Y el que te digo pero no nombro era un bárbaro, peor que él.

Al Raca, que se graduaba de matón porque lo jalaba el instinto pero también por afán de complacer a su hermano mayor, ese desdén lo carcomía por dentro. Su devoción por Nando crecía como la de los perros, que entre más apaleados más abyectos, y como no comprendía el motivo del desprecio fraterno, se esforzaba por superarlo perfeccionándose en el crimen y ensañándose en la crueldad. De tal manera que a los quince años, con la vida de varios Monsalves pesándole a las espaldas, se había convertido en un joven príncipe del horror.

A los dieciséis años le pasó lo peor. Por primera y única vez en su vida lo agarró la policía, cosa que nunca le ocurría a los Barragán, inmunes al brazo de la ley. Lo detuvieron durante una vulgar redada nocturna sin saber quién era, como a cualquier vándalo, y mientras la familia se enteró y pudo rescatarlo, permaneció tres días y tres noches hacinado en una celda provisional con otros doce presos. Doce ratas canequeras: putos, cuchilleros y mercachifles del vicio, mayores que él, más cancheros, que le hicieron lo que les vino en gana. Lo drogaron, le besaron el cuerpo, lo vistieron de mujer, lo violaron. Cuando salió no quiso hablarle a sus hermanos ni mirarlos a la cara. Nando Barragán se enteró de lo sucedido y él personalmente buscó y asesinó a cada uno de los doce hombres de la celda. Pero su asco por el Raca aumentó hasta la náusea.

Entonces el Raca se cansó de soportar vergüenza y rumiar amargura, se fue de la casa y desde entonces anda cruel, solitario, bandido y vicioso, y se desquita en otros de la abyección que le hicieron. Le roba al que no tiene, mata porque sí, atropella al indefenso, derrocha sangre fría, arma orgías donde pervierte menores de ambos sexos.

–*Los vecinos de La Esquina de la Candela tuvimos que soportar sus caprichos de adolescente corrompido. Fueron años negros para el barrio. Todo lo que El Tinieblo tocaba se marchitaba, todo el que se le acercaba, sufría. Desde entonces nadie quiso mentar su nombre, y se pusieron matas de sábila y escobas paradas detrás de las puertas para ahuyentar su presencia maldita.*

Jinete nocturno y sonámbulo, Raca Barragán cabalga motos de alta cilindrada por entre infiernos y pesadillas que no registra del todo su cerebro disecado en ácidos y alucinógenos. No se trata con la familia: con excepción de La Mona, que lo venera, ni lo quieren ni los quiere. Duerme de día sobre la arena sucia de playas perdidas y de noche ronda por baldíos, antros y basureros en compañía de una banda de gatilleros zarrapastrosos, sin cara ni nombre, que lo siguen como sombras donde quiera que va. Sus únicos amigos son un fusil G3 alias el Tres Gatos y un puñal que responde al nombre de Viernes; sus bienamadas son la Señora –una metra M-60–, la Morena –una manopla que muele huesos– y la Bailarina, una navaja automática que a una orden del amo va, mata y regresa.

–*El muchacho se volvió una leyenda negra. Hacía todo el mal que podía, y el que no hacía, de todos modos se lo achacaban. Cualquier calamidad, hasta las inundaciones, las en-*

fermedades o las sequías, se volvió culpa suya. Los niños le temían más que al Patas, más que al Coco, más que al Viejo de la Bolsa. Los adultos le rogábamos a Dios que nos librara del Tinieblo.

Sentados el uno al lado del otro, Nando –amarillo– y Arcángel –dorado– conversan cómplices, cálidos, cercanos, hasta que les hace voltear la cabeza un leve crujido del cuero de la chaqueta del Tinieblo. Esa chaqueta negra, tan absurda y hostil en el bochorno de la ciudad, de la que no se desprende nunca, como si fuera una segunda piel. Lo miran y los mira, trata de pronunciar una frase que se queda atrapada en su lengua adormecida.

–Vete, Raca –le ordena Nando con calma impersonal–. Estás drogado.

Él trata de equilibrarse sobre sus piernas inciertas, espera con mansedumbre perruna, busca sin éxito en los archivos revueltos de su averiada memoria una palabra que cruce el abismo, que acorte la distancia, que merezca el perdón.

–Vete –repite Nando, sin alzar la voz.

El Raca obedece en silencio y se aleja por el corredor hacia la calle, despidiendo a su paso una luz negra y triste que espanta a los animales del patio y ensombrece los rincones.

–Ni el Raca ni yo te servimos para nada –le dice Arcángel a Nando–. Él por demasiado malo, yo por demasiado bueno.

–A él lo empujé y a tí te frené. Hice mal. No se debe forzar la mano.

–Déjame llamarlo –ruega Arcángel–. Lo vamos a perder.

–Deja que se vaya. Hace tiempo lo perdimos.

A la noche, después de pasar el día en salas de juntas y de asistir a reuniones de negocios legales, el Mani Monsalve regresa solo a su gran casa sobre la silenciosa bahía del puerto.

Yela, la vieja cocinera, se ha marchado con la señora, y él no sabe ni cómo se llaman las sirvientas que ahora lo atienden. Sin el control de Alina, los guardaespaldas se han ido apropiando de la residencia, que pasó de la organización perfecta, estilo hotel lujoso de Miami Beach, a un relajamiento maloliente de vividero de solteros. Hay medias en las lámparas, ceniceros repletos de colillas, periódicos y platos con restos de comida sobre la mesa del comedor, fusiles acostados en los sofás abullonados, huellas de botas embarradas en los tapetes claros, radios y televisores encendidos y ruidosos a todas horas. Los floreros enormes, antes repletos de rosas, ahora permanecen vacíos, no sale la voz de Nelson Ned del equipo de sonido, los cristales y los mármoles se opacaron, pegajosos, con la sal del mar. De los objetos cotidianos se ha borrado el rastro femenino de Alina Jericó.

El único lugar donde el Mani la encuentra todavía presente es en el clóset de ella, un cuarto interior de cuatro metros cuadrados, atestado de estanterías y espejos e iluminado con exceso de bombillos, como camerino de estrella de Hollywood. Allí permanecen encerrados y reconcentrados, sin posible escapatoria, sus olores, sus secretos, sus recuerdos, sus angustias, su tiempo perdido, sus vanidades, como si se hubieran sedimentado en cada zapato que no se llevó, en cada foto que dejó olvidada, en la ropa interior que quedó en el fondo de los cajones.

Y sobre todo en las cajas. En las cajitas donde ella guardaba cosas. Son estuches pequeños de diversos estilos y materiales —cofres, joyeros, costureros, unos de madera, otros de paja, de nácar, de artesanía oriental— en los que el Mani nunca reparó antes y que ahora ocupan las largas horas de sus desvelos nocturnos.

De vuelta de sus ocupaciones –cada vez más legales, más insípidas y fastidiosas– el Mani Monsalve se encierra con seguro en su habitación, da orden terminante de que no lo interrumpan, se lava meticulosamente las manos y saca las petacas del clóset de Alina.

Las abre con devoción, como si manipulara objetos sagrados, y vuelca el contenido sobre la cama. Están llenos de tesoros mínimos, incompletos, inútiles, amontonados al azar. Son medallas, esquelas, recortes, hebillas, que le hablan al Mani de momentos íntimos y solitarios de la vida de su mujer, en los que no se interesó mientras vivió con ella y que ahora se desespera por recobrar.

Toma cada botón como si fuera pieza única y trata de adivinar de qué vestido se cayó, cada arete sin compañero y quiere saber cuándo fue la última vez que se lo vio usar, cada trozo de porcelana rota y busca los demás para juntarlos y pegarlos, en un esfuerzo estéril por recomponer la figura, alguna figura, el objeto indescifrable y cualquiera que alguna vez estuvo entero y se rompió, y ella guardó los pedazos y él ahora desearía con una ansiedad empecinada que volviera a existir. En eso se le van las noches: esculcando cajitas llenas de pasado.

Durante el día regresa, amodorrado y desganado, a un presente que le interesa cada vez menos. Para enfriar su dinero caliente visita una lista de posibles testaferros que le ha presentado el abogado Méndez. Son hombres de apellidos respetables, católicos practicantes, padres de buenas familias y socios de clubes selectos, a quienes les propone negocios fabulosos en los que él pone el dinero y ellos el nombre y la cara. Como gerente de sus empresas, ha contratado un ávido y juvenil grupo de hijos de ricos recién graduados en universidades extranjeras, que dominan el inglés y manejan el fax, el télex y la informática.

Para asumir su nueva vida con buena cara, el Mani ha aceptado desprenderse de sus bluejeans y sus tenis, y los ha cambiado por vestidos brillantes, zapatos vistosos, camisas negras y corbatas tornasoladas que, lejos de mejorarlo, resaltan la mala carta de presentación de su cicatriz canallesca, sus modales plebeyos y su crasa incultura. "A falta de educación, dinero", se repite a sí mismo cuando trata con ciudadanos destacados, y se derrama en contribuciones y donaciones, paga todas las cuentas, despilfarra en atenciones.

Se mete la mano al bolsillo y reparte billetes con la misma rapidez con que antes sacaba el arma y repartía plomo. Siguiendo recomendaciones del abogado, le ha enviado a cada socio, de entrada, como regalo de buena voluntad, un Renault 12 cero kilómetros.

Cuando hace el balance en plata blanca de la nueva estrategia, reconoce que da buenos resultados. Los socios burgueses son más permeables de lo que creía al dinero fácil y a la multiplicación mágica de las ganancias. Por todas partes le cuajan negocios de buena ley: en importación de vehículos, crianza de ganado, empresas de leasing y factoring, compraventa de acciones y títulos negociables, compañías de seguros, casas de usura, especulación con propiedad raíz y otros tantos, todos igualmente desconocidos y aburridos para él, que producen cuadros estadísticos ascendentes que le entran por un ojo y le salen por el otro.

Pero si hace el balance en términos personales, la conclusión es de otro signo. Cuando llegó la fecha del más importante baile anual de beneficencia, en el principal club social del puerto, el Mani colaboró comprando el cincuenta por ciento de las boletas de entrada, pagó con su chequera las orquestas, los adornos florales, los fuegos artificiales y el buffet de mariscos y champañas. El evento resultó un éxito y se recaudó mucho dinero para la rehabilitación de drogadictos. Para cerrar el acto, un grupo de damas distinguidas le entregó al Mani un gran ramo de rosas en medio del aplauso y la gratitud general.

El abogado Méndez le recomendó: "Es el momento. Presenta tu solicitud de ingreso al club." Así lo hizo. La admisión corría por cuenta de los miembros de la junta directiva, que ya eran socios suyos. No había pierde.

Al día siguiente le informaron los resultados: varias balotas negras. Solicitud negada. Sus propios mantenidos, las sangüijuelas de su fortuna, le votaron en contra.

—Adoran mi dinero —le comentó lacónicamente el Mani al abogado— pero a mí me aborrecen.

No hay rencor en sus palabras, ni desilusión, ni nada distinto a la apatía y la fatiga.

—*Si Alina Jericó era lo único que realmente le importaba, ¿por qué el Mani Monsalve no dejaba todo, guerra y negocios y todo y se iba con ella?*

—*Porque no. Porque ius hombres no hacen esas cosas.*

¿Dónde está Alina Jericó? Parece no estar en ninguna parte. Como si la hubiera arrastrado hacia la oscuridad la yegua negra de sus pesadillas. O se hubiera esfumado en sus sueños de amor de reina de belleza y actuara en otra telenovela. O se hubiera metido dentro de sí misma para ocultarse con su hijo en un refugio interior y secreto.

Lo cierto es que Alina no quiere ver al Mani, no escucha sus mensajes, no abre sus cartas, no acepta pasarle al teléfono. Por eso durante el día él circula vestido de dandy tropical, llevando a cabo sus planes financieros y cumpliendo con su agenda social. Pero su vida verdadera la vive por las noches, encerrado en el dormitorio, donde al menos puede buscar a

su mujer entre las cajas, y de cuando en cuando, por un instante, cree encontrarla en la cuenta de algún collar reventa-
do, o en una llave realenga que no abre ninguna cerradura.

Los dos caballos galopan por una trocha culebrera que atraviesa el monte, rasguñándose los ijares contra la maraña de chamizos e inflamándose el hocico al roce de las pringamosas. Los dos jinetes se protegen las piernas con zamarros de carnaza y los rostros con las alas blanquinegras de sombreros sabaneros.

Salen a un descampado y miran hacia abajo, hacia el gran valle encendido por los últimos fulgores del día. Girando la cabeza lentamente en medio círculo, observan el portentoso latifundio que se extiende a sus pies, salpicado de reses cebú que vagan pacíficas por un mar infinito de laderas sembradas de yerba marihuana.

Uno de los jinetes –el joven, el de la cicatriz parda que le surca la cara– es el Mani Monsalve. El otro –el viejo entrecano que fuma tabaco– es su hermano mayor, Frepe.

–Está bien –dice el Mani, y deja que su caballo mastique pasto.

Emprenden el regreso al paso, con las riendas flojas, dejando que los animales encuentren solos el camino. El Mani saca los pies de los estribos y los deja colgar, afloja los músculos, cierra los ojos y se empuja el sombrero hacia adelante. Su camisa desabrochada sopla al viento. Deja que la inercia lo sostenga sobre la silla y que lo arrulle el pasitrote de la bestia, y se adormece agotado por la cabalgata, que empezó al amanecer.

–De tanto andar entre blancos te estás volviendo flojo –lo puya Frepe, que se da cuenta de su cansancio.

Mani abre los ojos, tenso de nuevo por un instante, pero prefiere pasar por alto la provocación. Contesta con un hmmm desganado y vuelve a instalarse en el sopor y la proyección continúa sobre el telón de su memoria de un único recuerdo, el de Alina Jericó.

Frepe marcha detrás, tranquilo, con el tabaco colgado del

labio inferior, limpiándose las uñas con la punta de una navaja, y nadie diría que hace tan poco tiempo, a raíz de la muerte de Narciso Barragán, el encontronazo entre los dos Monsalves casi llega a la violencia. Pero luego fue bajando gradualmente de volumen, gracias a un acuerdo pactado entre todos los hermanos, según el cual el Mani se ocuparía de los asuntos urbanos, legales, y Frepe de los rurales, clandestinos.

En la práctica, fue una división en dos de una jefatura hasta entonces única. Pero Mani accedió casi gustoso a perder poder a cambio de sacarse problemas de encima y de ganar libertad para su plan de legalización. Ahora cada cual atiende lo suyo sin pisarse los talones, y de vez en cuando –como ahora– el Mani cae por las haciendas en superficiales visitas de inspección, que aprovecha para sacar a pasear por los potreros su alma fulminada por el abandono de su mujer.

La noche cuaja clara y fresca y les falta poco para llegar a la casona de la hacienda, cuando les cae del monte el eco agudo de unas carcajadas. El Mani brinca en su silla, eléctrico. "Serán lechuzas", miente Frepe. Mani para oreja: no son lechuzas. Son risas masculinas, estridentes como graznidos de cuervo. Mani le clava las espuelas al caballo y rompe al galope en dirección al ruido. Frepe lo sigue. Vuelven a meterse entre la vegetación y toman una trocha monte arriba, a través de la negrura, hasta que los detiene una voz que sale de la izquierda, muy cerca.

–¡Quién vive!

–¡Paciencia hasta el juicio a cochinos! –contesta Frepe, con el santo y seña.

El Mani oye que el hombre invisible consulta por radio y después les grita: "Adelante."

La trocha se empina y las bestias suben a tropezones y trancazos hasta un bosque de yarumos, plateados y soberbios bajo la luna. Enquistado en medio hay un rancho apenas alumbrado por una lámpara de petróleo. Otra voz invisible interroga desde la espesura, ¿quién vive?, y Frepe repite el santo y seña, paciencia hasta el juicio a cochinos, y de nuevo hay cuchicheo en onda corta hasta que los dejan pasar.

El rancho es grande, sin paredes, y parece una barraca de soldados pero sin orden, sin limpieza, cocinada en aire rancio de hombres sucios y solos. A un lado han abierto un claro para improvisar un polígono de tiro. Adentro se ven hamacas guindadas, armamento, botas, prendas militares. A la entrada, bruscamente pintada sobre el muro, Mani ve una calavera de boina roja con una serpiente que le entra por la cuenca de un ojo y le sale por la otra, y que lleva debajo, en letras de molde, una leyenda: *La felicidad es un enemigo muerto.*

No hay nadie. El Mani entra. Cuenta las hamacas: veintitrés. Le sorprende la variedad y el calibre del armamento que registra a primera vista: ametralladoras Madsen, carabinas M-1, revólveres Magnum 357, cuchillos de combate, binóculos, un telescopio, una ballesta moderna de alta precisión y un torno manual para cavarle estrías a los plomos de las balas, volviéndolas dum-dum.

Sobre una mesa hay restos de comida, botellas vacías de aguardiente, mapas, una linterna y algunos folletos en inglés: *Técnicas de combate, Manual de supervivencia, Las armas del guerrillero.*

Mani toma la linterna e ilumina hacia el fondo: Sobre la alta tapia que protege al rancho por detrás, los bárbaros artistas del grafitti han dibujado más calaveras que muerden puñales y más consignas: *Botas limpias, manos sucias. Viaja a tierras lejanas, conoce gente interesante... y mátala.* Mani apaga la linterna.

–¿Qué es todo esto? –le pregunta a Frepe, aunque adivinó fácil–. ¿El campamento de Fernely?

Frepe no contesta, se limita a echar humo por boca y nariz. Mani interroga de nuevo:

—¿Mantienes a ese hombre aquí, entrenando sicarios?

—No son sicarios. Es un grupo de autodefensa, calificada para proteger las haciendas contra allanamientos del ejército o ataques de la guerrilla, contra los abigeos, contra los secuestradores... Hay mucho peligro...

El Mani sabe que son mentiras, pero se queda callado. Frepe sabe que el Mani sabe que le está mintiendo, y toma nota de su silencio.

—*Tal vez al Mani le convenía el reparto de papeles. Quiero decir, que no le venía mal ocuparse de leyes y negociaciones, mientras por debajo de cuerda Frepe, Fernely y sus sicarios se encargaban de lo demás...*

—*Pero la pelea entre el Mani y Frepe fue real. Se trenzaron en una lucha encarnizada por el control de la familia. Cada uno tenía su orgullo y su visión de cómo se debían manejar las cosas. En las semanas posteriores al asesinato de Narciso, la gente que rodeaba a los Monsalve llegó a temer que el pleito entre ellos terminara en la muerte de uno de los dos. Después el asunto se fue enfriando.*

—*Tal vez porque el Mani ya sabía que por las buenas no iba a llegar lejos. Lo cierto es que cuando descubrió el campamento clandestino de Fernely, el Mani no le dijo nada.*

—*Porque no podía... o no quería. Quién sabe. Con esa gente era imposible saber.*

Se escucha más cerca la patanería y el barullo, los cuervos machos que graznan, que gritan, que sueltan tiros al aire. El Mani mira hacia afuera y los ve venir. Bajan del monte en patota de fantoches, con uniformes camuflados y cara pintada de verde y negro, híbridos de soldado, bandolero y haragán: entre empujones y risotadas juegan a afinar la puntería amagando contra los pies de los demás.

Detrás de los otros, silencioso, macilento, con el pelo amarillo cenizo aplastado debajo de la boina, y la boina tan roja como los ojos infectados, baja Holman Fernely, arrastrando los pies. El Mani lo reconoce y se apresura a partir. No tiene nada que decirle. Monta su caballo y arranca en dirección contraria. Apenas empieza a bajar la pendiente oye la voz nasal de Fernely, que le avienta una despedida retadora:

—¡Adiós, patrón!

—El Mani y Frepe se habían vuelto las dos caras de la misma persona. Frepe la cara negra, Mani la cara blanca.

—Así es. Se rechazaban como agua y aceite, se tenían miedo, pero dependían el uno del otro como hermanos siameses. Por más que el Mani quisiera pararse al sol, siempre tendría una sombra.

—Frepe. Frepe era su mala sombra.

Liviano y dorado, como bañado en luz de catedral, Arcángel Barragán levita sobre su lecho revuelto. Más temprano en la mañana La Muda, descalza y enclaustrada en su luto, ha entrado a traerle el desayuno y a hacerle las curaciones del brazo. Aunque los meses han pasado y el niño ha sanado, el ritual se repite idéntico día tras día, y ella le dedica tanto tiempo y cuidado a la cicatriz ya casi seca como el que empeñaba en la herida recién abierta.

Se acerca el medio día y Arcángel no quiere levantarse, debilitado por la secuencia de noches en blanco con Nando y por la terrible lucha interior que cada mañana libra contra el amor monstruoso por su tía, La Muda.

Lo aniquila tanto deseo, tan culpable, por la mujer prohibida. Su mente tierna y su cuerpo de adolescente no pueden con el peso de ese pecado magnífico y atroz. En los últimos tiempos reza mucho, para pedir perdón. Recita padrenuestros y credos, unos detrás de otros, siempre interrumpidos por el recuerdo de ella. Se santigua y bendice sus olores a sal, su grupa de yegua, el bulto de sus pechos grandes, el tintín de sus fierros secretos, el color rosado de su lengua muda. Le ruega a los santos que su tía lo mire, que se acerque, que lo acepte. Señor, haz que ella cumpla mis deseos que no son de niño sino de hombre, que tenga piedad de mi alma que no es de hombre sino de niño. Que yo pueda abrir su cinturón de hierro, meterme en su cueva y esconderme adentro para siempre, amén. Y que Dios me perdone porque no sé lo que hago, que no me castigue por tanta maldad, por tantísima dicha.

Cómodo en ropa de sport, el abogado Méndez se baja de un taxi frente a los edificios de un condominio nuevo en el puerto. Es la mañana de un domingo radiante, en los jardines pululan besitos de todos los colores y un viento tibio mece los guayacanes arrancándoles lluvias de pétalos amarillos.

—¿Era guapo el abogado?

—No, guapo no era. Era un hombre alto, grande, rosado, de tipo protector. Tenía la voz grave y agradable, y la particularidad de que siempre se lo veía fragante, como recién salido de la ducha. Todas esas cosas juntas hacían que le inspirara confianza a las mujeres.

El abogado pregunta en la portería por la señora Alina Jericó, le permiten subir, toma el ascensor de la torre c y timbra en una puerta del piso octavo. Le da la bienvenida una Alina que no es la de siempre: su cara, más llena, no está bronceada ni maquillada como es usual, pero en cambio se ve serena; lleva el pelo más corto pero más brillante; el embarazo ha transformado sus curvas perfectas de 90-60-90 en una apacible redondez de 90-90-90 y sus bellos pies, descalzos, se ven hinchados.

—¿Qué le parece, abogado? Ya no me entran ni los zapatos.

Lo hace pasar. El apartamento es modesto en comparación con el lujo aparatoso de la residencia del Mani, pero es confortable y ventilado, tiene mucha luz y Alina lo ha decorado con discreción y entusiasmo, con muebles de mimbre, cretonas claras, fruteros repletos y grandes floreros. Se sientan en una terraza pequeña, fresca, bajo un parasol de lona, y la vieja Yela les lleva jugo de lulo helado. Conversan de la salud, del tiempo, de cualquier cosa, y al rato entran en materia: el abogado trae un maletín lleno de papeles para ayudarla con los trámites de la declaración de renta y la separación de bienes.

Despliega los documentos sobre una mesita redonda y empieza a explicar contabilidades, a mostrar facturas, saca una calculadora y suma, resta y multiplica ante los ojos de Alina, grises y ausentes, en los que se van amontonando, incomprendidos, sin procesar, los datos, las fechas y los números.

—¿Te queda claro, Alina?

Ella responde que sí pero lo único claro son sus ojos grises, preciosos, que se vuelven verdes y se llenan de lágrimas cada vez que el nombre del Mani Monsalve sale a relucir en el informe. El abogado trata de mantenerse objetivo, ceñido a las cifras, e insiste en sus explicaciones. Pero no ayuda el viento que sopla haciendo volar los papeles, ni el desinterés de Alina por el tema, ni las nubes de tristeza y de soledad que rondan por su cabeza. Entonces Méndez comprende que es inútil, que no es el escenario apropiado para ingresos y egresos, ni pérdidas y ganancias.

—Otro día organizamos esto —dice guardando los documentos, y su voz suena más cálida, menos impersonal—. Ahora cuéntame cómo te sientes.

Como si le hubieran dado una autorización que hacía mucho esperaba, Alina da rienda suelta a un llanto prolongado, incontenible, de los que son como serpentinas porque una vez arrancan no se detienen mientras no se desenrosca hasta el último rizo. Entre hipos y lagrimones empieza a correr, como un río, un tumulto de palabras y recuerdos, un caótico flujo de conciencia en el que se disputan el protagonismo el Mani Monsalve, los Barragán, el niño que va a nacer, el pasado lejano, el presente indicativo y el futuro incierto, los sueños frustrados, las pesadillas recurrentes, los jardines de ilusión, la flor de la esperanza.

Ahora es Méndez el que no entiende nada, salvo su propio impulso reprimido de abrazar a aquella mujer desolada, embarazada, desamparada y hermosa, para protegerla, para ayudarla a salir al otro lado, para sentirla cerca, para sonar con un pañuelo su naricita colorada, para acariciar su pelo brillante y sedoso, que a cada sollozo se sacude de manera tan irresistible, tan tentadora.

Y tal vez lo hubiera hecho, desoyendo las últimas, tímidas advertencias de su instinto de conservación ya casi derrotado por el atractivo de la mujer del Mani Monsalve, si no se aparece en la terraza la vieja Yela, con un balde en una mano y un trapeador en la otra, gritando que la cocina se inunda.

Pasando sin transiciones de la tragedia a la comedia, Alina y Méndez se precipitan detrás de la vieja y llegan por entre grandes charcos hasta la tubería del lavaplatos, que despide agua como un aspersor. El abogado se quita los zapatos, se arremanga los pantalones, busca la llave de paso, la cierra, y emerge del desastre empapado, sonriente y triunfal.

Agradecida, chorreando agua y momentáneamente liberada de sus pesares, Alina se disculpa con Méndez por tanta molestia y le ofrece un buen baño de agua caliente y una bata levantadora mientras Yela seca su ropa en la secadora y le pasa la plancha. El abogado acepta y piensa, "lo único que falta es que entre el Mani y me encuentre en calzoncillos". Alina se retira a su habitación para cambiarse y media hora después se reúnen de nuevo en la terraza, y convienen que la única forma de salvar un domingo aguado por lágrimas e inundaciones es ir a una exposición de flores exóticas que ella hace días quiere visitar pero no ha tenido ánimos.

Salen en el carro de ella, manejado por él. Llegan a la exposición y recorren los invernaderos, Alina maravillada por la extravagancia de orquídeas y lirios, y Méndez paranoico sin confesarlo, mirando hacia atrás por si los siguen los hombres del Mani.

Cuando pasan frente a una orquídea de cavidades carnívoras, de la especie odontoglossum, a Alina le produce trastorno la falta de oxígeno y el reconcentrado olor vegetal, se agarra del brazo del abogado y le pide que salgan a tomar aire. Encuentran un patio ventilado con una fuente de piedra al medio y se sientan en el borde hasta que ella se recupera y dice que la ha atacado un hambre feroz.

Se ponen de acuerdo en comida italiana y caminan hasta un restaurante alegre, decorado en verde, rojo y blanco, donde piden lasañas, vino blanco y helado. El abogado, hombre de gran apetito, se sentiría enteramente feliz si cada tanto no lo atenazara el temor a la reacción del Mani cuando se entere de la separación de bienes, de las orquídeas, de las lasañas. Y se va a enterar, de eso no cabe duda, y va a ser más temprano que tarde.

En un café pequeño, al aire libre, se toman un tinto para despabilar la modorra que les dejó el vino. Luego entran a un centro comercial y lo recorren despacio, sin afán por llegar a ningún lado. Alina encantada mirando vitrinas y Méndez sobresaltado, imaginando un espía en cada esquina.

En una juguetería Alina le compra al bebé un mico de cuerda y una caja de música, y Méndez, que por momentos logra olvidarse del Mani para disfrutar de la compañía de esta mujer que empieza a gustarle más de lo que le conviene, le pide que lo acompañe a mirar discos. Discuten sus aficiones musicales y se ríen, contentos, cada vez que coinciden.

Se detienen frente a un cine, observan la cartelera y él no resiste la tentación de preguntarle si quiere entrar. Pero siente alivio cuando ella le dice que no, que ya está fatigada y necesita poner los pies en alto. "Mejor, así la dejo en su casa y tal vez me salve", piensa Méndez, pero enseguida lo agarra la desesperación por estar con ella un rato más. No se le ocurre qué proponerle que no suene irrespetuoso ni indiscreto, cuando la oye decir "más bien vamos a casa y vemos una en Betamax". Él visualiza al Mani irrumpiendo en el apartamento con una ametralladora y barriéndolo a plomo, pero responde "excelente idea", sospechando que bien vale la pena arriesgar la vida a cambio de un par de horas más con Alina Jericó.

Se acomodan en la sala frente al televisor, él en un sillón y ella recostada en el sofá, con los pies levantados sobre cojines. Tienen dos películas para escoger: un drama y una de guerra. Ella quiere ver el drama y él la de guerra, lo echan a cara y sello y gana él, pero ponen la otra. Yela les trae un salpicón de frutas frescas y la película resulta estupenda: es *West Side Story*, con Natalie Wood, y cuenta una historia de amor entre jóvenes que pertenecen a pandillas rivales. Alina está deslumbrada con la música y los bailes, pero la decepciona el final trágico.

–¿Por qué será que todo, hasta en el cine, tiene que terminar en muerte? –comenta.

–No, Alina –le dice Méndez–, no todo tiene que ser así. Dedicarse a matar y morir es una opción, pero hay hombres que escogen otras.

–Pues que me presenten alguno, porque no conozco.

Méndez mira la hora, ocho de la noche, y se sobresalta por lo tarde que está. Esa mañana al atravesar la entrada del edificio de Alina Jericó, se juró a sí mismo no permanecer más de una hora, estrictamente lo necesario para ayudarla con sus trámites. Y al final ha pasado todo el domingo con ella, primero en público, después encerrados en un apartamento. Se ha pavoneado con la mujer del Mani por el territorio de los Monsalves, por las narices de los Monsalves. "No creo que viva para contar esto", piensa.

Durante años ha manejado con guante blanco sus relaciones con ellos, sin cometer ningún error. Y ahora, de repente, se ha dedicado a hacer locuras, a jugar con candela como un irresponsable. Para colmo tiene una cita con el Mani al día siguiente, para asesorarlo en sus negocios. Ya se vio obligado a darle una explicación tranquilizadora sobre su relación con Alina, y pasó la prueba raspando. Mañana tendrá que darle otra. ¿La pasará también? Si es que el Tin Puyúa no está abajo en la calle, ya mismo, esperando para llevarlo donde su patrón iracundo de celos.

"No, no más", piensa Méndez. Es suicida desafiar así al Mani. Toma la decisión contundente de no volver a ver a Alina, por lo menos en dos o tres meses. Seguirá ayudándola, sí, pero a través de terceros. Jamás personalmente. Es una determinación cerrada, su vida está de por medio, y no hay vuelta atrás. Pide un taxi por teléfono y ella lo acompaña hasta la puerta.

—Gracias, doctor, por este día tan lindo. Es el único tranquilo que he tenido en años...

—¿Tranquilo?

—En familia, digamos.

—Ah, sí. Bueno, hasta luego.

Ella se le para enfrente con los brazos en jarras, echando hacia adelante su barriga incipiente y quitándose de la cara un mechón de pelo claro. Lo mira con ojos transparentes y le pregunta, con una voz suave en la que ya se nota el sueño:

—¿Cuándo vuelve, doctor?

—¿Cómo?

—Le pregunto que cuándo vuelve...

—Ah... La semana entrante.

—¿Me promete?

El abogado Méndez duda antes de responder.

—Sí, te prometo —contesta, definitivamente derrotado, sabiendo que a menos de que el Mani se lo impida a tiros, ahí va a estar el domingo entrante, timbrando en esa misma puerta.

Un hombre viejo, pobre, al que le falta una mano, se acerca a los matones que vigilan La Esquina de la Candela y pregunta por Nando. Si no fuera por el brazo mocho, que es su distintivo, el hombrecito sería invisible. Por insignificante, por pobretón, por idéntico a cualquiera.

—Díganle a Nando que es de parte de su compadre el Mocho Gómez, de los Gómez del desierto.

Después del trámite y la requisa, el viejo llega ante el jefe de los Barragán. Se quita el sombrero, intimidado, se sienta en el borde de una silla, se toma un café a sorbitos indecisos y ruidosos como si le quemara los labios, agarrando el pocillo por la oreja con la única mano, y apoyándolo por debajo con el muñón. Pide respetuosamente que los dejen solos y habla, nervioso.

—Nando Barragán, vengo a venderte un secreto.

—A lo mejor no me interesa.

—Te interesa. Yo sé donde puedes atrapar a Holman Fernely.

—Te compro ese secreto. Si es de buena ley, te lo pago en oro. Si es una trampa, te mueres.

Un-dos, un-dos, un-dos, el cabo Guillermo Willy trota, levanta pesas, salta lazo, hace flexiones. Aspira y espira, puja y resopla, empapada la camiseta en sudor. Se adueña del espacio con movimientos bruscos, agresivamente juveniles. Arcángel lo sigue detrás, reconcentrado, silencioso, en puntas de pies: hacen gimnasia juntos, en el patio del fondo. Antes la hacían bajo techo, enclaustrados en la habitación de Arcángel, pero luego Nando levantó la cuarentena. Al principio Arcángel se negaba a salir, aferrándose al amparo de sus cuatro paredes. Pero el cabo terminó por disuadirlo, insistiendo en que el encierro debilita los pulmones.

Aunque los dos muchachos tienen la misma edad, el cabo ya es adulto mientras Arcángel sigue siendo niño, por su voz todavía dulce, por sus mechones tostados, por la pelusa sobre su piel de melocotón, por sus movimientos ingrávidos de criatura propensa a levantar el vuelo. El físico del cabo, en cambio, maduró a las patadas en la vida del cuartel. Su piel morena se curtió como cuero de becerro; las motiladas a ras hicieron de su cabeza un cepillo de cerdas; se volvió fuerte y macizo, pero se quedó bajito.

Terminan exhaustos los ejercicios de la mañana, se echan la toalla al cuello y van al lavadero, a sacarse de encima el calor y el cansancio a baldados de agua fría. Arcángel sumerge la totuma en la alberca, la repleta, la levanta sobre su cabeza y se deja caer encima el chorro fresco que revienta en destellos al chocar contra su espalda. Se estremece, se frota con una barra de jabón, vuelve a juagarse. La espuma escurre por sus piernas, corre sobre las baldosas, desaparece por el sumidero.

El niño se llena la boca con un buche, lo escupe en surtidor y mira contento el mínimo arco iris que se forma en el aire, sobre la estela de agua pulverizada. Ve a su amigo distraído hablándole a las guacamayas y le escupe otro buche a la cara.

El cabo Guillermo Willy entorcha y entrapa una toalla convirtiéndola en rejo para fustigar a Arcángel que se ríe y esquiva los guascazos. Se trenzan en una guerra de ensopadas, empujones y patinazos que para en seco cuando Severina se asoma y grita que no le encharquen el corredor.

–*Se querían como hermanos.*

–*El cabo era el mejor amigo de Arcángel. El único amigo.*

Se tienden en las hamacas del último patio, entre las cuerdas de ropa lavada. Miran a las chinitas que corretean alrededor jugando la llevas, descalzas y oscuras, con moños azules en el pelo. El cabo trae la grabadora, la enchufa, pone *The Wall* de Pink Floyd. La Muda les sirve sancocho de gallina y gaseosas de almuerzo. Arcángel apenas prueba su plato; el cabo devora lo suyo y lo que deja el otro.

–No me has mostrado tu pistola –le dice el cabo a Arcángel, cuando terminan de comer.

–A Nando no le gusta que la saque.

–¿Hace cuánto no la limpias?

–Hace días.

Se paran de las hamacas y caminan hasta la habitación de Arcángel. Es la hora quieta de la siesta del domingo y la casa silenciosa parece desierta. Los animales no se mueven para no alborotar el calor. Ya no se oye el gorgorito de las chinas en el patio. El Tijeras y el Cachumbo se han tirado a la sombra, a dormir.

Arcángel saca la pistola de debajo de su cama. Es una Walter P38, alemana; la que le dio La Mona en los sótanos, la noche de la falsa alarma.

–Déjamela ver –le pide el cabo.

–*Nadie podía entrar armado a la casa de los Barragán. Aunque La Muda había dicho que el cabo Guillermo Willy era de confianza, los hombres de Nando, siempre suspicaces, de todas maneras lo requisaban a la entrada.*

—Entre los mismos guardaespaldas, ¿no había traidores?

—No, porque eran familia. Todos Barraganes: primos segundos, tíos pobres, sobrinos y ahijados. Nando no contrataba a nadie que no tuviera su misma sangre. Simón Balas, El Tijeras, Cachumbo, los demás: unos eran Barragán Gómez, otros Gómez Barragán, Gómez Araújo o Araújo Barragán. Había un par de gemelos, pistoleros notables, que llevaban los apellidos Barragán Monsalve. Pero le habían jurado fidelidad a Nando, y no se volteaban. El único varón de sangre extraña que entraba a esa casa, aparte del abogado Méndez, era Quiñones. Por eso los hombres le tenían desconfianza.

—¿A pesar de eso, Arcángel le entregó su pistola?

Guillermo Willy agarra la Walter: siente entre las manos el peso frío de su acero negro. Lo acaricia con placer, como si fuera la piel de una señora. Le saca el tiro que tiene en la cámara. Le quita el proveedor. El carro. Arcángel le entrega una escobilla y Guillermo Willy limpia el cañón. Se lo coloca a la altura del ojo y le pasa por detrás una moneda blanca, para cerciorarse de que no quede plomo. Arcángel alcanza un trapo y Guillermo Willy frota las estrías, para retirarle los residuos de pólvora. Arcángel le pasa el tarro de aceite Tres en Uno y el cabo lubrica la aguja, el carro, el gatillo, el martillo...

—¿Y no pasó nada?

—No pasó nada.

—Si hubiera querido, el cabo Guillermo Willy hubiera aprovechado la ocasión para matar a Arcángel.

—Si hubiera querido, pero no quiso.

El Mani Monsalve sube despacio por la gran escalera de piedra. A medida que avanza lo envuelve un aire quieto y antiguo que él, con la mano, trata de espantar de la nariz. Sus zapatos de gamuza vienesa se apoyan con cautela, desconfiando de la lisura de los peldaños, pulidos y desgastados por dos siglos de roce de pies.

Siempre ha detestado ese olor a viejo. Cada vez que compra automóvil, o muebles, o alfombras, reconoce en el aroma de los objetos sin estrenar la esencia del bienestar, de la riqueza, de la felicidad. Se ha traslado a vivir a una residencia recién adquirida, y sin embargo todo lo que hay en ella le huele a segunda mano. "Esto apesta a museo", piensa. Dirige las fosas nasales hacia arriba, hacia el alto techo sostenido por vigas de madera, y su olfato detecta humedades. Antes de mudarse, ha enviado un ejército de albañiles a reparar las goteras, las tuberías averiadas, el deterioro generalizado.

–Hicimos lo que pudimos –le dijo el maestro de obra al pasarle la cuenta–. Pero estas casonas coloniales no tienen cura. No termina uno de componerles un achaque, cuando ya les sale otro...

El Mani llega al segundo piso y recorre media docena de aposentos enormes, recargados de muebles oscuros y alfombras rojas de bordes ligeramente deshilachados. Del techo penden ventiladores tan perezosos que sus aspas no dispersan el aire encerrado sino que lo revuelven. Espesas cortinas impiden la entrada del sol del atardecer, y en la penumbra golpetea el tic tac desacompasado de relojes de péndulo que marcan la hora con años de atraso.

Unas sirvientas silenciosas limpian el polvo.

–Abran las ventanas para que entre luz a esta cueva –les ordena el Mani, sin mirarlas.

Las sirvientas invisibles se atreven a decirle que si la luz entra se cuela también el calor, pero él sigue camino, sin prestar atención a una explicación que no le interesa.

Ha contratado los servicios de una asesora en imagen y experta en relaciones públicas, la señorita Melba Foucon, nacida en la capital y educada en Londres, que le dice cómo debe vestirse, cómo manejar los cubiertos en la mesa, con qué colonia perfumarse, qué palabras eliminar de su vocabulario. Las instrucciones de la señorita Foucon fueron drásticas: debía olvidarse de la ostentosa casa de nuevo rico que tenía en la bahía y mudarse a otra acorde con su nueva personalidad.

Mani Monsalve aceptó. contrariando sus gustos y sus instintos primarios en aras de la legalidad, de la respetabilidad y de Alina Jericó. Después de estudiar detenidamente todas las posibilidades, Melba Foucon optó por una mansión colonial en el barrio tradicional del puerto, que había sido desde siempre propiedad de una familia distinguida que se mostró dispuesta a deshacerse de su patrimonio en el país para empezar vida nueva en Pompano Beach, Florida.

—*Querían irse de aquí precisamente para huir de gente como el Mani...*

—*Pero le vendían todo a la gente como el Mani porque era la que tenía el dinero. Como esos hubo muchos.*

A través del abogado Méndez y por consejo de la Foucon, Mani Monsalve les hizo una oferta a puerta cerrada que incluía todo lo que la casona tenía adentro: cómodas, armarios y chiffoniers, óleos, vajillas Rosenthal, cubiertos de plata Cristoffle, pianos, bronces, mantelería de encaje, porcelanas Limoges, jarrones, cristalería Baccarat, biblioteca con todo y libros —dos mil tomos en francés—, bargueños, árbol genealógico y una pareja de perros afganos, un mayordomo calvo y homosexual y tres mucamas entrenadas.

Cuando Melba Foucon llevó al Mani a conocer la propiedad que iba a ser suya, él miró con desolación los bancos tallados en madera de nazareno, los marcos quiteños dorados con laminilla de oro, los santos coloniales que el paso de los siglos había dejado mochos, o mancos, o decapitados.

–Este sitio está bueno para un arzobispo –fue lo único que comentó, antes de ordenar resignadamente que le bajaran del Mercedes la maleta repleta de dólares que le entregó al intermediario a cambio del manojo de llaves. Así quedó convertido en dueño de lo que le parecía una ruina, apenas apta para pasarle un bulldózer por encima y construir un parqueadero, o un edificio de ocho pisos.

En la casa que había compartido con Alina dejó todo lo suyo, todo lo que hasta ese momento había considerado elegante, bello y placentero: su aire acondicionado glacial, sus ultramodernos equipos de sonido, sus tinas de burbujas, su pantalla gigante de Betamax, sus electrodomésticos, su colección de teléfonos.

Tuvo que cambiar la confortable cama king size de colchón de agua y sábanas de raso por una alta, dura y angosta, con baldaquino, mosquitero y bacinilla de porcelana debajo, en la que durmió una noche Simón Bolívar de paso hacia Jamaica. Es una reliquia histórica, una pieza de museo, pero cuando el Mani se acuesta en ella siente que se ahoga por falta de oxígeno y sueña que está muerto y enterrado entre un sarcófago. Para rematar, se la tienden con sábanas de lino almidonado y bordado a mano con las iniciales HC de R. En los desvelos de su desasosiego, que se repiten noche tras noche, el Mani se pregunta quién habrá sido HC de R.

–¿Qué mierda hago yo metido entre la cama del Libertador? Lo único que falta es que llegue el espíritu de HC de R y se me acomode al lado –protesta.

La señorita Foucon se deshizo de la ropa anterior de su jefe y le renovó completamente el vestuario, desde los pañuelos hasta los paraguas. De los muebles de antes no dejó trasladar nada, ni siquiera los cuadros de Grau y de Obregón que tanto fastidiaban al Mani mientras convivió con ellos, pero que ahora añora al compararlos con la insoportable colección de óleos de sacerdotes pálidos y próceres chiverudos, de matronas distinguidas e ilustres desconocidos que llena de arriba a abajo los muros vetustos.

Sólo las cajitas... Los cofres de Alina Jericó son los únicos objetos que el Mani Monsalve no puede reemplazar y de los que no aceptaría desprenderse. Todo lo demás, al fin de cuentas, es de quitar y poner, de comprar y vender. Esas cajas no. Él mismo las empacó y las ordenó en su nuevo dormitorio sobre una cómoda, frente a la cama. A veces, por las noches, cuando lo asfixia la tristeza, las abre y vuelca el contenido sobre la colcha, recurriendo al ritual que inició en la casa de la bahía. Pero de tanto manosearlas han ido perdiendo su esencia. Antes, cada vez que las destapaba, Alina surgía de ellas como sale el genio de la botella. Ya no. La energía que aprisionaban se les secó en el fondo, como un perfume rancio entre su frasco. El Mani todavía toca, y acaricia, y repasa cada botón, cada arete, cada medalla. Pero aunque no se dé cuenta, hasta esos gestos sagrados se le han vuelto rutina. Sigue aferrado al rito, pero se ha olvidado de su significado.

El Mani llega hasta la puerta doble del gran salón principal y la abre. Adentro flota una penumbra perpetua apenas rota por el destello de los retablos dorados, y zumba un silencio añejo, acumulado durante decenios de visitas de cortesía en voz baja, de cuchicheos por los rincones, conspiraciones a la sombra y solapados diálogos de amor.

Camina por el piso relumbrante –pulido a diario por las tres mucamas con viruta y cera hasta que la madera brilla como metal– y escucha el ruido, y después el eco de sus propios pasos. Mira su imagen solitaria reflejada al infinito en el laberinto que forma la galería de espejos. Avanza hasta el centro del salón y se sienta en un rígido trono de roble tallado. También él parece tallado en roble: incómodo, desapacible, tieso, sin saber qué hacer, sin hambre pero esperando, a falta de mejor plan, que el mayordomo le avise que la cena está servida.

Sin Alina Jericó, su vida personal y doméstica ha quedado reducida a unas secuencias largas de tiempo muerto que el mayordomo y las tres mucamas le administran y le subdividen en desayunos, almuerzos y comidas –servidos con exceso de bandejas, platos, copas y protocolo– que él deja casi intactos sobre la mesa.

Cada día al amanecer, cuando abre los ojos y ve que su mujer no está a su lado, lo sacude una fiera punzada de dolor que lo deja sentado de un golpe sobre su inhóspita cama de prócer. Es la misma sensación del que despierta de la anestesia después de que le han sacado un órgano. Pero a medida que avanza el día –como en toda convalecencia de una cirugía mayor– el dolor insoportable va cediendo ante una sorda desmotivación de cuerpo y alma, una suerte de pereza radical que actúa como sedante para su alma resentida.

En términos generales –salvo el momento del despertar y otras recaídas, ocasionales y violentas– ha superado ya las torturas estridentes del despecho, los celos y el orgullo herido, para caer en un limbo insípido, indoloro e incoloro donde la urgencia del regreso de Alina ya no se expresa como repentinos latigazos en carne viva, sino como una obsesión monótona y burocrática que lo acompaña a todas horas, sorda y machacona como el trote de un burro obediente. Todo lo que el Mani hace, lo hace para que ella vuelva. Atraer a Alina es la única consigna que orienta sus decisiones y sus negocios. En eso no ha cambiado; la diferencia está en que ahora le empantana el alma una calma chicha nacida de la derrota presentida de antemano; de la corazonada artera de que, haga lo que haga, Alina nunca va a volver.

Sin embargo, hay mañanas en que logra convencerse de lo contrario. Se ducha con agua helada, pide que le sirvan huevos al desayuno, siente que recupera una tenacidad que ya creía perdida y arranca dispuesto a remover cielos y tierra para lograr la reconquista de Alina Jericó.

Como cuando accedió a dar una comida de corbata negra, con un motivo aparente, el de inaugurar la nueva residencia, y otro verdadero, el de volver a ver a su ex mujer en un escenario distinto, que la hiciera olvidar las matonerías y las barbaridades del pasado.

La señorita Melba Foucon se ocupó de todo, desde el menú hasta la lista de invitados, y se esforzó para que salieran a relucir todos los símbolos del nuevo prestigio. Los perros afganos se pasearon por los salones llevados de la correa por un sirviente; el mayordomo estrenó un peluquín que le disimulaba la calva; las tres mucamas lucieron delantal negro con sobredelantal, cofia y guantes blancos; la chimenea estuvo prendida a pesar de la calidez de la noche tropical; los jarrones se tupieron de rosas color salmón; las altas palmas reales del jardín se iluminaron con reflectores; una fila de antorchas acompañó a los huéspedes a lo largo del pabellón que conduce hasta la entrada principal.

Implacable a la hora de seleccionar la concurrencia, Melba Foucon incluyó en la lista de invitados a pocas personas de la sociedad del puerto.

–*Dicen que dijo que mucho provinciano no, porque bajaba el nivel.*

–*Tampoco convidó militares ni reinas de belleza, que era lo que más abundaba en las anteriores fiestas del Mani.*

–*De los hermanos Monsalve, ni hablar. Sentía repugnancia por esos sujetos huraños y malencarados, tapados en ca-*

denas de oro y anillos de diamantes. Hasta ese momento no habían pisado la casa nueva, y Melba Foucon no iba a dejar que lo hicieran justo el día de la fiesta, para echarlo todo a perder.

En cambio fletó un vuelo charter repleto de personalidades de la capital, que recibieron la invitación con hotel incluido. Entre ellas se contaban un ministro en ejercicio, el gerente de un instituto descentralizado, el director de una cadena de radio, el dueño de un poderoso grupo financiero, el principal animador de la televisión nacional y la vedette de la telenovela de mayor audiencia.

Alina Jericó recibió una tarjeta timbrada, pero a pesar de la sugerencia de RSVP, no contestó si asistiría o no, lo cual hizo que el Mani ardiera en expectativas, porque quedó abierta la posibilidad.

La noche de la comida –según criterio y disposición de la señorita Melba– el anfitrión recibió de smoking blanco Ives Saint-Laurent, sosteniendo en la mano un vaso de whisky en las rocas.

–¿Para qué, si no tomaba?

–No tomó ni un trago en toda la noche, pero cada vez que abandonaba el vaso lleno sobre alguna mesa, la señorita Foucon le entregaba inmediatamente otro, porque sostenerlo en la mano era parte del cachet. No se había dado tregua en la guerra contra las mañas y malos modales del Mani, y en la mayoría de los casos había obtenido buenos resultados. Salvo algunos fracasos estrepitosos, como el intento de hacerlo cambiar la Kola Román, una gaseosa plebeya de color estridente, por la Coca-Cola, de aceptación internacional.

Melba Foucon estaba satisfecha. Observaba al Mani Monsalve desde diversos ángulos del salón y reconocía que el hombre había sufrido una verdadera transformación desde la tarde en que lo conoció con un vestido inverosímil del mismo tono de la sopa de auyama, zapatos combinados en negro y gris y corbata de rombos verdes. Ahora, aunque lo escrutaba con ojo crítico para encontrarle defectos y corregírselos, y a pesar del profesionalismo asexual con que pretendía bloquear su sensibilidad femenina, la relacionista pública y experta en imagen percibía el magnetismo viril que emanaba de su extraño jefe, y se sorprendía al comprobar cuánto lucía el smoking francés sobre su físico atlético de proporciones perfectas. La Foucon llegó inclusive a comentar confidencialmente que la bella soltura de movimientos del Mani Monsalve, propia de su condición de lumpen, podía pasar por elasticidad de deportista, o por desgaire de aristócrata. Si no fuera por el color verde mareado de su piel –suspiraba Melba– y sobre todo por esa cicatriz que lo delataba, estampándole en plena cara la marca del hampa...

Melba Foucon vio que el Mani se apartaba de la concurrencia y se quedaba solo, y se dirigió hacia él para insinuarle dos medidas que mejorarían aún más su aspecto.

–Le aconsejo, señor Monsalve –le dijo, en el tono entre prepotente y muerto de miedo en que le hablaba siempre, como si no supiera si se dirigía a un mesero o al amo del universo– que de mañana en adelante disponga de veinte minutos diarios para broncearse al sol, y que... no se ofenda por lo que le digo, pero opino que debía mandarse hacer una cirugía plástica que le borre esa cicatriz...

Como si la señorita no existiera, el Mani Monsalve pasaba la mirada de su reloj a la puerta del salón, y otra vez al reloj, y de nuevo a la puerta. Ella se dio cuenta de que no la escuchaba y pensó que era un mal momento: él debía estar nervioso por el alto rango de los personajes presentes.

–Venga conmigo –le dijo, cambiando a un tema que le pareció más apropiado–. Es conveniente que converse un rato con el señor ministro, que nos hizo el honor de venir, y de paso aprovechamos para que los fotografíen juntos.

—Ahora no. Más bien consígame al abogado Méndez.

Al Mani lo dominaba una sola preocupación: eran las nueve y media de la noche, habían llegado todos los invitados y sin embargo Alina no aparecía. Los demás —excelencias, ministros, señoras y señores— podían caerse muertos, ahí mismo, sobre el piso de la sala de su casa, que a él lo tenían sin cuidado. Que les conversara doña Foucon y les tirara el billete que pidieran; a él no le daba la cabeza sino para buscar la manera de traer a Alina. Pensó decirle a la relacionista que la llamara por teléfono pero descartó la idea por ineficaz y descabellada. Entonces decidió irse a lo fijo. Hizo de tripas corazón, se tragó los celos y los recelos y le pidió al abogado Méndez, que se encontraba entre los invitados, que fuera por ella y la convenciera.

—¿*Cómo andaba por esos días la relación entre el Mani y el abogado?*

—*Difícil. Méndez veía a Alina con frecuencia, y el Mani, que les había montado un espionaje de veinticuatro horas al día, se enteraba de todo lo que hacían, y a veces hasta de lo que conversaban.*

—*Por eso sabía que lo de ellos no era romance...*

—*Sí, y por eso no mandaba matar al abogado. Además Méndez era su hombre clave, no sólo para los planes de legalización y ascenso social, sino porque era su único contacto con Alina. Tenía que confiar en él. Pero al mismo tiempo su olfato le decía que no podía confiar del todo.*

El abogado asintió enseguida y salió hacia el apartamento de Alina en el Mercedes personal del Mani, con Tin Puyúa al volante. Comprendía que lo que iba a hacer no tenía lógica ni presentación, y estaba seguro de que ella se negaría. Era absurdo presentársele a esas horas, cuando ya estaría acostada, con la propuesta de que acudiera a la comida del Mani, después de que ella le había expresado de mil maneras que no quería saber nada de su marido.

Pero aceptó ir por ella porque le estaban regalando un pretexto para verla, así fuera media hora, y además porque le intrigaba el sabor de la situación que se le planteaba: visitar a la mujer del Mani, por orden del Mani, trasportado en su carro, por su chofer. Parecía chiste de comedia barata y a lo mejor le daría risa, si no supiera que una vez más se pasaba de la raya y que volvía a apostarle a la ruleta rusa. Nadie se reía del Mani Monsalve, y el que lo hacía amanecía entre una zanja con un tiro en la cabeza. "Pero no puede ordenarme que venga y después fusilarme por cumplir la orden", pensaba divertido el abogado cuando timbró en la puerta del apartamento de Alina. Se disponía a timbrar por segunda vez, apenado por despertarla y hacerla salir de la cama, cuando le abrió ella, peinada, maquillada, perfumada y vestida de fiesta.

–¡Qué sorpresa, abogado! Salía en este momento para la comida del Mani...

–Bueno, es que yo estaba allá, y vine por ti, para llevarte –dijo azorado el abogado, dándose cuenta de que había pisado en falso.

–Qué bien. ¡Vamos! ¿Sacamos mi carro?

El abogado Méndez se sintió mal cuando le contestó que no hacía falta, que andaba en el Mercedes del Mani, y no se atrevió a confesarle que con el Tin Puyúa. Entonces ella le preguntó –con un timbre de sorpresa que él interpretó como desdén– si el Mani lo había mandado a recogerla, y en ese momento su orgullo masculino se deshizo en añicos: se vio a sí mismo como un cretino, un celestino, un sacamicas; se miró reflejado en las pupilas grises de Alina y se encontró idéntico a tantos otros pobres diablos cuya vida, dignidad y muerte estaban servidas a disposición y voluntad del Mani Monsalve.

–*Alina estaba espectacular, con un vestido de seda negro, suelto, que le marcaba el embarazo, pero que al mismo tiem-*

po era sexi y dejaba a la vista la piel inmaculada de sus hombros y su espalda.

—¿De qué conversaron entre el carro?

—De nada. Tin Puyúa conducía a una velocidad suicida. Alina estaba agitadísima; se notaba su ansiedad por el reencuentro con el Mani. El abogado iba inseguro, enfurecido consigo mismo, y al mismo tiempo deprimido y descorazonado: había creído que a Alina le importaba cada día menos el Mani, y ahora se daba cuenta de que no era así.

—Tenía motivos para estar confundido, porque ella siempre le juraba que al Mani no quería verlo ni en pintura...

—No quería verlo y al mismo tiempo se moría por verlo. Así son las cosas del amor: caprichosas.

—Así son. Un día ganas, al otro pierdes. Mira al abogado, que salió crecido porque se reía del Mani, y volvió deshecho porque el hazmerreír era él...

—El Mani por poco se infarta cuando vio aparecer en su casa a Alina, tan bella, tan embarazada. Llevaba meses soñando con ese momento. Inmediatamente la sacó al balcón para hablar a solas, pero los interrumpían a cada rato, unos para brindar, otros para agradecer, o para proponer negocios. También los importunaba la señorita Foucon, que pretendía que el Mani atendiera a sus invitados.

—¿Entonces ellos dos no hablaron nada?

—Sí hablaron, pero poco, y mal. Él trató de pedirle que volviera, pero se puso agresivo apenas ella le dijo que no, y sin quererlo se enredaron en una pelea sobre un tema álgido: quién se quedaría con el hijo cuando naciera. Se echaron en cara cosas feas y crueles, y en vez de arreglar su relación, la empeoraron. A Alina le volvió la taquicardia, la angustia y la comedera de uñas de los primeros días de separación, y a la media hora de estar ahí, ya se había arrepentido mortalmente de haber ido. Así que le dijo al abogado que la devolviera a su apartamento.

—Entonces el que rió de último fue el abogado...

—Tampoco, porque Alina lloró todo el trayecto de regreso, y él ni siquiera intentó consolarla, porque sentía celos, y también fastidio de seguir haciendo el papelón. Fue una noche triste para los tres.

Ahora el sol del atardecer se guarda detrás de la residencia vecina, y fragmentos de sus últimos rayos, de un naranja líquido, se cuelan al salón principal por entre las celosías que protegen las ventanas. El Mani mata el rato, la apatía y los recuerdos sentado en una soberbia poltrona de roble. No piensa en nada; mira las hebras de luz color mertiolate que bailan sobre los muebles, en la penumbra.

De abajo le llegan en sordina ruidos que apenas alcanza a distinguir: el motor de un automóvil que se prende, hombres que hablan en voz alta, alguien que da órdenes. Los sonidos vienen del sótano, donde han sido instalados el galpón de los guardaespaldas, el depósito de armas, una colección de motocicletas, el cuarto de comunicaciones, los garajes, las celdas para detenidos. Ahora se llaman "oficinas" y están camufladas bajo tierra. El Mani no baja casi nunca, y de sus hombres sólo uno, el Tin Puyúa, tiene autorización para subir hasta el área social de la residencia. Pero no asoma las narices sino cuando es indispensable, porque el lugar le inspira desconfianza y mal agüero.

De tarde en tarde al Mani lo golpea la nostalgia por la camaradería chabacana y alegre que lo unía a sus muchachos a la hora del peligro. Entonces baja al sótano y se sienta con el Tin Puyúa en las sillas de atrás de algún Land Rover, a tomar Kola Román a pico de botella y a conversar. Pero esto sucede cada vez menos.

Hastiado, sombrío, entronizado en la mitad del salón inmenso, el Mani Monsalve pone la cabeza en blanco y deja pasar el tiempo, aburrido y solitario como un rey.

Al cabo de un rato largo saca un alicate del bolsillo y empieza a cortarse las uñas. Cada vez que el alicate suena ¡click!, una uña salta irreverente por el aire y cae, junto a sus compañeras, sobre la alfombra de lana roja carmesí.

En la pared, frente a él, sobre la venerable e inútil chimenea apagada y adornada a lado y lado por pesados candelabros de plata, está empotrado un óleo imponente. Es el retrato de un general de lanudas patillas blancas, pecho recargado de medallas y piel carcomida por los lamparones verdes que la humedad ha imprimido sobre el lienzo. Tiene unos ojos azules y severos que parecen escrutar al Mani con sorpresa y desaprobación. Pero el Mani no se inmuta; se concentra en trabajarle a los padrastros con el cortauñas.

La señorita Foucon le informó que el militar del cuadro es el patriarca de la casa, el tatarabuelo de los anteriores dueños, héroe de las guerras civiles del siglo pasado.

—¿Y qué tiene que ver conmigo ese viejo cacreco? ¿Por qué me lo tengo que aguantar en la mitad de mi sala? —le preguntó el Mani.

Ella le respondió que ya se iría acostumbrando a verlo, como parte del proceso de ganar cancha y hacerse a un pasado ilustre.

—Dentro de unos años, señor Monsalve —le predijo la asesora en imagen—, todo el mundo va a jurar que ese general fue su tatarabuelo, y hasta usted mismo se va a creer el cuento.

—¿Con quién hizo el amor esa tarde Arcángel Barragán?
—Con una muchacha delgada, morena, que La Muda le
llevó a la habitación.
—¿Cómo se llamaba?
—Nadie supo. Arcángel no le preguntó el nombre.

La desviste sin rudeza y sin curiosidad, se tiende desnudo
al lado de ella y le pregunta por una cicatriz que le encuentra
debajo de la rodilla. Ella le responde que se la hizo de niña,
contra una cerca de alambre de púas, y le pregunta a él por la
herida del brazo.

—¿Te duele? —le dice.

Arcángel no contesta. La muchacha tiene dos trenzas y
él las deshace con cuidado de no tirarle el pelo, ondulado y
abundante. Agarra la punta de un mechón y lo pasa por la
piel de ella, como si fuera un pincel: le pinta los párpados, las
cejas, la nuca, los labios, las orejas, los pezones.

—No te rías —le dice—. Si te ríes, pierdes.

La muchacha quiere estar seria, quieta, pero la dominan
el cosquilleo y la timidez, se retuerce en mohínes y melindres,
suelta risas como gorgoritos de paloma. Arcángel se monta
sobre su cuerpo fino y empieza a hacerle el amor, medio en
juego medio en serio, pensando en otras cosas, mirando hacia
otros lados.

Sus ojos dulces color panela recorren la pared pintada hace
años de un azul celeste que se ha vuelto gris descascarado. Se
detiene en una grieta donde se mueve un insecto oscuro, brillante. Tal vez peludo, como una araña. Una araña negra escondida en su recoveco, camuflada en la sombra, clandestina,
secretando la baba de seda con la que teje su telaraña.

Los ojos de Arcángel bajan por el muro y pasan por la
almohada de plumas, invadida por la voraz enredadera que
es el pelo de la niña, y luego siguen camino y se concentran

en un lunar que tiene al borde de los labios, un lunarcito gracioso plantado casi en la comisura, como si acabara de escaparse de la boca. Como si fuera un insecto pequeño que vive en la cueva de la boca, y se ha asomado y quiere volver a entrar al escondite. Pero no se mueve: no es más que un lunar, su misterio se descifra en un instante, y Arcángel se olvida de él.

Su cuerpo se balancea sobre la muchacha y la cruz de Caravaca, que cuelga en una cadena de su cuello, oscila al compás, como un péndulo de oro. Mientras su sexo trabaja sus ojos vagan, bajan por la sábana hasta el piso de baldosines cuadrados, alternados en verde y crema como tablero de ajedrez, lo recorren hasta la esquina donde ha quedado la bandeja del desayuno y allí descubren dos cucarachas cobrizas que campean sobre los restos de comida, con sus antenas infalibles listas para detectar peligros. Encaramado en la morena, Arcángel Barragán se mece, sube y baja como en columpio y observa esas cucarachas poderosas con caparazón de queratina que sobreviven a las fumigaciones mensuales de La Muda y burlan el control matinal de su escoba. Pero por largo que viva, una cucaracha es poca cosa, y Arcángel pierde interés.

Debajo de él, la muchacha sin nombre emite gemidos quedos en un discreto intento de llamar la atención. Arcángel la posee como un autómata, sin fijarse en ella, con los mismos movimientos disciplinados y maquinales con que hace los doscientos abdominales diarios o monta en la bicicleta estática. La toma pero no la desea, le hace el amor pero no la ama. Es una muchacha como tantas otras, y por bonita que sea una muchacha anónima también es poca cosa.

En cambio la araña... esa araña que escarba, que teje y acecha, esa araña agorera inquieta a Arcángel. Sus ojos vuelven a buscarla, suben de nuevo por la pared hasta que la encuentran enterrada en su gruta, detrás del polvo. Viva, activa, vigilante, inteligente. Hay algo indescifrable en ese insecto que obliga a Arcángel a observarlo. Un imán. Una intensidad familiar, un fulgor ya visto. De la araña salen señales febriles que el niño ya conoce. Que lentamente reconoce. La araña no es araña. Sus patas son pestañas, su movimiento es parpadeo, su brillo, intenso y húmedo, es deseo. La araña es un ojo humano. Es el ojo profundo de La Muda, que mira escondida detrás del muro. Es su ojo magnético, peludo y carnívoro de araña cazadora que hipnotiza y atrae hasta el fondo de la grieta al joven sobrino, abriéndose y cerrándose para devorarlo vivo en todo el esplendor de su belleza sin estrenar.

–*Entonces es cierto lo que dicen. Que La Muda le llevaba muchachas a Arcángel para espiarlo cuando les hacía el amor.*

Ardida en amores secretos y perdida en hormigueos bajo sus arneses de hierro, la tía solitaria se oculta en el cuarto vecino y observa al sobrino idolatrado...

–*A lo mejor se acariciaba ella misma mientras espiaba en la oscuridad...*

–*No podía. ¿Cómo iba a poder, con un cinturón de treinta y seis dientes filudos por delante y quince por detrás?*

–*Tal vez no existió tal cinturón.*

¿Por qué lo dicen, entonces?

–*Primero, porque la gente dice cosas. Segundo, porque nunca se le conoció varón. Tercero, porque es la única explicación para el rumor metálico que se escuchaba a su paso. Como un suave arrastrar de cadenas. Había murmullo de fierros debajo de sus enaguas.*

–*¿Qué hizo el niño Arcángel cuando se dio cuenta de que su tía lo espiaba?*

–*En ese preciso momento se volvió adulto.*

"¿Eres tú, Muda? ¿Estás ahí? ¿Este es tu cuerpo y esta es tu alma?" En el instante en que reconoce la presencia de la tía, cuando se imagina que es a ella a quien tiene abrazada,

Arcángel Barragán se convierte en gigante. Un arrebato viril endurece su organismo tierno y sus sueños de algodón se transforman en voluntad de poder y poseer.

Con los ojos fijos en el ojo de su tía, la cabeza reconcentrada en ella, el corazón loco de amor y el sexo crecido y rabioso de ganas, el niño celestial se vuelve un demonio rojo y arrecho. Se encabrita como un temblor de tierra y levanta en vilo a la muchachita que tiene en la cama, la deja caer y se le tira encima con un hambre salvaje, la estruja como si fuera de trapo, la ahoga con su lengua, se la traga a besos, la llama con bramido de animal en celo, la lame y la muerde con ahínco de perro, la zarandea, la penetra y se la come toda, como un tigre a su presa.

—*Y la muchacha, ¿qué hizo?*

Es tan repentino y espectacular el arranque de potencia y lujuria de Arcángel que primero la asombra, luego la asusta y al final la hace desfallecer de placer. Aunque siempre con la extraña certeza de que no es ella la que inspira esas reacciones extremas: ni la indiferencia juguetona del principio, ni la violenta verriondera del final.

Mientras tanto él, el niño hecho adulto, con el cuerpo sobre la muchacha sin nombre y la mente extraviada en su tía La Muda, infinitamente arrepentido, infinitamente agradecido, da gracias al cielo y pide perdón. "Perdóname, Muda, así como yo te perdono, y goza tú también, babea tú también, mientras yo te arranco tanta ropa negra y conozco tu carne madura, te miro y te huelo, rompo en mil pedazos el hierro que te encierra, violo tus candados, quiebro tu silencio. Te lo suplico, te lo ordeno, te lo exijo: que tu boca hable, que tus piernas se abran porque voy a entrar. Abre también los ojos, mira cómo me alimento de ti, mamo de tu fuerza y luego salgo a reventar el mundo y entro otra vez a chupar tu energía, y vuelvo a salir, y vuelvo a entrar, y salgo y entro, salgo y entro, salgo y entro, y estalla en estrellas este amor terrible que tanto me mata, y por fin descanso, abrazándome a ti. Cierro los ojos y las ventanas, tapio las puertas, borro los recuerdos, olvido a los muertos, alejo para siempre todos los peligros. Me arrullan las palabras que ahora sí me dices, me duermo en tu seno agarrado a tu mano, y que Dios, que es grande, nos perdone a los dos."

La dirección de un garaje. Ese es el secreto que ha comprado Nando Barragán. De un garaje de la ciudad. En cualquier momento a partir de ahora tendrá en sus manos a Holman Fernely. Basta con sentarse a esperar que el hombre pase a recoger una camioneta que mantiene escondida. Nada más. Tanta noche en vela averiguándole los datos, adivinán-dole la psicología, tanto quebradero de cabeza rastreándole la pista, montando y desmontando operativos, y ahora resulta que la presa cae sola, como fruta madura. Delatado por una sabandija mutilada que se escurre y viene y lo entrega, así no más, a cambio de unas monedas.

El Mocho sabe que desde hace tres meses Fernely encaleta una Ford, roja y blanca, en ese garaje. La usa cuando viene a atender asuntos en la ciudad. En cualquier momento puede pasar por ella. Tal vez a la medianoche, o por la mañana, para volver a dejarla al otro día, o a lo mejor para no aparecer en semanas.

Nando palidece: su cara con cráteres se vuelve superficie lunar. Antes que el Mocho acabe de hablar, tira hacia atrás la silla y se pone de pie, brutal y torpe como un robot desconectado al que le acaban de encender el interruptor. El Mocho se achica, aterrado ante la máquina de guerra que ha puesto en marcha. Nando saca su Colt Caballo –la misma con que mató al primo Hilario Monsalve– y la carga con balas de plata con sus iniciales grabadas.

–Vamos –le ordena al hombrecito incompleto–. Llévame donde Fernely.

El Mocho no puede pararse del susto, como si además del brazo le faltaran las piernas, y espera temblando que el gigante lo levante de un sopetón, pero en cambio lo ve detenerse en seco, súbitamente desactivado.

–Un momento –dice Nando. Vuelve a sentarse y prende con calma un Pielroja.

Sus manotas pesadas descargan la Colt, y de su boca salen palabras rotundas, en voz baja:

—Déjame una prenda.

—*A pesar de las ganas que le tenía a Fernely, a último minuto Nando controló su instinto asesino y aplazó la acción. Quería cubrirse la espalda en caso de que fuera una trampa. No sería la primera vez que los Monsalve compraran gente para tenderle celadas.*

—*Acordaron que la prenda fueran el papá del Mocho, ya muy anciano, y su hijo menor. Debía traerlos de su pueblo y dejarlos en la casa de'los Barragán, como rehenes. Si todo salía bien, Nando les regalaría la tierra donde vivían, más una suma en dólares. Pero si algo salía mal, el viejo y el muchacho se morían.*

—Y antes de matarlos, los voy a hacer sufrir —amedrenta Nando al Mocho, para cerrar el trato.

—Por la época en que vivió en la casona colonial, el Mani Monsalve se hizo más rico que nunca. Por todos lados le reventaban negocios. Le caían socios del cielo. La señorita Melba Foucon fue clave: ella se las arregló para romper los prejuicios de la gente bien. Supo por dónde entrarles para ablandarles la moral. Los sentó a la mesa de su patrón y los engolosinó con su dinero.

—No, lo decisivo fue la división de trabajos que el Mani estableció con su hermano mayor. Frepe permanecía a la sombra, produciendo dinero caliente, mientras Mani ponía la cara y limpiaba el dinero. Aunque se recelaban, entre los dos montaron la llave ganadora.

—En cambio los Barragán andaban cada día más solos, y más pobres.

—Muerto Narciso se olvidaron de los negocios. No volvieron a conseguir un peso.

—Entonces se cumplió el cálculo de Fernely: primero arruinarlos, después derrotarlos.

—Sí, se cumplió. Aunque la verdad parece ser que cuando murió Narciso ya quedaba poco de la fortuna.

—¿Y las montañas de dólares que guardaban en los sótanos?

—Se acabaron. Las dilapidaron en fiestas, guerras y extravagancias. El último derroche en grande que se les conoció fue el matrimonio de Nando y Ana Santana. En sus buenos tiempos, Nando Barragán desbarrancaba automóviles nuevos por el placer de verlos volverse añicos. Ostentaba por la calle encendiendo tabacos con billetes de cien. También le gustaba tirar dólares a la jura para que se los raparan los muchachos del barrio. Era su manera de comprar fidelidad y de hacerse popular, y al mismo tiempo se divertía viendo cómo la raza se hacía matar por agarrar unas monedas, cómo se rasguñaba y se desgarraba en la ferocidad de la rapiña. Otro de sus pasatiempos favoritos era el palo engrasado. Los domingos y feriados mandaba montar en el centro de la plaza un palo untado de manteca, de seis metros de alto, con una mochila repleta de plata en la punta. Nos volvíamos locos por trepar hasta arriba y agarrar el botín, y a él le bastaba vernos convertidos en monos, engrasados, ávidos y agradecidos, para sentirse el rey. Nunca nadie podía llegar hasta arriba; lo más alto que subíamos era tres metros, o cuatro, y volvíamos a rodar. Un domingo un muchacho que llamábamos Fosforito, muy pelirrojo y callado, lo logró. Todo el barrio rompió en vivas y aplausos, ¡Bravo, Fosforito!, ¡Buena esa, mechicolo! Pero él no agarró la mochila, sino que cuando estuvo en la punta nos miró un buen rato como con pesar, como con desdén, y después abrió los brazos como alas de pájaro, se tiró al aire, se dejó caer de cabeza y se desbarató contra el suelo. Esa tarde en su velorio nos emborrachamos con cerveza y en medio de la perra nos dio por llorar y maldecir la vida nuestra, que era muy macabra. Eran tiempos desquiciados, difíciles. Zumbaba el dinero, corrían ríos de sangre, estallaban las bombas. La gente ya no sabía quién era ni cómo se llamaba, ni qué era lo que tenía que hacer.

–¿Todos en La Esquina de la Candela le recibían dinero a Nando Barragán?

–Todos no. El Bacán y su barra de jugadores de dominó se preciaban de que Nando nunca había podido ensuciarles las manos. Su pobreza elegante irritaba a alguna gente que la consideraba desafío, y una noche, en circunstancias confusas, alguien se atrevió a disparar contra la casa del Bacán. Él estaba donde siempre, sentado afuera en su mecedora de mimbre, mirando la nada blanca y vacía y escuchando la voz cantarina de su mulata, que le leía últimas noticias de un diario viejo de la capital. Cuando oyó el tiroteo ni siquiera se agachó. Siete balas le pasaron silbando, sin tocarlo, y se enterraron detrás de él en la pared, donde están todavía. Desde entonces se regó la especie de que hasta la muerte lo sabía respetar.

—¿Sólo el Bacán y su combo se le plantaban a los Barragán?

—Como ellos hubo otros. Pero muchos sí se habituaron a recibir monedas a cambio de complicidad. Y cuando los Barragán dejaron de repartir dinero, esa misma gente les perdió el miedo y el respeto, y empezó a voltearles la espalda. Ya se rumoraba que les habían llegado las vacas flacas, que no tenían con qué pagar ni los sueldos de los guardaespaldas, cuando un día el barrio se enteró de que a escondidas de Nando, sus hermanas habían vendido lo que quedaba de la limusina violeta del difunto Narciso, que hasta ese momento habían conservado como sagrada reliquia. La vendieron porque ya no tenían para el mercado. Durante años vivieron acostumbrados a los rollos de billetes que Nando dejaba todas las mañanas entre el cajón de la mesa de la cocina. El que necesitaba, sacaba de ahí. Nadie se ocupaba de llevar una contabilidad, ni de hacer un presupuesto, porque para qué, si tenían más dinero del que podían gastar. Un día abrieron el cajón y estaba vacío. Y al otro día también. No se atrevieron a reclamarle a Nando, y en cambio negociaron el Lincoln Continental. Se lo vendieron a una funeraria que le compuso los estropicios de la granada y lo transformó en coche mortuorio. El chisme voló de boca en boca y ese fue el principio del fin.

Ana Santana vaga como una sombra por la casa de los Barragán. Al principio la odiaban; ya ni siquiera eso. Parece que nadie nota su presencia tímida cuando recorre los corredores regando geranios, cuando sale del baño con su levantadora descolorida y el pelo mojado envuelto en una toalla, o cuando se sienta a remendar en su Singer las cortinas de su cuarto, o las sábanas de su cama redonda, que se trabó y ya no hace gracias. Nadie le habla y ella no contesta, y cada día le añade un ladrillo más al muro de silencio que la encierra.

Tal vez por el aislamiento en que la tienen, ni Nando ni las Barragán se han dado cuenta que desde hace meses ha vuelto a trabajar por encargo, cobrándole a las vecinas por la hechura de modelitos sencillos, remiendos, dobladillos y remodelación de prendas viejas. Mientras sus amigas –que no la ven desde el día de la boda– imaginan con envidia que vive como una reina coronada por el oro de su marido, la verdad es que ella paga sus gastos con su propio sueldo: el champú, las toallas higiénicas, las medias de nailon, la pasiflora para la ansiedad, los hilos Cadena, los hiladillos, los botones y demás artículos de primera necesidad que conforman su modesta rutina de señorita trabajadora y decente. Igual ahora que cuando era soltera.

Le duelen las muñecas. La soledad y el desamor se le han integrado al cuerpo bajo la forma de un reuma gotoso que le tritura las muñecas, obligándola a interrumpir su trabajo con frecuencia. Hace a un lado la falda plisada en polyester azul que corta para una sobrina, sale de su cuarto y se dirige a la cocina, para descansar un rato con una taza de café. La primera vez pasa de largo, mirando con disimulo hacia la penumbra cargada de humo y olor a cebollas: se cerciora de que no esté Severina. Ana Santana no resiste la presencia hierática y hostil de su suegra, ni sus ojos endurecidos por los rencores y enrojecidos por el dolor. No está. Ana entra, agarra el chorote de café tibio con panela que permanece sobre la estufa y vierte un poco en un pocillo. Cuando va a salir distingue la silueta de La Muda, que come guayabas agrias en la oscurana de la despensa.

—No te había visto —le dice Ana.

Las demás mujeres de la casa le dan miedo. A La Muda, en cambio, ha aprendido a respetarla. Le inspira confianza por su energía tenaz y sin ostentación, y por la obstinada vocación de servicio que la consagra en vida. Lo de La Mona es matonería —cree Ana— pero lo de La Muda es fuerza. Al contrario del mutismo voluntario de Severina, que esconde ponzoñas y censuras, el silencio forzado de La Muda llega hasta Ana como un campo neutral, sosegado, que promete guardar los secretos y que invita a las confidencias.

No es Ana Santana la única que cede a la tentación de soltar la lengua frente a ella, largamente, sin inhibiciones. Todos en la casa lo hacen de tanto en tanto, aunque saben que no obtendrán respuesta, comentario ni consejo. O quizá sea precisamente por eso que la ven como la confesora ideal: la única persona que les presta un oído atento y una boca cerrada.

—Anoche Nando dormido volvió a hablar de esa mujer, de Milena —desembucha Ana Santana, sentándose en un butaco al lado de La Muda—. Entró tarde al cuarto, muy agitado por algo que había ocurrido y que no quiso contarme. Se acostó en la hamaca, como siempre, y me dejó sola en la cama. Se fumó cinco Pielrojas, uno detrás de otro, y aplastó las colillas contra el piso. Me di cuenta cuándo se quedó dormido porque empezó a roncar. Pero luego se puso a hablar de ella, como otras veces. Sonámbulo, contestando todo lo que le preguntaba. Después se dio media vuelta y ya no dijo más. Yo me quedé llorando hasta la madrugada.

Los ojos insondables de La Muda observan a Ana, la penetran capa por capa. Primero su piel blanca de muñeca antigua, más adentro su empaque resignado de muchacha pobre, y en el fondo su alma torturada y sangrante, que se empeña como un fakir en revolcarse sobre las puntas cortantes del orgullo quebrado, el sueño de amor roto y los celos afilados. Ana Santana no resiste esa mirada que la quema. Se para, sirve más café, se vuelve a sentar, se frota las muñecas resentidas y sigue hablando.

—Yo quise saber cuándo la había conocido. Dijo que hace años, a la hora del atardecer, en el santuario de los flamencos rosados. Él iba de viaje y bajó del jeep a esperar que volviera la bandada de pájaros. En el momento que los vio aparecer en el horizonte, se le acercó una niña de doce años. Una hija de la miseria: flaca, sucia, con los dientes podridos. "Llévame en tu jeep", le pidió. Él se rió y le preguntó: "¿Dónde quieres que te lleve?" "Lejos. Donde no me encuentre mi marido."

La Muda ya lo sabe. Sus ojos cejones, pestañudos, poseen el don de los rayos x y conocen demasiado. Ha vigilado a su hermano Nando mientras duerme, y ha visto en sus sueños a los flamencos. Son siete decenas y regresan, como todas las noches, al mismo punto donde han pernoctado durante generaciones. Vienen cansados, batiendo sus alas lentas en el cielo incendiado del poniente. Nando es muy joven y está solo en la playa salitrosa y desierta, en mangas de camisa, con la piel arrozuda por la brisa fría. Delante de él se extiende el mar, y atrás y a los lados, hasta donde ven sus ojos, la blancura caliza del desierto.

En la playa no habitan humanos, salvo un indio viejo de voz áspera y pocas palabras a quien el gobierno le ha encomendado el trabajo burocrático de contabilizar los pájaros: cada tarde anota, con letra infantil, cuántas aves llegan y la hora exacta en que lo hacen, y al amanecer registra la hora en que levantan vuelo. Ese es su único oficio, aparte de asediar a los esporádicos visitantes para cobrarles un aporte voluntario y hacerles firmar el cuaderno de los turistas. Nando lo conoce porque ha parado muchas veces en este lugar. Pero ahora no está, y es la niña la que se arrima a pedirle la firma. La niña esposa del indio viejo.

—*¿Era su mujer o era su hija?*

—*Era su mujer, aunque seguramente también era su hija.*

Es una niña mañosa, embustera, experta en el arte de sobrevivir. Observa a Nando, lo espía. Espera hasta verlo absorto en los pájaros que ahora se paran sobre sus largas patas entre el agua dorada, y mientras tanto se escabulle hacia la ventana del jeep, se cuela adentro en un abrir y cerrar de ojos, menuda y ágil como una lagartija, y se roba un maletín. Nando se da cuenta, la agarra del cuello, la levanta y la zarandea como si fuera de trapo. "Suelta eso, bandida", le ordena, y ella le clava los dientes en la carne del brazo.

Él le da una nalgada violenta y ella deja caer el botín.

—¿Entiendes, Muda? —pregunta Ana Santana—. Esa niña era la rubia Milena, aunque entonces no se llamaba Milena y todavía no era rubia. Nando no pudo olvidarla desde ese primer día, cuando la ayudó a huir del marido. Por culpa de ella tu hermano no me quiere desde antes de conocerme.

El mar negro, manso, se arrima con dulzura a los pies del Raca Barragán. Su cuerpo tendido, espolvoreado de gotas de agua, tiene la pátina oscura y la quietud del bronce. Los cangrejos nocturnos exploran su piel desnuda, sin lastimarla. La luna lo baña en un resplandor azul que permite seguir el flujo de la sangre por sus venas rotas y su lenta caída, gota a gota, sobre la arena que la absorbe. Signos celestes, acogedores, marcan esta noche de plenilunio, la noche de su muerte. Por fin hay luz para El Tinieblo. Paz para su tormento. Se puede pronunciar su nombre: ya no es mal agüero ni sinónimo de espanto.

"Siempre habrá un mar para lavar el alma", le dijo un día su hermano Narciso El Lírico, y a la hora de la agonía, el Raca recordó sus palabras. Con el último soplo de vida se acercó al mar y se desplomó a la orilla. El agua salada le dio el perdón y la muerte le devolvió la gracia que le había negado este mundo: al final fue bello y santo.

—*Con qué lo asesinaron, ¿con arma blanca, o con arma de fuego?*

—*Lo asesinaron con saña: a balazos y después a cuchillo.*

—*¿Quién lo asesinó?*

—*Fernely y sus sicarios, en una orgía de sangre. Acabaron con El Tinieblo (y fíjese que digo "El Tinieblo" para no mentar por su nombre al bicho) y con toda su pandilla. Mataron a siete, y los despedazaron después de muertos. A Fernely tampoco le fue bien, aunque atacó por sorpresa y por la espalda. No contó con la fiereza del Raca, que le mató cuatro hombres antes de morir. Entre los cuatro había dos Monsalves, hermanos del Mani. Se llamaban Hugo y Alonso Luis, y trabajaban como matones bajo las órdenes de Fernely porque no servían para más. Pero no por eso dejaban de ser Monsalves. Por primera vez en mucho tiempo sufrían un revés duro: de siete que sobrevivían, en una sola noche pasaron a ser cinco. Si el que no debo nombrar hubiera regresado a su* casa, los Barragán le habrían celebrado la hazaña con una fiesta de varios días. A lo mejor le habrían compuesto coplas, lo habrían llevado en hombros... Aunque quién sabe, porque Nando nunca quiso celebrarle nada, ni reconocerle ningún mérito. Lo cierto es que El Tinieblo no llegó hasta su casa. A duras penas alcanzó a bajar al mar, ya para morir, mientras los cadáveres de sus amigos quedaban regados por la carretera, entre un desorden de hierros rotos y motos incendiadas.

Cosido a cuchilladas, sangrando como un Cristo, el innombrable logró escapar de sus verdugos. Se tiró a la maleza, rodó loma abajo por entre los matorrales. Sus ojos estaban ciegos y sus oídos sordos, su cabeza ya apagada, sin pensamientos ni voluntad. Pero un instinto obstinado de tortuga lo orientó en la noche en dirección al mar, y fue el deseo desesperado de perdón que siempre tuvo, sus ansias infantiles de cariño, lo que le dio a su cuerpo exangüe la energía suficiente para caminar, arrastrarse, avanzar en cuatro patas como un perro molido a palos, por un kilómetro, y todavía otro más, hasta alcanzar la playa.

Durante el trayecto se fue deshaciendo de la ropa que llevaba puesta. Cerca de la carretera encontraron después su chaqueta de cuero con cuatro agujeros de bala, pequeños, redondos. El primero en la espalda a la altura del omoplato derecho, el segundo sobre el hombro izquierdo. Por delante los otros dos, al nivel de la cintura.

–Al día siguiente el forense hizo el reconocimiento del cadáver. Se puso unos guantes plásticos de cirujano y metió los dedos entre cuatro orificios de bala y diecinueve tajos de cuchillo.

Más abajo hallaron sus botas negras con carramplones, de dotación de la policía: unas botas altas de cordones largos que seguramente le impusieron un alto en el camino de su agonía. Debió detenerse, inclinarse hasta ellas, coordinar los movimientos de sus manos inertes, y sólo así se pudo descalzar. A unos metros quedaron tirados sus pantalones, hechos un ovillo triste. En cambio sus armas consentidas, las que siempre lo acompañaban, no se encontraron. Ni la metra que llamaba la Señora, ni el Tres Gatos, ni siquiera Viernes, la navaja automática.

—*Tal vez al Tinieblo lo sorprendieron desarmado...*

—*No puede ser. ¿Con qué mató a los cuatro, entonces? Seguramente los asesinos se llevaron sus armas. Puedo imaginarme a Fernely colgándolas en la pared, como trofeo.*

La única pertenencia que conservó hasta el final fue la medalla de la Virgen del Carmen, patrona de los oficios difíciles y protectora de los sicarios, que llevaba cosida a la piel sobre el corazón. Llegó al agua liviano, inocente y desnudo como un recién nacido.

La noche cálida lo envolvió en su bruma y sosegó los escalofríos mortales que lo estremecían. El mar lamió sus heridas y la sal cauterizó su dolor. Las olas calmaron su sed y apagaron la hoguera de su desasosiego. Los peces más pequeños penetraron por su boca, recorrieron sus entrañas y lo vaciaron de toda la crueldad que había recibido y repartido. Los rayos de la luna lo coronaron con aureolas pálidas y un ángel marino puso en su mano la palma del martirio: por vivir como un mártir y por martirizar a sus incontables víctimas. Emplastos de algas curativas repararon su cuerpo violentado y enjambres de caracoles zurcieron con babas su cerebro desleído. Las almejas, acuciosas, formaron una coraza de madreperla alrededor de su sexo agresivo, y para sus oídos aturdidos hubo suaves canciones de cuna entonadas por el viento.

La marea se retira dejando su cuerpo tendido en la arena. El mar lo despide rozándole apenas la planta de los pies. Como una estatua de bronce, Raca Barragán ya no tiene vida, ni dolor, ni culpas. Brilla solitario, invencible y eterno, como un joven dios. "Tenebroso en vida, luminoso en la muerte", dice el epitafio que ningún humano pondrá sobre su tumba, pero que en su honor los astros han dibujado en el cielo y que dentro de un instante habrá desaparecido ya.

En la sartén de teflón, Alina Jericó dora champiñones en mantequilla. Jamás le interesó cocinar ni tuvo necesidad de hacerlo, porque Yela es maestra en el oficio. Pero desde hace un tiempo ha cogido interés por los libros de cocina y las recetas sencillas que traen las revistas femeninas.

Hoy, como todos los martes, ella prepara la comida. Va hasta la nevera y se sirve un vaso de Coca-Cola con hielo, vuelve a la sartén y condimenta los champiñones con sal, pimienta y jugo de limón. Adoba el lomo de res que más tarde va a meter al horno, y se demora un buen rato lavando las hojas frescas de una lechuga: siente placer al tocarlas mientras el agua fría corre por sus manos. Ya está avanzado el embarazo y la curva de su barriga se interpone entre ella y el lavaplatos. Taja tomates, zanahorias, rábanos. Después se ocupa de poner la mesa. Escoge dos individuales blancos bordados a mano con sus servilletas compañeras, saca dos juegos de cubiertos de plata. Arregla un florero de fresias en el centro de la mesa redonda de su comedor, coloca un par de copas, la canasta del pan, los platos blancos de borde dorado. Pone un candelabro con velas y enseguida lo vuelve a quitar: "Demasiado romántico", piensa.

–¿A quién había invitado a comer esa noche?

Va y viene descalza de la cocina al comedor, porque el médico no ha podido solucionarle la hinchazón de los pies y no aguanta los zapatos. Se cansa con facilidad y ha reducido su rutina diaria a tejer y preparar el ajuar del bebé, ver telenovelas por la tarde y películas en betamax por la noche, dar paseos cortos a pie, cuidar las plantas que ahora repletan su terraza, decorar el apartamento, oír discos, hojear revistas.

Tres veces a la semana asiste a los cursos de preparación para el parto y la maternidad. No tiene amistades y a sus hermanas sólo las ve de cuando en vez. Durante sus años de matrimonio con el Mani Monsalve se acostumbró al aislamiento impuesto por la ilegalidad, que le impidió hacer nuevos amigos y la apartó de los antiguos.

—Esa noche Alina puso dos puestos en la mesa. ¿Con quién iba a comer?

Su única compañía son la vieja Yela, que la cuida y la atiende noche y día, y el abogado Méndez, que le soluciona los problemas prácticos de la vida —desde un enchufe quemado hasta la declaración de renta— y que se ha convertido en su confidente y consejero. En una presencia protectora, divertida y tranquila en medio de una soledad que, de no ser por él, la aplastaría obligándola a volver al lado del Mani. Muchas veces ha estado a punto de hacerlo. Ha tenido el teléfono en la mano, a las tres de la mañana, a las seis de la tarde, dispuesta a marcar su número y a darse por vencida.

—Cuando vayas a llamar al Mani llámame antes a mí —le ha dicho Méndez— para que lo discutamos con cabeza fría. No sea que por desesperada, o por triste, des un paso del que te arrepientas toda la vida.

Alina le ha cogido tanta confianza, que le preguntó si lo podía despertar también cada vez que tuviera pesadillas con la yegua negra, que la sigue visitando en sueños, espumosa y crispada, entre abismos de angustia, culpa y miedo.

—A la hora que sea —le dijo el abogado—. Me llamas y espantamos a ese animal.

Aunque vive en otra ciudad, Méndez viaja dos veces a la semana al puerto. Le conviene por razones de trabajo, pero sobre todo lo hace para estar con ella. La acompaña religiosamente todos los domingos y los martes en la noche.

—Entonces era Méndez el invitado a cenar...

A las ocho en punto timbra Méndez en la puerta del apartamento. Se lo ve recién bañado, rozagante, oloroso a colonia. Está estrenando camisa y Alina, que se da cuenta, se lo festeja.

Lo recibe linda como una muñeca, con un vestido malva y el pelo recogido con una cinta del mismo color.

—A pesar del embarazo, seguía siendo reina de belleza...

En el tocadiscos suenan Eddie Gorme y los Panchos. Se sientan a la mesa, él encuentra que la carne está reseca pero dice que deliciosa, se la come toda y repite, conversan, se ríen.

Más tarde, mientras toman el café en la sala, ella le muestra un saquito nuevo que le tejió al bebé. Pero el abogado se ha puesto nervioso, tiene la cabeza en otra cosa. No ve el saquito que tiene delante de los ojos y contesta cualquier frase cuando ella le pregunta "¿Te parece muy subido el color de este hilo verde menta?". Ni siquiera se entera de qué trata la película que ven.

El objeto de su inquietud está entre su maletín de ejecutivo: allí guarda la que puede ser la llave de su felicidad. La última pieza de un rompecabezas que el azar ha ido armando poco a poco. La vida ha empujado a Alina Jericó cada vez más lejos del Mani Monsalve y más cerca de él, y él ha trabajado ese viento a favor para estrechar los lazos invisibles con infinitas dosis de paciencia, de disimulo, de cariño, para no forzar la mano, para no echar todo a perder antes de que madure. Jamás se ha comportado como un pretendiente. Su papel, meticulosamente dosificado, ha sido el de amigo incondicional y desinteresado de una mujer sola y embarazada. Hasta que no llegue el momento preciso, Alina no debe sospechar siquiera que lo suyo es deseo carnal y amor desesperado; que está dispuesto a casarse con ella, a llevársela lejos, a adoptar al hijo que espera para quererlo y criarlo como si fuera propio, a adorarla y mantenerla hasta que la muerte los separe... lo cual puede suceder pronto, si el Mani lo decide. A Méndez no le importa: está dispuesto a correr el riesgo.

—*Méndez no podía precipitarse, pero tampoco podía dejar pasar el momento...*

Atrasarse es tan grave como adelantarse. Si no se aviva, la situación actual se eterniza y queda consagrado para siempre de buen samaritano. De san José.

—*De cornudo. Iba a cuidarla y a consentirla hasta que otro más vivo se la llevara. ¿Y qué era lo que tenía entre el maletín?*

Entre el maletín tiene el último número de la revista Cromos. En la sección de sucesos trae un informe completo, "La guerra de los Barraganes contra sus primos los Monsalve", sobre la noche de la matanza del Tinieblo y sus amigos. Fotos de los cadáveres esparcidos por la carretera, destrozos, mutilaciones. Horror desplegado a todo color y a todo morbo. Un recorderis brutal para Alina, por si ha olvidado el sabor a sangre del mundo que quiere y no quiere dejar.

Pero eso no es todo. La revista trae todavía más, como si fuera un *dossier* preparado por el propio Méndez para dar el último empujón a su empecinada tarea de convicción y seducción. En las páginas sociales aparece el reportaje gráfico de una fiesta de cumpleaños en la capital.

—*¿Qué tenía que ver esa fiesta con Alina Jericó?*

La homenajeada es la señorita Melba Foucon, que cumple treinta y cuatro, y junto a ella aparece en todas las fotos "el próspero empresario costeño" Mani Monsalve. Méndez no sabe si han publicado los dos artículos juntos con doble intención, o por simple casualidad o descuido editorial. En la primera fotografía Melba y el Mani salen bailando juntos, en la segunda en grupo con los demás invitados, en la tercera ella sopla las velas, en otra él le entrega un regalo. En las últimas dos se abrazan.

Según la costumbre que han establecido los martes, una vez terminada la película, hacia la medianoche, el abogado se para y se va. Esta vez no. Alarga la visita, ganando tiempo para tomar la decisión: ¿Le entrega la revista a Alina o será un acto de crueldad inútil? Se inclina por el sí, le pide a Alina otro café, se inclina por el no, habla de fútbol, mejor sí, dice que está cansado y se recuesta en un sillón, mejor no, se pone de pie para irse.

A último minuto se anima, saca la revista del maletín con un gesto que pretende ser discreto pero que resulta teatral. "¿Ya viste esto?", pregunta en un tono que quiere ser casual y que resuena solemne.

Ella toma la revista, la ojea, se topa con las fotos de la matanza, después con las del cumpleaños, y sus ojos grises se inundan de lágrimas. Primero llora con timidez, después a rienda suelta.

—¿Para qué me muestras esto? —reclama Alina—. Ahora te vas y me dejas deshecha.

—Si quieres no me voy —se apresura a decir él, abrazándola.

Se sientan juntos en el sofá de cretona; ella le suelta sobre el hombro lagrimones ardientes que le empapan la camisa nueva; él se atreve a acariciarle el pelo con devoción que disfraza de paternal, le seca la cara con el pañuelo, se lo presta para que se suene, la estrecha contra sí y la arrulla con dulzura, a ella y a su hijo, mientras ríos de miel le inundan el alma.

—*Le funcionó la jugada...*

Caramelo y azúcar corren por las venas de Méndez al sentir el cuerpo grávido, palpitante, que se aprieta contra el suyo. Poco a poco amaina el llanto torrencial y ella se estabiliza en una etapa prolongada de sollozos, después desciende a un suave estremecimiento cruzado de suspiros y finalmente aterriza en una soñolencia melancólica que le devuelve a sus ojos enrojecidos el pacífico tono gris.

Ahora Alina dormita, todavía sobre su hombro, y a él le parece un milagro que los minutos pasen y ella no se aparte, como si hubiera decidido hacerse un nido contra su cuerpo grande y mullido de cuarentón.

–Me ofrecieron un puesto muy bueno en México –deja caer la frase al desgaire–. ¿Te gusta México?

–¡Ahora te vas tú también! –protesta ella, y el llanto amaga con volver.

"Pero te llevo conmigo, si quieres", está a punto de decir Méndez, pero se frena: sonaría de un oportunismo repugnante. Mejor esperar hasta mañana, o pasado. Por ahora sólo debe protegerla entre los brazos, idolatrarla sin palabras, acariciar su pelo castaño sin apremio ni lujuria hasta que ella diga que está cansada y que se quiere ir a dormir.

–*Así les dieron las dos de la mañana. Méndez salió de allá seguro de su triunfo. Por fin, después de tanto bordar, había dado la puntada final. Sólo le faltaba rematar con un buen nudo, pero le pareció conveniente dejarlo para otro día.*

–*En la calle tomó un taxi y le pidió que lo llevara a su hotel. Estaba tan dichoso que le pagó el doble de lo que costó la carrera.*

Dan las cuatro de la mañana y el abogado da vueltas en su cama sin poder dormir, de la emoción. Su expectativa es tan febril que le calienta las sienes. Repasa mentalmente una y otra vez la escena que acaba de vivir, para cerciorarse de que ocurrió, para grabársela en la memoria. Sus dedos recuerdan la textura del pelo de Alina, sus narices repasan el olor a fresas de su champú, su cuello todavía siente la humedad tibia de su aliento, su espalda conserva la presión de sus manos largas y hermosas.

De pronto lo sobresalta el timbre del teléfono. "Es Alina", presiente.

–*¿Era Alina?*

–*Sí, sí era.*

Méndez levanta la bocina y pronuncia un "hola" enamorado y entrecortado que le sale del fondo del alma y que expresa adoración pura, infinita gratitud, promesa de eterna felicidad.

–Acabo de llamar al Mani –le dice Alina–. Porque quiero volver con él.

–¿¡Cómo!?

Alina repite lo que acaba de decir.

–¿Estás loca? ¿Quieres que tu hijo se críe entre asesinos, y que acabe muerto él también? –el abogado sube la voz, descontrolado; no entiende nada; utiliza un lenguaje que nunca antes; siente un dolor horrible en el pecho, como si un infarto le merodeara el corazón. Trata de recuperar la compostura y añade–: Espera, no hagas nada, si quieres salgo ya para tu casa...

–Ya no hay nada que hacer –la voz de ella le retumba en el oído como una campana de cementerio–. Ya lo llamé. Espero que sigas siendo mi amigo...

"Que sigas siendo mi amigo": las palabras pasan silbando por entre el cable del teléfono y se clavan en el cerebro de Méndez como alfileres envenenados.

–¿Por qué lo hiciste? –susurra apenas, agónico.

–La matanza del Tinieblo fue atroz, esa y todas las demás... Pero no la hizo el Mani. Hace mucho que el asesino no es él. Él cambió, ¿entiendes? Él cambió por mí.

—Pobre abogado, el tiro le salió por la culata. Lo de la revista funcionó, pero al revés.

—Cuando Méndez salió del apartamento, Alina se recostó en su cama con la revista en la mano. Durante dos horas miró las fotos, pero no las de la matanza, sino las del cumpleaños. Vio al Mani bello, rico, elegante, fino. Distinto al matón que había sido su marido. Vio gente distinguida a su alrededor. Nada de armas. Ni un pistolero, ni siquiera el Tin Puyúa. Vio al Mani tal como siempre lo había soñado, salvo un detalle: con otra mujer. Debió pensar: "Yo me aguanté los dolorosos para que ésta se lleve los gozosos."

—Los celos pudieron más que el miedo...

—Los celos fueron el remate. Pero desde la famosa fiesta en la casona colonial la seducía la posibilidad de que su marido se hubiera vuelto bueno y honrado. Que hubiera abandonado la guerra y que los Barraganes lo hubieran perdonado.

—La ira de Nando Barragán cuando supo del asesinato del Tinieblo fue espantosa. Pero interna: sin aspavientos ni demostraciones. Llevaba varios días con sus noches plantado ante el garaje esperando que apareciera Fernely, y mientras tanto Fernely fue y le liquidó al hermano. Parecía cosa de burla.

—¿Qué hizo Nando, mató al Mocho y a su papá y a su hijo? ¿Los torturó antes de matarlos, como había prometido?

—No. Sus hombres querían, pero él se negó. La rabia no lo cegaba. Pensó para sí: lo que ha sucedido no es traición humana, es carambola del destino. Así que siguió esperando a Fernely en el mismo lugar, con más empeño y perseverancia que antes. No se movió ni para ir al entierro. La Mona lavó el cadáver del Raca, lo vistió y lo metió entre el ataúd. Sólo ella podía hacerlo, porque nadie más lo amaba.

—¿A Nando le dolió esa muerte?

—Le dio rabia, dolor no.

La idea de borrar a Fernely del mapa se lo chupa entero, no le permite el lujo de pensar ni sentir nada distinto. No sale de la Silverado, bien camuflada a dos cuadras del garaje señalado. Ha montado una red de vigías para que le avisen tan pronto la víctima asome. Entre la Silverado fuma, come y duerme. Pero duerme mal, tronchado en la silla, tenso y alerta, las Ray-Ban incrustadas en su nariz de boxeador, las armas encima, la cabezota descolgada y la boca abierta. Sueña pesadillas que le arrancan gritos roncos y le hacen bailar las pupilas bajo los lentes negros y los párpados cerrados. En algunas ve a la rubia Milena que se aleja: esas son las comunes. En las más interesantes se le manifiesta el Tío, anacoreta del desierto, consejero espiritual de Barraganes y Monsalves, viejo enloquecido a ratos por las rachas de arterioesclerosis y tan descarnado que ya casi es soplo, pura nada envuelta en greñas y trapos.

—¿Quién es Holman Fernely y cómo debo enfrentarlo? —le pregunta Nando, dormido.

El Tío le contesta con verdades del más allá y mal aliento de ultratumba: "Él no es nadie y no tiene modales. Tú eres Nando Barragán, el Grande, y de ti el mundo espera hazañas elegantes."

Llega la hora cero y cunde la alarma. Radioteléfonos y walkie-talkies cruzan señales, van y vienen mensajes de esquina a esquina, de carro a carro. El aire se electriza. Nando se baja de la Silverado y espanta de un sacudón los espejismos del sueño. Carga la vieja Colt con balas de plata. Endurece la masa muscular, congela los sentimientos y paraliza los latidos de su corazón, para transformarse en puro nervio y metal, impenetrable y guerrero.

Se escucha un chancleteo lento y aburrido, como de vieja comprando el pan y las verduras. Las chanclas cruzan la esquina y entre ellas aparece Fernely, alto y desgarbado, el pelo sucio pegado al cráneo, la camiseta desteñida, la piel de cera color noche en blanco.

Sus ojos inflamados miran a lado y lado, voltean hacia atrás por si lo siguen. Revisa la calle de tierra que conduce al garaje. La encuentra desierta, salvo los zancudos que pululan en los charcos y el perro amarillo que siempre le sale al paso. También ahora lo persigue ladrándole a los talones y él lo espanta con una piedra.

Durante meses ha utilizado este lugar para esconder un vehículo y no ha tenido problemas. Le gusta porque está discretamente refundido en un barrio proletario de la ciudad, en una calle despoblada, sin vecinos que fisgoneen. La camioneta, vieja y despintada, no llama la atención. No es un automóvil de batalla, pero le sirve para moverse sin ser notado. Ha dado un nombre falso y no tiene indicios de que el cuidandero sospeche. No tiene por qué sospechar. No puede reconocerlo: nunca antes lo ha visto. Hoy todo está igual que siempre. No pasa nada. Fernely hace el balance: "Nada pasa, calabaza."

Esta vez se equivoca. Ocultas detrás de las ventanas, miras de alta precisión lo tienen ubicado en el centro de su cruz y lo siguen calle abajo, hacia el garaje. Tantos oficios de guerrilla, contraguerrilla y sicariato, tanta supervivencia por cárceles, montes y submundos no alertan su olfato de viejo zorro en el momento ingenuo en que se mete a la boca del lobo, solo, indefenso y cándido como niño de primera comunión.

Lo vigilan pero no le disparan: es la orden del jefe. Todos saben que un solo tiro, limpio, silbante, que entrara por el pecho y saliera por la espalda, le pondría fin al episodio sin que nadie tuviera que molestarse. O que bastaría una bomba en la camioneta para mandar a Fernely volando al cielo. Pero eso no lo acepta Nando Barragán.

–*Para Nando matar era un arte y una vocación, como torear para el torero, o celebrar misa para el sacerdote.*

–*Así eran los Barragán. Gente de ideas antiguas.*

–*Tres veces en ese día Nando le perdonó la vida a Fernely, el asesino de sus hermanos. Tres veces que se volvieron famosas en La Esquina de la Candela, como las tres caídas de Cristo o los tres pelos del diablo. Las sabíamos de memoria, la primera, la segunda y la tercera, y sin embargo no nos cansábamos de contarlas ni de oírlas contar.*

–*¿Cuál fue la primera?*

Escondido tras un muro, inmóvil como piedra, Nando observa al individuo largo y gris que entra al garaje. ¿Es realmente Fernely? Sí, es él, tal como lo ha imaginado durante sus delirios de venganza, salvo el pelo, más ralo, y la mirada, más agria. Es él, no cabe duda: el tatuaje Dios y madre lo marca en el brazo como el fierro del amo al esclavo. Nando lo tiene tan cerca que puede escuchar su respiración arenosa y olfatear la acidez trasnochada de su sudor. Lo examina con minuciosidad de especialista. Detalla el desbarajuste de su flacura de monje, ve la crueldad en sus manos de nudillos abultados, adivina el ardor de sus ojos castigados por la infección crónica. Detecta el arma corta sujeta por el cinturón, debajo de la camiseta sucia.

Sin saberse observado, Fernely se acerca al cuidandero. Le dice "qué hay de nuevo, carehuevo", le entrega un billete, le recibe las llaves, se pasa el pañuelo por los ojos pichurrios, se mete en la Ford, abre la ventana, calienta el motor, echa reversa, da la vuelta, enruta la trompa hacia la puerta de la calle. Dice: "Con permiso, yo me piso."

–*Desde el momento en que entró al garaje hasta el momento en que salió, Holman Fernely tardó siete minutos largos. Si Nando Barragán no lo mató, fue por respetar la vieja creencia de que al enemigo no se le montan trampas, porque hay que avisarle antes de tirar. Esa fue la primera vez que le perdonó la vida.*

–*¿Cuál fue la segunda?*

Holman Fernely arranca por la calle en su Ford blanca y roja; Nando Barragán sale detrás, solo, en su Silverado gris metalizado. Ha dado orden a Pajarito Pum Pum, a Simón Balas, al Cachumbo, de que no lo acompañen: dice que la guerra debe pelearse hombre a hombre, uno contra uno.

Durante cuadra y media Fernely no se da cuenta de nada. Va despacio, hace el pare en las esquinas, no toma precauciones. Expone limpiamente la nuca, desplumada, cartilaginosa, para que le disparen desde atrás y se la tronchen como a un pollo.

–*Nando no lo hizo porque no mataba por la espalda. Por segunda vez le perdonó la vida.*

–*¿Cuál fue la tercera y última vez?*

Fernely se percata de que un carro lo sigue, mira por el retrovisor, reconoce a Nando Barragán. Empieza una persecución a lo película con vueltas a la derecha, a la izquierda, frenazos, escándalo de llantas quemadas, chispas y centellas, rugido de motores, balacera de carro a carro, velocidades suicidas. Fernely logra salir a la carretera que bordea la costa pero no puede desprenderse de Nando que lo sigue pegado detrás, inclemente como una sanguijuela, sin darle tregua ni respiro. La Silverado, poderosa, alcanza a la Ford, la arrincona en las curvas, se le tira encima buscando empujarla fuera de la carretera. Al quinto intento lo logra: la Ford cae por el barranco, da una voltereta rojiblanca y aterriza sobre el techo, llantas arriba.

Desde lo alto Nando la mira con desprecio, disgustado por la falta de emoción con que ocurrió todo. Tiene un nuevo motivo para odiar a Fernely: resultó un contendor tan flojo que le deslució la victoria. Bosteza, desencantado, y espera, con la Colt cacha de nácar en la mano, que dé señales de vida la alimaña que tiene acorralada.

Abajo la puerta de la Ford se abre y sale Fernely entre una nube de polvo, arañado y contuso, con la ropa rasgada. Va desarmado y lleva los brazos en alto:

—¡Me rindo, carilindo! —grita implorando socorro.

—*Nando Barragán no le disparó. Por tercera vez le perdonó la vida, porque no asesinaba enemigos vencidos.*

Fernely avanza sin bajar los brazos, sube por entre la maleza, gana terreno, se acerca casi hasta llegar, aprovecha un arbusto que lo cubre para sacarse una granada que esconde en el bolsillo, la destapa con los dientes y se la va a arrojar a su perseguidor en el preciso instante en que una bala de plata con las iniciales NB sale de la Colt Caballo, le pega en medio de la frente y lo deja muerto sin darle tiempo para decir ni un refrán, ni para escuchar el estallido fenomenal que le revienta los tímpanos, los ojos dolientes, la lengua parca y demás órganos y membranas de su cuerpo descarnado: el ¡bum! incendiado de la granada viva que tenía en la mano y no alcanzó a arrojar.

–Te reventaste tú mismo, como hiciste con Narciso –dice Nando sin sorpresa, mirando asqueado el desastre, los tristes restos de Fernely fetecuado, renegrido y humeante.

Después se monta en la Silverado y regresa a la ciudad rumiando por el camino –como quien masca chicle– el hastío radical del hombre que sabe que matar gente es demasiado fácil.

–*La noticia llegó a La Esquina de la Candela antes que el propio Nando. "¡Nando Barragán asesinó a Holman Fernely!", gritaban los niños por las calles del barrio. Desde ese momento la gente empezó a contar la hazaña, y no termina todavía. Nando, leyenda viva, había convertido a Fernely en leyenda muerta. Esa tarde nos paramos en las aceras para ver pasar al ganador. La Silverado traía encima los agujeros de bala y las abolladuras de la persecución, y el polvo y el barro del lugar del crimen. A Nando no lo vimos: lo ocultaban los vidrios polarizados.*

Nando entra a su casa con paso agobiado de viejo guerrero y se dirige a la cocina en busca de su madre, para ofrendarle el muerto. Viene de vengar el crimen de dos de sus hermanos y espera un recibimiento de héroe, con lágrimas de gratitud de Severina, alharaca de las mujeres, exclamaciones de admiración de los hombres, música, ron, voladores, fiesta de varios días, como es usanza en su familia cada vez que liquidan a un Monsalve. Pero nadie sale a su encuentro.

A lo largo del silencioso corredor de baldosas, su único cortejo triunfal son los arrendajos enjaulados, los loros en sus estacas, la marrana parida, el mico pajero, que se recogen indiferentes para recibir la noche. Nando Barragán, gran Goliat vencedor de enanos, entra a la cocina, se desploma sobre un butaco que de milagro aguanta sus kilos, se quita las gafas negras y alza los ojos miopes, de repente mansos, en dirección a su madre. Severina le sirve una taza de café, se la entrega sin decir nada, se para detrás de él y lo apacigua frotándole el cuero cabelludo con la yema de los dedos. Nando entrecierra los párpados pesados y su cuerpo se afloja, se entrega, se transforma en el de un niño excesivamente grande.

—¿No hay fiesta para mí? ¿Café es todo lo que me das? —le pregunta a Severina, con la voz apagada por la fatiga.

—¿Qué más quieres? No mataste a un Monsalve. Sólo a su perro.

Nando se adormece, derrotado por la dualidad que lo atenaza desde niño: la dureza de las palabras de su madre, que abren heridas en su corazón, y la magia sedante de sus caricias, que vuelven a sanarlo.

Fuera del domo de cristal, en el calor compacto de la noche, las chicharras estallan de cantar y los naranjos impregnan el aire de su almizcle dulce. Un tigre perseguido huye por el monte haciendo gritar a las guacamayas. Lejos de la playa un pescador solitario alumbra la superficie negra del mar con el círculo de luz de su linterna.

Bajo el domo, el agua azul y traslúcida de la piscina semiolímpica, iluminada con reflectores, suelta destellos ondulantes y tibios vahos de cloro. En el vapor que llena el recinto resuenan lejanos, espaciales, los ecos de una risa de mujer, un chapoteo de pies, la zambullida de un cuerpo.

—*¿Para qué piscina cubierta en tierra caliente?*

—*Así le gustaba al Mani, porque costaba más.*

Un sirviente invisible ha dejado cerca de la orilla dos toallas secas, una jarra de Kola Román con hielo, un par de vasos y una batea de frutas frescas: sandía, mango, papaya, pitahaya, níspero, piña. Entre el agua, sentada en las escalinatas del lado pando, Alina Jericó mira hacia el otro extremo, donde el Mani Monsalve se tira de cabeza desde el tercer trampolín.

Ella lo aplaude y se ríe. Tiene el pelo atado arriba para que no se le moje. Un bikini a lunares deja al descubierto su barriga crecida, sus piernas espectaculares a pesar de los kilos de más. El Mani saca la cabeza a la superficie y se acerca nadando. Bracea con bríos y sin estilo: se nota que aprendió en el río, y que sólo de adulto conoció una piscina. A mitad de camino se detiene, escupe agua, se frota los ojos, observa a su mujer: la ve hermosa. Más llena de cara tal vez, más redonda de pechos, pero igual de hermosa.

—*La Virgen del Viento estaba abandonada y tragada por el monte, pero el Mani Monsalve hizo que en cuatro días una cuadrilla de albañiles, jardineros y sirvientas la dejaran perfecta, como si Alina la hubiera ocupado hasta el día anterior. Reconstruyeron lo que se había caído, repararon los daños, pintaron, desmalezaron, limpiaron. Los muebles, las canchas de tenis, la piscina, las pesebreras, los jardines, la playa, los caminos, las cercas: todo quedó en pie, todo perfecto.*

—*Alina lo llamó un martes por la noche a decirle que si la recogía el sábado, que quería hablar con él. Quedaron en que pasarían juntos una semana. Apenas colgaron, a las cuatro de la mañana, Mani despertó al Tin Puyúa y le ordenó que saliera inmediatamente hacia la Virgen del Viento con la brigada de limpieza y reparaciones. A la mañana siguiente llamó personalmente al gobernador del departamento para pedir que le arreglaran la carretera de acceso, porque tenía miedo de que los huecos perjudicaran el embarazo de Alina. El gobernador mandó doce volquetas con recebo. Nadie desconocía una orden del Mani Monsalve.*

—*Cuando la señorita Melba Foucon se enteró del revuelo, se presentó ante el Mani y le preguntó si supervisaba los arreglos de la casa. Él le advirtió que no quería ningún cambio: todo debía quedar tal como lo había planeado Alina, meses atrás. Una sola cosa nueva quiso que incluyera: un cuarto de bebé, decorado en azul, con todo lo necesario y repleto de juguetes hasta el techo.*

—¿*Melba Foucon y el Mani se habían hecho amantes?*

—*No. Ella soñaba con eso, pero a él ni le pasaba por la cabeza. Su lealtad con Alina Jericó era rigurosa y obsesiva, como la de un soldado a la patria. No sólo se le acercó la Foucon: también muchas otras, y con todas fue frío.*

En la Virgen del Viento Alina tiene a sus pies, igual que Eva, el paraíso terrenal con sus delicias intactas. Víboras verdes y micos macacos la observan a distancia cuando pasea abrazada al Mani por entre guaduales, bajo húmedos túneles de orquídeas y helechos. En silencio, como si los meses de separación fueran un desgarrón demasiado doloroso para mencionarlo, suben en las madrugadas hasta un bosque de neblina donde nacen seis quebradas. Desayunan a la sombra de los yarumos con chontaduros y borojós que recogen por el camino. Venados y dantas, domésticos como perros, se acercan a recibirles comida de la mano. Duermen la siesta a la orilla de la madrevieja del río, tapada por las hojas sobredimensionadas de la victoria regia, y al despertar oyen las salamandras cantar como pajaritos y ven las águilas tijeretas cazar insectos en el aire. Dedican la tarde a los caballos: el Mani los monta, Alina los trabaja a la cuerda, después los cepillan y los premian con trozos de panela. En las noches, cuando la bruma baja fría del páramo, se calientan las manos en una hoguera encendida en la playa con maderos de viejos naufragios.

Llevan seis días perdidos del mundo sin que ningún ser humano aparezca a importunarlos. Manos invisibles abastecen las despensas, dejan la mesa servida, arreglan los cuartos, ensillan las bestias. Alina no se despierta en la noche sobresaltada por gritos de hombres ni ladridos de perros, y el traqueteo de las metralletas no interrumpe las largas partidas de damas que juega con su marido sobre un luminoso tablero electrónico.

–No *hablaban del pasado. ¿Tampoco del futuro?*

–*Poco y con timidez. Por teléfono, la noche de la reconciliación, Alina le dijo al Mani que pasaría con él sólo siete días de prueba. Ya estaba por terminarse la semana y él quería proponer que la alargaran, que no regresara a su apartamento. Pero no se atrevía, temía que le dijera que no.*

Desde el centro de la piscina, el Mani mira a Alina y la ve bella, y también feliz. Ya no tiene miedo: sabe que no se irá.

–Al niño le voy a poner Enrique –le grita, y algo parecido al entusiasmo vibra en su voz mate de hombre sin mañana.

Ella se le acerca despacio, con nadado de perro, sin hundir la cabeza. Extiende los brazos y se le cuelga al cuello.

–¿Por qué Enrique? –le pregunta–. Nadie en la familia se llama así.

—Por eso mismo.

Detrás de ellos estalla un estrépito de vidrios rotos que resuenan como cataclismo y los deja sin aliento. Voltean a mirar: alguien ha despedazado uno de los cristales del domo. Siete hombres penetran por la tronera. El Mani distingue el pelo cano y enmarañado de su hermano Frepe.

—No te preocupes —le dice a Alina—, es sólo Frepe con sus guardaespaldas.

Ella ya se dio cuenta: le llegó a la nariz el olor inconfundible del eterno tabaco ordinario de su cuñado. Pregunta en voz baja, temblando del susto y la indignación:

—¿Y por qué entran así, a las malas?

—*¿Qué pasó acaso con el personal de vigilancia del Mani, por qué no actuó impidiéndole el paso a Frepe?*

—*Porque era hermano del jefe: del mismo bando. Le sugirieron que no pasara, pero no se hubieran atrevido a bloquearle el camino por la fuerza, y menos en esta oportunidad, cuando el Mani les había ordenado máxima discreción para no perturbar la paz de Alina Jericó. "Quiero que se comporten como fantasmas", les había ordenado. "Que no se vean, no se sientan, no se oigan." En el momento de la quebrazón de vidrios sí acudieron, enseguida y con las armas desenfundadas, pero el Mani les dijo que no pasaba nada y les ordenó retirarse.*

—*¿Entonces los sicarios de Frepe y los hombres del Mani estuvieron ese día al borde de la batalla campal?*

—*Así fue. Si el Mani no la hubiera frenado a tiempo, seguramente nadie salía vivo.*

—*Esa era la vida de ellos: en cualquier momento podía pasar cualquier cosa, y cualquier cosa podía acabar a bala.*

Los matones de Frepe tienen las caras pintarrajeadas de verde con rayas negras, visten pantalón de camuflaje y camisas colorinches de turista de Florida. Unos se aprietan la frente con pañuelos, otros llevan cachuchas de béisbol. Avanzan nefastos entre el vapor, destilando demencia, como payasos echados de un circo, como mercenarios salidos de un pantano.

–Ayer mataron a Fernely –le grita Frepe al Mani desde la orilla– y no te pudimos avisar, porque diste la orden de que no interrumpieran tu luna de miel. Hace doce días nos mataron a dos hermanos y no fuiste al entierro. ¿Ya no quieres acordarte de nosotros?

–Quédate aquí –le ordena el Mani a Alina, y sale del agua sin apurarse, al parecer sin inmutarse, con el fastidio de un emperador interrumpido en medio de su baño por los siervos. Sólo Alina nota su alteración: ha visto que la cicatriz se le pronuncia, pavorosa, como un rayo pálido.

–¿A qué vienes? ¿Por qué entran como los ladrones? –le pregunta a Frepe mientras se pone una bata sobre el vestido de baño, sin prisa, dándose tiempo de exhibir su musculatura de atleta, apantallando con su cuerpo joven, que por sí solo es una pequeña victoria moral sobre su hermano mayor, envejecido y desgarbado.

–Vine a informarte, pero no nos dejaban pasar. Tú tan elegante no quieres saber nada de carnicerías, pero la vida es así hermano, una puta mierda.

–¿Quién mató a Fernely? –pregunta el Mani, como si no supiera.

–Nando Barragán, y a esta hora lo estará celebrando, orgulloso como un pavo y borracho como una cuba.

Mientras los hermanos hablan, los siete carapintadas se adueñan del lugar. Ruidosos, prepotentes, bufones, montan una juerga de patanes que Alina contempla aterrorizada mientras chapalea para mantenerse a flote porque no hace pie. Uno de ellos se come las frutas de la bandeja y escupe las sobras en el agua, entre eructos y risotadas. Otro toma aguardiente, dice obscenidades y se agarra los huevos con la mano; el tercero pone a todo volumen *La copa rota* de Alci Acosta en el tocadiscos del bar; el cuarto se divierte rajando con una navaja la lona de un parasol. Los otros dos se encaraman al trampolín, brincones y alborotados, y se tiran a la piscina con ropa y zapatos.

Al sentir que se le acerca la canalla, Alina nada hasta el borde, descompuesta, como si huyera de la peste, y le grita a su marido: "¡Mani, ayúdame a salir! ¡Mani, una toalla por favor!", pero él no la escucha. Ella grita más histérica, tratando de alzar la voz por encima de la de Alci Acosta, que desde el tocadiscos brinda con una copa rota por la mujer traicionera. Frepe señala a Alina con el dedo:

—Que le pases una toalla —le dice al Mani—, que la reina no quiere que la vean barrigona.

Mani la saca del agua, la tapa con la toalla y le pide que lo espere en la casa.

—No, que se quede —dice Frepe—, mejor que se quede, para que conversemos, bien agradable...

—No conversamos nada si no le ordenas a tu gente que se retire —le contesta Mani, alardeando tranquilidad.

—Pero por qué, si están contentos. ¿Le molestan a la reina?

—Que se salgan, Frepe —el Mani se juega los restos de su autoridad— y ante todo que se callen, que el ruido me revienta la cabeza.

Frepe lo mira retador, con su cara a rayas negras como una zebra vieja y encabritada. Pero no se atreve a desobedecer. A pesar suyo, el aire de superioridad de su hermano menor lo intimida y lo frena. Se mete dos dedos a la boca, pega un chiflido y ordena a su chusma que lo espere afuera.

—Puedes sentarte —le dice el Mani con soberbia de patrón, y le señala una silla. Luego se dirige a Alina en un tono que no admite negativa:

—Espérame en la casa, mientras tomas un baño caliente y te vistes.

—No —dice ella, sacudida por la conmoción, el asco y el frío, y se para al lado del marido–. Prefiero quedarme.

El cacho de tabaco satura la atmósfera de humo rancio. Sobre el agua iluminada flotan, groseras, cáscaras y semillas de sandía. Haciendo gala de control de la situación, Mani va hasta el bar a apagar la canción sobre la ingrata que se fue, y mientras lo hace cae en cuenta de que la han puesto a propósito, para torearlo. No se deja provocar: le ofrece un aguardiente a Frepe.

—Sólo vine a decirte que puedes estar tranquilo —la zebra vieja suelta humaredas al hablar–. Yo no tengo problema en seguir en lo mío mientras tú te retratas con artistas y ministros. Fernely se hizo matar, mi gente se hace matar, para que tú poses de gran señor. No hay problema: es parte del trato. No te guardo rencor porque no me permitas entrar a tu casa. Hasta te perdono si no vas a mi entierro el día que me maten. No importa, cada quien en lo suyo. Pero eso sí: no me sirve el treinta por ciento que me das.

—Vete a bañar, Alina —presiona Mani, autoritario.

—Ese tabaco... —musita ella con voz desfallecida, mientras el humo apestoso se le cuela al cuerpo bajo la forma de un cansancio absoluto que le afloja las piernas, le nubla los ojos, le espanta los glóbulos rojos de la cara y le borra el color de la piel–. Ya vuelvo —trata de decir, y se aleja con el último gramo de fuerza, haciendo equilibrio como un maromero esforzándose porque no se note que va por la cuerda floja. Alcanza a traspasar las puertas corredizas de vidrio que separan la piscina de la sala central y se desgonza en un sillón alto un segundo antes de ver negro el mundo, desconectar los sentidos y abandonarse por fin sobre el mullido colchón de la inconsciencia.

—*¿Cuánto tiempo estuvo desmayada Alina Jericó?*

—*Nadie supo porque nadie se dio cuenta, ni siquiera el*

Mani, que no la vio en la sala porque la ocultaba el respaldar del sillón, y pensó que había ido a bañase. Debieron ser sólo unos minutos. Cuando volvió en sí, le llegaron flotando desde la piscina las voces tensas de los dos hermanos, que discutían al borde de la pelea pero evitando caer abiertamente en ella. Escuchó cosas que le dieron a entender que tramaban el asesinato de Nando Barragán. Se enteró sin querer de demasiados detalles. Oyó varias veces la palabra cocaína, y así supo que los Monsalves se habían metido en un negocio nuevo. Apenas pudo se paró, entró a la cocina y se tomó una Coca-Cola que le devolvió el alma al cuerpo, luego fue a su habitación a vestirse. Cuando regresó a la piscina estaba arreglada y había recuperado el color.

–Deberías estar contenta, reina –le dice Frepe al verla reaparecer–. Tu marido va a ser diez veces más rico de lo que es. Cien veces más rico. Hasta presidente de la república será, y tú, primera dama... Bueno, no siendo más, yo me voy. Adiós reina, mucho gusto. Y cuídate, ¿no? Y cuida mejor al bebé. Esto se va a poner muy feo, no digas que no te advertí. El pleito con los Barraganes fue un juego de niños: al fin de cuentas entre hermanos. Cosas de familia. Ahora es cuando viene la guerra en serio, los enemigos de verdad. Entre más billete más bala, ¿sabes? Bueno pues, adiós será... El cincuenta por ciento entonces, ¿ah, Mani?

–¿El Mocho Gómez pudo cobrar las tierras y el dinero que Nando le había prometido a cambio de entregar a Fernely?

–El Mocho Gómez cobró por partida doble. Nando le pagó sin saber que el Mani también le estaba pagando.

–¿El Mani Monsalve? ¿Por qué él?

–Es obvio: porque fue el Mani quien le pasó al Mocho el dato del garaje, y le dio dinero para que se lo hiciera llegar, como cosa suya, a Nando Barragán. Hizo carambola: logró sacarse a Fernely de encima sin apretar el gatillo y esquivando la guerra con su hermano Frepe, quien le había impuesto al personaje. El Mani tuvo que aguantar sus sosas frases en rima, su chancleteo de anciana, su perpetuo lagrimeo. Pero no por mucho tiempo. Sólo quienes desconocían al Mani pudieron creer que se iba a dejar meter ese gol. El "adiós patrón" que Fernely le aventó un día quedó resonando en sus oídos, burletero y retador, y no descansó hasta encontrar la fórmula aséptica y sin consecuencias de deshacerse del pajarraco.

–¿Es cierto, además, que la noche de la piscina el Mani le dio a Frepe el visto bueno para que asesinara a Nando Barragán? ¿Acaso el Mani no estaba arrepentido de su pasado criminal?

–Eso hubiera querido, pero el pasado no es fácil de engañar. Por más que lo ahuyentes a patadas, vuelve a seguirte los pasos, como perro fiel.

–¿Y su empeño en recuperar a Alina? ¿No quería a toda costa ser bueno para tenerla a su lado?

–Ya le dije, la cabra tira al monte. Al Mani le pasó lo que a tantos: hubiera querido ser bueno, pero no se le dio. Malo, mañoso y astuto, mucho más que Frepe: así era él. No por nada era el jefe.

Severina pica cebollas sobre la mesa de la cocina. Años de práctica en ese oficio le han enseñado a su mano derecha a manejar el cuchillo a una velocidad silbante que el ojo no alcanza a registrar, y a los dedos de su mano izquierda a retirarse el milímetro necesario y en el instante justo para que el filo pase rasante por sus uñas y caiga sobre los bulbos, cercenándolos sin piedad.

Sentado enfrente, Nando la mira trabajar, y deja que el gas urticante de la cebolla le arranque lágrimas a sus ojos saltones de vaca mansa.

—Hoy vi a Soledad Bracho —dice, y dos décadas de recuerdos crueles centellean ante su nariz—. La encontré por casualidad, en la iglesia del Cristo Rey.

—¿Qué hacías en la iglesia del Cristo Rey?

—Entré a rezar por Adriano, porque hoy hace veintiún años lo maté. Ella le prendía cirios a Marco Bracho, que cumple veintidós de muerto.

—Entonces no fue por casualidad. Nada es casual, nunca.

Sucedió hacia las doce del mediodía. La ciudad soportaba dignamente un sol de cuarenta grados centígrados, pero en el interior del templo vacío, debajo de las altas bóvedas de piedra antigua, aún era de noche y la temperatura caía bajo cero. Nubes lechosas de incienso envolvían a los fieles, frías y sobrenaturales como vaho de refrigerador. De rodillas y con los brazos en cruz, humilde ante el Poderoso, Nando Barragán, el Temible, trataba de recordar pedazos del padrenuestro, cuando se le acercó una vieja de negro con una azucena en la mano, y le interrumpió la plegaria.

Una vieja achacosa, con el pelo opaco y la piel ajada. "Querrá limosna", pensó Nando, y sacó unas monedas del bolsillo para espantársela de encima. El Cachumbo y Simón Balas, que lo vigilaban desde atrás, se acercaron alertas por si la señora de la azucena resultaba sicario. Ella apartó las monedas con decoro y dijo:

—Soy yo, Soledad Bracho, la viuda de Marco.

Nando se quitó las Ray-Ban y se frotó los ojos, primero incrédulo y después abatido por la evidencia: la reconoció detrás de su máscara de arrugas y amarguras.

—¿Qué fue de ti, Soledad?

—Ya me ves. Después que mataste a Adriano, los Monsalves quemaron mi rancho. Yo recogí los trastos que quedaron sanos y me fui a tropezar por ahí, a luchar la vida, y mi pobreza fue mucha. Con los años las cosas mejoraron, y ahora me llegó la vejez, temprana pero tranquila.

En la media luz de la cocina Nando distingue las chispas de rabia que relumbran en los ojos de Severina. Ella suelta el cuchillo de cortar cebolla y encara a su hijo mayor:

—¿Tranquila, Soledad Bracho? ¿No le recordaste los muertos que hubo por su culpa?

—No fue culpa de ella, ni de nadie. En el primer aniversario de Marco Bracho pasó lo que tenía que pasar, y nos jodimos todos, generación tras generación.

—¿Y si hubiera pasado otra cosa?

—Cállate, madre. Acuérdate del tío Ito Monsalve, que le dio por pensar así y terminó enterrándose un destornillador en la frente. Dudar así vuelve loca a la gente.

—Nadie se hubiera enterado del secreto del cabo Guillermo Willy Quiñones si aquella tarde no se queda dormido en casa de los Barragán.

—¿Qué pasó?

—Era un mediodía entre semana y el mundo estaba húmedo, pegachento. Él almorzó con dos platos de un caldo sustancioso y caliente, con ojos de grasa amarilla, que lo dejó fundido en una de las mecedoras del corredor. Al rato se despertó sofocado y no pudo recordar lo que había soñado. Tuvo la sensación de que alguien había pasado un borrador por el tablero de su memoria, donde estaban escritos los sueños con tiza, dejando sólo un manchón vago como una nube. No le faltaba razón. La Muda había aprovechado para sentarse a su lado y contemplar sus sueños, sin sonido y en blanco y negro, como cine antiguo. Quedó tan espantada con lo que vio, que su primer impulso fue ordenar que lo mataran, ahí mismo, dormido como estaba. Que lo pasaran directamente del sueño al infierno, sin darle opción de arrepentirse o pedir perdón.

—¿Qué fue lo que vio?

—Una traición.

—¿Y lo condenó a muerte?

—No. Lo pensó mejor.

—*El día del entierro de Arcángel Barragán sucedieron cosas extrañas y contradictorias. Unas por debajo de la tierra, otras por encima.*

—*Nadie supo lo que ocurría en los sótanos de la casa de los Barragán durante ese entierro, en el justo momento en que echaban las paladas de tierra sobre el ataúd del niño. Todo se sabía en La Esquina de la Candela, pero ese secreto se desconoció durante años, y aún hoy muchos dudan.*

Un luctuoso tañer de campanas amortaja la ciudad. Severina marcha delante del féretro envuelta en un manto negro, y su luto perpetuo, por décima vez teñido de sangre, hace estremecer los cimientos de los edificios.

Las plañideras le abren paso por entre la muchedumbre de dolientes y curiosos con gritos descarnados que resquebrajan el aire quemado del cementerio:

—¡Compasión con su pena! ¡Mataron al menor de sus hijos!

Ella avanza despacio, señora de los dolores, huérfana de diez hijos, a la vera del cuerpo de su benjamín. Le cruza la cara una expresión sombría y sus labios agoreros murmuran una tosca maldición: "La sangre del niño fue derramada. La sangre del niño será vengada."

El gentío conmovido se pasa la voz, en un murmullo general de indignación: "Su mejor amigo lo asesinó a traición." De boca a boca rueda el nombre del homicida: "Cabo Guillermo Willy Quiñones, que el diablo lo tenga en la oscuridad".

—*¿Con qué lo mató?*

—*Con la propia arma del difunto, una Walter P38 que venía maldita desde sus antecedentes, porque le sirvió a un criminal de guerra para masacrar judíos.*

En la ciudad no se habla de otra cosa: tampoco en el país. Los diarios reseñan en primera página el hecho de sangre, las revistas abundan en hipótesis, entrevistas, reportajes. Un pasquín amarillo pregunta: "¿Dónde está el asesino?" "¿Qué fue del cabo Quiñones?"

Nadie conoce su paradero. Huyó después del crimen y no se sabe dónde está. Como de costumbre, ni la justicia ni las autoridades tienen pistas, testigos ni pruebas, ni siquiera interés en el caso. Pero la gente sí sabe. La gente siempre sabe. Quiñones no alcanzó a huir, sino que lo liquidaron, en venganza, las Barragán.

—¿Y qué fue de su cadáver, que no apareció?

—Lo arrojaron a los perros, que lo devoraron. Que no lo busquen, que no lo van a encontrar. De él no perdura rastro ni recuerdo. Sólo queda, tal vez, algún hueso pelado, en el fondo del último patio.

—Nadie vio a La Muda durante el entierro...

—No la vieron porque no asistió. Pero lo que nadie supo, y aún pocos saben, es que Arcángel Barragán, el difunto, tampoco estuvo.

—No puede ser. Todos vimos su féretro.

—Él no estaba adentro. Ni siquiera estaba muerto. A sabiendas, Severina sepultó un cajón vacío.

—¿Todo fue patraña?

—Sí.

—¿Dónde estaba Arcángel, entonces?

—Escondido en algún recoveco de los sótanos, con La Muda. Y con su amigo el cabo Guillermo Willy, vivo también.

La tarde en que Guillermo Willy se quedó dormido en casa de los Barragán, La Muda, que observaba su sueños desleales, lo agarró por el brazo enterrándole las uñas hasta hacerlo sangrar. Lo arrastró al fondo de la casa, lo encerró con ella en el depósito de herramientas, los dos solos, y le cruzó la cara a bofetadas, una tras otra, hasta que él, que no hizo nada por defenderse, rompió a llorar como un niño y le contó todo.

—¿Qué fue lo que le contó?

Le confesó que los Monsalve le habían dado dinero para
que se ganara la amistad y la confianza de Arcángel y lo asesinara. Le confesó también que muchas veces había tenido la
oportunidad: "Pero no quise, porque Arcángel se convirtió
de veras en mi hermano." Los Monsalve se alarmaban porque pasaba el tiempo sin que se cumpliera su mandato, y lo
apretaban con amenazas. Le habían dado un plazo de una
semana. La semana había pasado. "Ahora Frepe Monsalve
desconfía de mí. Mis días están contados", le dijo el cabo
Guillermo Willy a La Muda, que miró hasta el fondo de sus
pensamientos y escudriñó sus sentimientos, y supo con certeza definitiva que eran verdaderos.

Fue entonces cuando ella concibió y puso en marcha todo
el plan. Trajo a Arcángel: por señas hizo que el cabo repitiera
delante de él su confesión. Convirtió a Severina, a La Mona y
a Ana Santana en sus únicas cómplices bajo juramento sagrado de silencio perpetuo, y con ellas —comunicándose mediante notas escritas— inventó los supuestos crímenes, escondió
a los dos muchachos en los sótanos, hizo correr la falsa noticia de sus muertes, montó el funeral ficticio.

—¿Le confesaron la verdad a Nando?

*—Le contaron que la muerte de Arcángel era mentira para
evitarle un dolor que lo hubiera partido en dos. Pero no le
dieron señales de la huida, ni le dijeron dónde estaban escondidos los muchachos. Temían que Nando acabara con el cabo
en un arrebato de rencor, porque no sabía compadecerse de
los traidores, ni siquiera de los arrepentidos.*

La Muda desenterró sus ahorros en dólares, recogidos a
escondidas durante los años de bonanza, y se los entregó a
Arcángel. Sumaban una cantidad suficiente para viajar lejos
y sobrevivir sin apuros en cualquier lugar del mundo. Prepa-
ró maletines con ropa y acondicionó el jeep de la fuga con un

par de armas, gasolina extra, bidones de agua y un canasto con comida.

Cuando los demás parten hacia el cementerio dejando desiertas la casa y la cuadra, y mientras la novelería del crimen y la conmoción del sepelio copan la atención de la población en masa, La Muda guía al sobrino y a su amigo por los pasadizos oscuros y secretos de los sótanos, que los conducen bajo tierra hasta los extramuros. Siguiendo el curso de las aguas negras, huyen de prisa por los intestinos de la ciudad.

Se sepultan vivos en un submundo de socavones y alcantarillas y avanzan como zombies detrás del foco de una linterna. Los envuelven vapores geológicos y calores del centro de la tierra, y les roza la cara el vuelo invisible de los murciélagos. Sobre sus cabezas escuchan un río de pisadas y rezos que corre paralelo por la superficie, retumbando lúgubre. Arcángel reconoce, perplejo, los lamentos de su propio funeral.

En puntas de pies, el niño camina detrás de su tía. Obedece silencioso y manso, aunque sabe que el túnel que recorre, que es el del tiempo, lo aleja paso a paso de un pasado que la atrapa a ella. Su corazón galopa, desacompasado, a dos velocidades contrapuestas; en las sístoles se encoge de agonía por dejarla; en las diástoles se expande de emociones ante el mundo entero, a la vez aterrador y fascinante, que lo espera.

–*Llegaron al final del laberinto subterráneo en el momento justo en que la tierra caía a paladas sobre la fosa de Arcángel...*

Delante de ellos aparece una escalera de trece peldaños que sube hasta una puerta, por debajo de la cual se cuela una raya blanca de luz del día que les alumbra las caras. Con gestos rápidos, sin trámites ni demoras, La Muda se cerciora de que Arcángel lleve colgada al cuello la cruz de Caravaca, le entrega las llaves del jeep que está parqueado afuera, abre candados herrumbrosos, retira trancas y cadenas y empuja la puerta, que cruje, cede y se abre de par en par. Les cae encima un rectángulo de luz que los baña de cuerpo entero. Se refriegan los ojos, deslumbrados, y pierden unos segundos mientras recuperan la visión.

Arcángel abraza a La Muda. No le dice nada, pero ella siente contra su pecho el latir de locos bongoes que truenan dentro del pecho de él. Entonces pronuncia sin ningún esfuerzo, diáfanas y sonoras, las únicas palabras que habrá de decir en su vida:

—Váyanse lejos, y olviden.

Los dos muchachos corren hacia el jeep por la calle de tierra y La Muda se queda atrás, reclinada contra el quicio de la puerta. Escucha los últimos ecos del cortejo fúnebre que ya se disuelve, mete las manos entre los bolsillos de sus faldas negras y mira con ojos sin lágrimas a su sobrino dorado y adorado que se aleja para siempre, Arcángel glorioso recién resucitado de su falsa muerte.

De nuevo el mundo de Nando Barragán es alucinado y verde. Verde menta, verde óptico, verde bata de cirujano. Olas dolorosas de lucidez y olas indoloras de letargo, alternadas, surcan el lago revuelto de su cabeza. La anestesia se aleja despiadada y lo deja solo, con el ardor en el pecho.

–*¿Por qué volvió al hospital, lo hirieron otra vez?*

–*No. Mejor dicho sí y no. Terminó en el hospital como resultado de una cadena de acontecimientos imprevistos que se desató a partir de las nueve de la mañana de un día cualquiera.*

A las nueve en punto de la mañana el ejército nacional, por primera vez en la historia, se inmiscuyó en los asuntos de Nando Barragán y allanó su casa. Llegaron en ocho jeeps, tres motocicletas y un tanque blindado. Eran sesenta y tres soldados bajo el mando de un coronel Pinilla y requisaron hasta el último rincón en busca de armas, explosivos, drogas, huellas digitales, libros sospechosos, moneda extranjera, panfletos subversivos, mapas de Cuba, cualquier cosa, lo que fuera, que comprometiera a Nando Barragán.

–*Creyeron requisar hasta el último rincón, pero no fue así. Las armas estaban escondidas en un recoveco de los só-tanos que no pudieron descubrir. Pero no les importó. De todas maneras detuvieron a Nando.*

–*¿Cómo, si no le encontraron nada?*

–*Dijeron que le habían encontrado cinco balas debajo de la cama, lo esposaron y se lo llevaron. Pajarito Pum Pum, El Tijeras y los otros no pudieron hacer nada: no les dieron tiempo de decir ni mu. Nunca antes se habían enfrentado a un tanque con cañones, ni a medio batallón. Ni siquiera el propio Nando protestó, tan grande fue su sorpresa. De cualquiera hubiera sospechado deslealtad menos de las autoridades, que jamás se habían manifestado en contra suya.*

–*¿Así que por cinco balas lo metieron preso?*

–*Así fue. Lo encerraron en la celda todavía en el estado de* total desconcierto que precede al estallido de la ira mortal, igual que un tigre recién capturado en plena selva y dopado con calmantes para soltarlo en el zoológico. En esas estaba cuando le cayó la visita del abogado Méndez, que venía pálido y demudado, descuidado de atuendo, sin su pulcritud habitual. Era tan evidente su agitación y su gran preocupación, que Nando lo notó enseguida: "¿Qué está pasando?", le preguntó. "Que los Monsalves compraron a Pinilla, el coronel que te detuvo. Te hicieron encerrar aquí para poderte matar."

–¿Iban a acribillar a Nando ahí mismo, en la celda?

–Ese era el plan. Pero Méndez se había movido rápido y traía en la mano un certificado médico, con todos los sellos y los vistos buenos, según el cual era urgente el traslado de Nando a un hospital. "Nos vamos de aquí –le dijo– porque te van a operar." "¿Me van a operar? ¿Y se puede saber de qué?" Méndez ya lo jalaba del brazo hacia la puerta cuando le contestó: "De lo que sea, no importa, pero tiene que ser ya."

–¿De qué lo operaron?

–A Nando le dieron el hospital por cárcel y un cirujano de confianza del abogado se prestó para diagnosticar un falso problema cardíaco. Durmió a Nando con anestesia, le abrió el pecho por el mismo cauce de una vieja cicatriz y al rato lo volvió a cerrar, sin haberle tocado nada por dentro.

En la sala verde del hospital, Nando Barragán vuelve a la realidad desde muy lejos, como un astronauta que retorna del espacio sideral. Su primer contacto con la tierra es el ardor en el pecho: el segundo, la certeza, a ojos cerrados, de una presencia de mujer.

–Milena, ¿eres tú? –pregunta con voz todavía borracha de Pentotal.

–No. Soy Ana Santana.

–Ven, no te alejes. Dame agua, Ana. La última vez que volví de la anestesia Milena estaba a mi lado. También estuvo a mi lado antes, durante el tiroteo, cuando el Mani Monsalve me dio en la rodilla. No sentí dolor, pero supe que me la había hecho pedazos. Me fui de bruces, caí en un charco de mi propia sangre, y desde el suelo no me podía defender. Entonces Milena me levantó, me sostuvo en pie para que disparara, protegiendo mi cuerpo con el suyo mientras me servía de apoyo. Es una mujer fuerte. No fue la única vez que se jugó por mí.

—Con razón la quieres tanto.

—Ven Ana, acércate.

Ana Santana da un paso adelante y se le para al lado.

—Desnúdate —le pide Nando, y una expresión de rotunda sorpresa le rendondea a ella la boca y los ojos.

—Te digo que te desnudes.

A punto de cometer sacrilegio, Ana Santana mira alrededor, para cerciorarse de que no hay testigos. No ve a nadie: ningún personal médico se ocupa del caso y los guardias que vigilan al preso permanecen al otro lado de la puerta. Ana está sola con su marido en la sala del posoperatorio. Se dispone a obedecer, atragantada por la timidez. Se desabrocha la blusa, botón por botón, indecisa. Cierra los ojos y contiene el aliento, como si la fueran a pinchar con jeringa. Toma impulso, se la quita de un tirón y se queda ahí parada en su brasier Leonisa, transida y heroica como Juana de Arco en la hoguera.

—Empelota —ordena Nando.

El Leonisa es tan ancho y tan reforzado que parece antibala, con tiras y elásticos demasiado apretados que se incrustan en su piel blanca y púdica. Sus manos van a la espalda y trabajan a ciegas con las presillas ariscas hasta que las zafan. Se disparan los resortes del brasier y los pechos de Ana aparecen, bañados en luz verde, en medio de los anticuados aparatos quirúrgicos color crema de la sala de recuperación. Nando la mira un rato y le ordena que se quite el resto de la ropa y se encarame a la camilla con él.

—*Los vieron dos enfermeras que pasaron, y después salieron a contar. Dijeron que Ana Santana estaba completamente desnuda, sentada a caballo sobre Nando, y que le hacía el amor.*

—¿*Y él cómo pudo, con el tajo del pecho recién cosido?*

—*No pudo. Estaba debilitado y adolorido, y no le respondió el bicho. No se le paró, y en ese momento se cumplió la profecía.*

—¿*Cuál profecía?*

—*La primera profecía de Roberta Caracola.*

En el momento en que Ana Santana sale de la sala de urgencias apuntándose la blusa, despeinada y con las mejillas arrebatadas de rubor, se cruza con el abogado Méndez, que entra a ver a Nando, en compañía de Pajarito Pum Pum, Simón Balas y El Cachumbo. Como lo encuentra despierto, le cuenta que unos minutos después de que salieron de la prisión, estalló en el corredor una bomba que pulverizó a los once detenidos de las celdas vecinas. Pajarito Pum Pum y los otros dan fe: fueron testigos de la explosión, que ya es noticia de radio.

—Me salvaste la vida —le dice al abogado el impostor de enfermo—. ¿Cómo te enteraste de que me iban a matar?

—Por Alina Jericó.

—Otro favor que te debo. ¿No vas a dejar que te lo pague tampoco esta vez?

—Sí, Nando. Esta vez sí.

—Vea cómo son las casualidades de la vida. Por los mismos días en que Nando andaba en el Hospital Central de la ciudad, el más prestigioso cirujano plástico del puerto le hacía al Mani una intervención ambulatoria para borrarle la cicatriz de la cara.

—Así fue. Pero fíjese en la diferencia. A Nando le estaban abriendo una vieja herida, mientras que al Mani se la borraban para siempre.

—¿Alguien visitó a Nando durante su supuesta recuperación?

—Sí, Ana Santana fue todos los días al hospital. Llegaba de madrugada y le traía Pielrojas y fríjoles hechos en casa. Él la trataba dulcemente, como nunca antes, pero no le decía Ana, sino Milena. La confusión de nombres se hizo permanente, hasta el punto de que Nando Barragán borró definitivamente de su vocabulario el verdadero nombre de su mujer.

—Y Ana, ¿no se quejaba?

—No. Asumió tranquila su nuevo nombre y su nueva identidad, y aceptó agradecida el cariño antes impensable que su marido empezó a darle. Un día se animó inclusive a darle quejas de su madre. Le contó que Severina había vendido el lecho nupcial que le había regalado Narciso, a un hotel de lujo que lo compró para promover sus ofertas con incentivos y descuentos a novios en luna de miel. "No importa —dijo Nando—. Mejor así. Era un objeto absurdo." Ana protestó: "¿Pero ahora en qué voy a dormir?" "Duermes conmigo, Milena, en la hamaca."

El general de los imponentes bigotes patrióticos y las manchas de moho sobre la piel observa desde su lienzo al Mani Monsalve, que sostiene una conversación confidencial con el Tin Puyúa en la sala principal de su residencia, frente a la chimenea apagada.

–El Mani, que se había mandado borrar la cicatriz de la cara, había empezado a parecerse un poco al general verde del cuadro. Al menos ese era el cuento que regaba, llena de orgullo, la señorita Melba Foucon, atribuyéndose el mérito a sí misma.

Pero hoy el Mani muestra un semblante sombrío de alimaña montaraz que asustaría a la señorita Foucon. Tin Puyúa, en cambio, se ve otra vez crecido, a sus anchas, conectado al alto voltaje, dueño de sí por primera vez en meses. De la noche a la mañana recuperó el espacio perdido en el corazón del jefe, y le habla en susurros, al oído, pese a que están solos en el recinto inmenso, tan cerca el uno del otro que sus brazos alcanzan a rozarse.

–¿No odiaba el Mani el contacto físico con la gente?

–Sí, pero ese día necesitaba sentir el apoyo del Tin.

Fluye entre los dos esa intimidad de hermanos que los unió otrora, en los tiempos de peligros compartidos. De nuevo miran igual, olfatean igual, repiten las mismas palabras, respiran al unísono, reaccionan con idénticos reflejos, como cuando eran socios de sangre, compañeros hasta las últimas consecuencias en el bien y sobre todo en el mal.

–¿Qué volvió a atarlos así, como mancornas?

–El dato que les pasó un agente.

Repasan los últimos acontecimientos, le dan vueltas a la información y siempre llegan a la única conclusión posible, que arranca destellos de luz aciaga de los ojos del Mani: Alina Jericó le informó a Nando Barragán que lo iban a matar. Sólo ella pudo hacerlo: debió escuchar cuando Frepe planeaba su muerte en la piscina de La Virgen del Viento. Alertó al pajarito, que alzó vuelo y se salvó. Fue el abogado Méndez quien le avisó en la cárcel, le tramitó un permiso especial y lo sacó para el hospital justo antes de que tronara. Es inevitable deducir que Méndez lo supo por Alina, aunque la idea de una traición de su mujer sea el dolor más punzante que ha conocido el Mani Monsalve en el transcurso de su áspera vida.

El Tin en cambio se relame, saborea la satisfacción de ver sus premoniciones cumplidas. Siempre receló de Alina, nunca pudo disimular el fastidio por ella, y si ahora no le cobra al Mani su falta de olfato con un "te lo dije" es sólo por no meter el dedo en su llaga. Le basta con saber que ha recuperado su condición de único ser cercano, después de sacarse la competencia de encima sin tener que mover un dedo.

—*Alina había cometido alta traición al pasarle información clave a los Barraganes, pero eso no era todo, porque estaba a las puertas de una segunda traición, mucho peor que la primera.*

—*¿Cuál?*

—*Un agente de la policía había puesto en alerta al Mani Monsalve sobre el vuelo 716 de Avianca, que salía a las 2:15 de la madrugada hacia Ciudad de México. En ese avión viajarían juntos el abogado Méndez y Alina Jericó.*

El Mani Monsalve recibe en silencio la información: tira ese hueso envenenado a la marmita de su alma y lo cocina a fuego lento en una sopa espesa de celos, rabia y dolor, condimentada con la sal de la demencia, las gotas amargas del despecho y el dejo agridulce de dos hojitas de esperanza. El Tin Puyúa atiza la candela, revuelve el brebaje con un cucharón y lo alegra con los polvos picantes y sabrosos de la venganza. Después lo sirve en dos platos hondos y se sienta con el Mani a tomarlo a cucharadas, humeante como está, dejando que les incendie las entrañas.

—Ese tipo quiere llevarse para siempre a mi mujer y a mi hijo —dice el Mani, borracho de sopa fermentada, y su voz es la del humanoide que en el principio incandescente de los tiempos desafía al universo hostil para conservar su especie.

—Alina es mañosa y traicionera —le recuerda el Tin a boca de jarro, sabiendo que el Mani ya no puede desmentirlo. A toda costa quiere impedir que su amo indulte a la pecadora e intente rescatarla. Se atreve a avanzar un paso más—: El castigo debe ser para los tres —sentencia.

—Para el niño no —brama el futuro padre—. No tiene culpas. Te lo advierto: Sea lo que sea, no le debe pasar nada a la criatura.

Acuerdan catalogar el tema como estrictamente personal, no informarle al resto de los Monsalve y actuar los dos solos, por su propia cuenta y riesgo, sin más plan preconcebido que la inspiración de última hora y el libre impulso del instinto.

Voleando hacia atrás el mechón de pelo lacio, temblando de excitación, el Tin regresa al garaje a preparar el jeep y el armamento. El Mani sube a su habitación, se mete desnudo a la ducha y se sumerge bajo el chorro espléndido: deja que el agua que cae en torrente le calme la violenta calentura que amenaza con fundirle el cerebro y explotarle en el corazón como un volcán. Se repite a sí mismo que ya pasó la hora de la fiebre. Debe dominar el vómito de fuego. De aquí en adelante, lo que ha de venir que venga bajo control y a sangre fría. Siente cómo el vapor lo penetra y lo divide en dos: el Mani carbonizado por la pena se desintegra y se escurre por el sifón, mientras el otro, el Mani transido de fe en el desquite y de fascinación con la aventura, se tonifica, se recupera, se entrega a la descarga del agua, absorbe la energía necesaria para actuar y se queda así, sin darse prisa ni mirar el reloj, todo el tiempo que el cuerpo le pide y que le exige el alma.

Sale de la ducha y se dirige a la habitación con movimientos elásticos y aires recuperados de gato joven y atorrante. Rechaza la idea de arreglarse con la ropa fina y discreta de aspirante a gente bien con que lo ha disfrazado la señorita Foucon. Tampoco se pone la pinta estridente de camaján con pretensiones que estrenó cuando empezó a alejarse de su pasado.

Del último cajón, donde los escondió de su asesora en imagen, saca sus viejos bluyines, mórbidos y flexibles como una segunda piel, sus tenis de pandillero, su camisa amplia de algodón descolorido, sin botones y ya deshilachada de tanto lavarla. Se viste con parsimonia, acariciando cada prenda con apego ritual, como un guerrero que desempolva su armadura probada en cien batallas.

–*Volvió a ser el mismo de antes...*

–*Sí, el mismo. Pero no. Para ser el de antes le hacía falta un detalle: la cicatriz. Ya no la tenía: ya no podría ser igual.*

Mani Monsalve agarra cualquier revólver, baja al garaje y de un salto se monta al jeep al lado del Tin Puyúa, que está al timón, decidido y dispuesto, volando de impaciencia.

–Al aeropuerto, hermano –le ordena, y lo anima con una palmada cómplice en el hombro.

El abogado Méndez cuenta once y no puede creer. Vuelve a contar: efectivamente, son once las maletas que atiborran la pequeña sala del apartamento de Alina Jericó.

—Son mis cosas, las de Yela y las del niño —le explica Alina, sin remordimientos—. Hemos estado todo el día empacando.

—¿Yela también? —pregunta él, con la voz helada por la sorpresa.

—Por supuesto, sin ella no me voy.

—No puede ser, Alina, no le compré tiquete...

—Lo compramos en el aeropuerto.

—Es que no entiendes, ¿y si no hay cupo?

—Lo único que sé es que sin Yela no me voy.

—Pero cómo se te ocurre, ¿y el pasaporte?

—Ella tiene, desde una vez que fue al Ecuador a visitar a un hermano, que ya murió.

El abogado Méndez contó con veintisiete horas, ni un minuto más, para preparar la huida a México: pasaportes, tiquetes, dólares, permiso de trabajo, cartas de recomendación para su nuevo empleo, imprevistos de último minuto y otras mil diligencias. Se ha movido con el mayor sigilo para no despertar sospechas. Su objetivo es abandonar el puerto en secreto, discretamente, sin ser notados. Es plenamente consciente de que si el Mani Monsalve se entera los asesina en el acto, y así se lo dijo a Alina, aunque matizando las palabras para no sobresaltarla todavía más de lo que está.

Y ahora resulta que debe efectuar esa operación clandestina de altísimo riesgo no sólo con una mujer embarazada de ocho meses, sino además con una viejita cardíaca y once maletas. Sin embargo no dice ni una palabra, porque ha adivinado en la manera despreocupada, casi frívola en que Alina habla y actúa, un antifaz para encubrir su turbación profunda; ve la capa de barniz con que ella quiere colorear, a golpes de

brocha gorda, la desolación insondable de una decisión toma-
da por la cabeza en contra de las inclinaciones del corazón.

Como es peligroso utilizar el teléfono interferido de Alina,
Méndez corre hasta el público de la esquina y hace una llamada para tratar de conseguirle cupo en el avión a Yela. Le
responden que no hay problema: afortunadamente el vuelo
va vacío.

Regresa al apartamento. Son las once de la noche, deben
estar en el aeropuerto a más tardar a las 12:45, el trayecto es
de media hora, pero Alina todavía anda descalza, con rulos
en el pelo y empacando una vajilla. Envuelve amorosamente
cada plato en papel periódico antes de acomodarlo entre la
caja de cartón y el abogado piensa que a ese ritmo no va a
terminar nunca.

—Alina, me da pena, pero no hay tiempo...

—Ayúdeme, doctor, y verá que acabamos rápido. Si dejo
mis cosas tiradas, cuando regrese las encuentro destruidas.

—Es posible que pasen demasiados años antes de que pue-
das regresar...

—Razón de más para dejarlas bien guardadas.

Méndez no quiere presionarla. No va a añadir ni una gota
adicional de tensión a su ánimo ya templado como un tiple.
Sabe que una palabra de más puede hacer estallar la carga de
amargura y de contrariedad que a ella le causa tener que enterrar un tramo de vida, indeseable pero todavía rabiosamente
vivo.

Se arrodilla junto a Alina y empieza a empacar platos con
manos torpes y dedicación infinita, como si nunca hubiera
hecho nada tan importante ni en momento más apropiado.
Sabe bien que su única posibilidad con ella depende por ahora de una larga y humilde cadena de actos como éste, que
poco a poco minen su atrincherado descreimiento de mujer

demasiado joven pero convencida de que es demasiado tarde para empezar otra vez.

Sudando, colgándose bolsos y maletines hasta de las orejas, el abogado baja por el ascensor todo el equipaje y lo empaca en los automóviles que esperan en el garaje. Cuando sube de nuevo, Alina envuelve los últimos pocillos de tinto. Aunque las angustias recientes le han hecho perder kilos y el embarazo de ocho meses parece de seis, Méndez teme que le pongan problemas para subir al avión, porque las aerolíneas se niegan a transportar mujeres demasiado próximas al parto.

—Hay que disimular esa barriga —le sugiere.

—¿Y cómo?

Méndez tiene el asunto previsto. Ha dejado a mano un viejo abrigo, muy amplio, de sus tiempos de estudiante en Europa, Alina es alta y las mangas se pueden doblar. Ella pone el grito en el cielo: se va a morir de calor, le parece ridículo, no le gusta el color, pero al final accede. Se hace peligrosamente tarde, Alina ya se calzó y se peinó, todo parece listo y el abogado abre la puerta del apartamento para salir, pero ella lo frena; antes tiene que hablar en privado con él.

—*Ya habían hablado cuando se precipitaron los acontecimientos y quedó claro que la única opción de vida era escapar. Envalentonado por lo crítico de la situación, el abogado le confesó su gran amor a Alina, y ella le contestó con una mirada gris y serena con la que le dio a entender que se había dado cuenta desde el principio. Entonces él la invitó a vivir juntos en México, y ella aceptó.*

Yela, de sombrero, revuela por la sala con una jarra de agua, regando por última vez las matas, y ellos dos se encierran en el dormitorio.

—Quiero que quede claro, doctor, que me voy a México con usted porque lo estimo mucho y porque está en juego la vida de mi hijo, pero que sigo enamorada del Mani Monsalve.

–No te preocupes. Yo voy a querer tanto a tu hijo, que a ti no te va a quedar más remedio que enamorarte de mí.

A la una pasada de la mañana, el abogado Méndez hace una entrada aparatosa al aeropuerto con las once maletas –doce con la suya–, la vieja de sombrero, la mujer embarazada con el abrigo de invierno. Unas pocas personas vagan sonámbulas por los amplios espacios mirando en las vitrinas objetos que no van a comprar, y se mueven sin prisa, como si esperaran aviones indefinidamente retrasados. Alina capta la desolación que hay en la luz fría que cae de los tubos de neón y en el olor a colillas de ayer que sale de los ceniceros atiborrados, y de repente comprende que es la hora en que viajan los que no van a volver, los que no tienen quién los despida.

Méndez hace las gestiones en el mostrador de Avianca –saca tiquetes, pasaportes, impuestos de salida; paga un dineral de sobrecupo por el equipaje– y supera cada trámite con un respiro de alivio, como si hubiera sido el obstáculo definitivo, la trampa mortal que estuvo a punto de hacerles perder el avión. Ingresan inmediatamente a la sala de embarque, lugar más recluido y controlado, donde el abogado calcula que corren menos riesgos.

El aire está demasiado quieto, los pocos sonidos que se registran son sordos y distantes. Unos cuantos pasajeros se acomodan resignados en las sillas, se aferran a sus maletines como si los acecharan los ladrones, descifran sin inspiración imposibles crucigramas y ponen cara de que no tienen lugar en el mundo dónde vivir. Alina, pálida, calma la ansiedad mirando perfumes en el duty-free. El abogado la observa: la palidez y el abrigo parecen encerrarla en otro lugar, en otra época, como actriz de reparto en una película olvidada.

–*Hay cosas que no entiendo. ¿Cómo lograron Méndez y Alina llegar vivos hasta la sala de embarque?*

–*Por pura benevolencia del azar. Méndez había previsto*

toda suerte de dispositivos de seguridad, y todos le fallaron a la hora de la verdad. Para que Alina pudiera salir del apartamento con trastos y todo sin despertar sospechas habían hecho correr la bola de que se mudaría a vivir donde una de sus hermanas. Pero la hermana y su marido no se hicieron presentes en la supuesta mudanza, como habían acordado, porque les dio miedo. Para el trayecto hasta el aeropuerto, Méndez había logrado que un amigo del gobierno le prestara un automóvil blindado, por si se producía el ataque y había tiroteo. Pero pasó lo que tenía que pasar: el carro era tan blindado que pesaba demasiado y se colgaba en las subidas, había que dar marcha atrás y emprender rodeos enormes para encontrar caminos menos inclinados. Pero eso no fue todo. Méndez tenía previsto que en el aeropuerto un agente de seguridad les aligerara los trámites y los hiciera pasar de inmediato a la sala de embarque. El hombre estuvo ahí, cumplió y se desapareció. Lo que Méndez no supo es que fue ese mismo agente el que le soltó el dato al Mani Monsalve. Así que si estaban vivos era gracias a la decisión del Mani de actuar personalmente, y a las órdenes que había impartido entre sus hombres de no inmiscuirse. Volvemos a lo de siempre: estaban vivos de casualidad. Simplemente no les había llegado la hora, y nadie se muere ni un minuto antes, ni un minuto después.

Un leve roce de viento en la nuca dispara el nerviosismo de Méndez. Al principio sentía que todo iba bien, pero ahora lo acosa la sensación nítida de que tienen al enemigo detrás. Ya la ha experimentado en ocasiones anteriores: es una alarma infalible que más de una vez le ha salvado la vida, haciendo zumbar en sus oídos un timbre agudo de la misma frecuencia que el que ahora escucha.

Trata de presionar a las azafatas para que los dejen entrar al avión antes de tiempo, pero ellas se niegan. "Están adentro los del aseo", dicen. Agregan: "No se preocupe, ya casi llamamos a abordar", pero Méndez sólo escucha su alarma interior, que va subiendo de volumen hasta hacerse atronadora. Sin pensarlo más agarra por el brazo a Alina y a Yela, que protestan porque no alcanzan a recoger su equipaje de mano, y las hace correr, casi las alza en vilo, las empuja hacia el corredor que conduce al avión, a pesar del personal de la aerolínea que trata de bloquearles el paso.

El pasadizo es un gusano largo, oscuro, cruzado por chiflones desapacibles. Lo recorren los tres abrazados como un insecto absurdo y torpe de seis patas que huye, descoordinado, del asedio del fuego. El esfuerzo de la carrera agota a las mujeres y hace que su peso aumente, que sea excesiva la carga para los brazos de Méndez, que adelanta la vista hasta la puerta abierta e iluminada que los espera al final, a cincuenta pasos de distancia –los cincuenta pasos que marcan la diferencia entre el antes y el después– y busca el impacto de una fuerza centrípeta que los arrastre hacia la salida del túnel: ruega por el milagro que los escupa hacia el otro lado de la luz.

–*En ese instante surgieron de ninguna parte el Mani Monsalve y el Tin Puyúa, veloces, centelleantes, silenciosos, y los apuntaron, desde atrás, con sus armas. La vieja Yela tropezó y arrastró en su caída a Alina y a Méndez, que se enredaron en un entrevero de piernas y no pudieron ver cómo el Mani Monsalve dudaba un segundo antes de disparar, se interponía en el camino del Tin para impedir que éste lo hiciera, y buscaba un mejor ángulo de tiro para darle al abogado sin herir a Alina.*

–*Para el Mani, Méndez no era un objetivo fácil, porque de hecho escapaba con dos rehenes, aunque no fuera su intención: la mujer y el niño.*

–*En ese punto la escena quedó congelada por una fracción infinitesimal de tiempo: los perseguidos hechos un nudo en el piso, viendo la sonrisa en la cara de la muerte, y los perseguidores perdiendo el segundo precioso y único que per-*

mitió que Pajarito Pum Pum, El Tijeras, Simón Balas y El Cachumbo les vaciaran adentro los cargadores de sus pistolas.

—¿De dónde salieron Simón Balas y los demás pistoleros de Nando Barragán?

—Habían estado ahí desde el principio por órdenes del jefe, que permanecía detenido en el hospital. Escoltaron a Méndez y a Alina del apartamento al aeropuerto, y una vez adentro les cubrieron las espaldas minuto a minuto.

—¿Por qué lo hicieron?

—Cuando Méndez sacó a Nando de la cárcel y le salvó la vida, Nando le ofreció pagarle el favor y Méndez, que lo había meditado largamente, le hizo una petición: protección para salir del país, con Alina Jericó y el hijo por nacer del Mani.

—El propio Mani terminó dando la vida por defender la de Alina y el niño...

—Sí, supongo que sí, más o menos así fue.

—La noche en que moría el Mani Monsalve sobre el piso de vinilo negro del pabellón internacional del aeropuerto, nacía su hijo Enrique en pleno firmamento durante el vuelo 716 de Avianca que iba hacia Ciudad de México. Las azaradas cabineras que ayudaron a Alina Jericó en el parto prematuro lavaron a la criatura, la envolvieron en una manta y se la entregaron a su madre, que se reponía de la suprema conmoción y del esfuerzo monumental observando por la ventanilla un rebaño de nubes rosadas que pacía en las praderas infinitas del amanecer. Cuando le entregaron el niño, Alina se sorprendió al ver que, por algún capricho de la genética, no tenía la piel verde de los Monsalves, sino amarilla, como sus primos hermanos los Barragán.

—¿Enrique? ¿Ese niño se llamó Enrique?

—Enrique Méndez, según el nombre de pila que había escogido su padre carnal y el apellido que le dio su padre adoptivo, el abogado.

—Hacia las tres de la tarde de ese día de carnavales, toda La Esquina de la Candela se preguntaba lo mismo: ¿Qué hace Nando Barragán solo, sentado en la puerta de su casa?

—Hacía semanas, o tal vez meses, que andaba libre, pero no sabíamos nada de él. Habían llegado los tiempos de la violencia total y la vida se nos iba enredada en la moridera y la matadera. Pero los Barraganes ya no eran el epicentro, y tampoco los Monsalves. De la noche a la mañana habían proliferado por todo el país, como hongos después de la lluvia, otros protagonistas más espectaculares, más feroces y más poderosos que ellos. Digamos que de pronto, un buen día, Barraganes y Monsalves quedaron reducidos al folclor local. Empezamos a verlos como una prehistoria de la verdadera historia de la violencia nuestra: sólo habían sido el principio del fin. Cuando Nando se sentó esa tarde en la puerta de su casa, ya no era sino la sombra de sí mismo. Y hasta él debía darse cuenta, porque según los que lo vieron, tenía un comportamiento curioso, más propio de sombras que de hombres.

—Ese día, el tercero y último de carnavales, Nando Barragán alucinó desde que se despertó. Como le notaron pereza para levantarse, las mujeres le llevaron a la hamaca café negro y tajadas de maduro, y durante todo el desayuno estuvo rumiando la idea descabellada de que le gustaría morir en paz.

—No conozco a nadie que se haya muerto de viejo entre una cama —le comenta a Ana Santana cuando ella entró al cuarto a retirarle el charol.

A Ana le parece una añoranza en contravía para estos tiempos en que la muerte caracolea más alborotada y vistosa que la vida, cuando de nadie se comenta "se murió Fulano", sino "lo mataron". Pero no le dice nada, sólo le pone una mano en la frente para cerciorarse de que no tiene fiebre y después le pregunta si quiere más café.

—Durante las horas de la mañana lo sintieron vagar sin

rumbo por entre la casa, hipnotizado por la música chillona de las chirimías y aletargado por el olor a basura que se esparce por el aire en épocas de carnaval.

A las once se sienta en el patio a tomar ron blanco con limón y sal. Al ver que se baja entera la primera botella, las mujeres se tranquilizan: "Volvió a la normalidad", comentan entre ellas. Pero no es así del todo, porque el trago no le produce la reacción acostumbrada —el arranque brutal de hombría que lo empuja a la calle a buscar víctimas— sino que lo sume en una melancolía soñolienta y quieta, característica de las gentes del desierto, y alarmante en cuanto tiene la propiedad del no retorno, o sea que cuando atrapa es para siempre y hasta el final.

Empieza a tomar la segunda botella hacia las tres de la tarde, sentado en la puerta de su casa, mirando pasar los cuerpos semidesnudos de los danzantes y de las reinas, embadurnados de negro desde los pies hasta la cabeza con un menjurje de carbón molido y manteca de cerdo que brilla oloroso bajo la rabia del sol y se abre en estrías con los goterones de sudor.

—*¿Acaso los guardaespaldas no vigilaban para impedir que la guacherna pasara por enfrente de su casa?*

—*A nadie le importaba ya. El Cachumbo, Simón Balas y los otros se olvidaron por un rato de la guerra y aprovecharon la ocasión para divertirse refundidos entre el gentío, con la identidad camuflada bajo el disfraz de penitentes encapuchados. Al mismo Nando tampoco parecía preocuparle nada. Con la muerte del Mani Monsalve se había acabado para él la guerra, y seguramente también la vida misma, porque al fin de cuentas el odio siempre había sido su mayor amor.*

—*¿Y no disfrutó del triunfo?*

—*No. La victoria final sobre su enemigo de siempre no le dejó a Nando más que un despreciable sabor a sal.*

Con emociones de niño siente venir la cumbiamba pidiendo candela y oye fascinado su alharaca loca de flautines y maracas. Mareado por el alcohol, ve pasar como en sueños la fauna eufórica de Tíos Conejo, Burras Mochas y Hombres Caimán que tiran harina y bailotean posesos, y ahí solo, sentado en su escalón de piedra, con la guardia baja y súbitamente envejecido, comete una extravagancia mayor: deja escapar un imperceptible suspiro de felicidad.

Sigue de largo la parranda, que nunca espera al que se queda atrás, y Nando permanece anclado a la puerta de su casa, como si presintiera la llegada de un huésped de honor.

Un relumbrar de lentejuelas captura la atención de sus Ray-Ban. Es una parihuela dorada, de cortinas corridas para ocultar a su ocupante. La cargan en hombros dos parejas de Diablos Menores, y la sigue una banda de músicos pobres, rucios de harina por la guerra de comparsas que ha estallado en la ciudad. Al pasar frente a la casa de los Barragán, las cortinas de flecos se descorren, insinuantes, y Nando ve aparecer la sonrisa Pepsodent de una reinita popular, acomodada en su trono portátil y más coronada que Isabel de Inglaterra, que se le acerca primorosa y se inclina hacia él con aleteo de pestañas postizas y cascada de bucles tiesos de laca. Nando entrecierra los ojos y espera que la visión dorada le dé un beso de amor, o que le diga un secreto coqueto, pero la soberana, picarona, saca un puñado de harina y se lo arroja a la cara. Él no le hace el quite: recibe dócilmente el baño con expresión bobalicona y agradecida de grandulón borracho, apaciguado por la repentina senilidad.

—¿Y siguió ahí sentado, con la cara pintada de blanco?

—Ahí se quedó, enharinado como galleta polvorosa, porque no tenía cerebro para acordarse de ninguna profecía.

—¿No pensó siquiera en la advertencia de Roberta Caracola?

—No, *ni siquiera pensó. Simplemente no registró el hecho, como si fuera harina de otro costal.*

La bola colorida y gritona del carnaval rueda hacia el centro y deja atrás el barrio hundido en un reguero de papeles y desperdicios. Un Enano Papahuevos, rezagado de su comparsa y apabullado bajo su carota de cartón, se sienta al lado de Nando Barragán y le pide un trago de ron. A Nando le llega, como un escape de gas, el tufo amargo que sale por su boca escondida, y cuando espía por entre los agujeros de los ojos hacia adentro de la máscara, atrapa una mirada esquiva y biliosa, desorbitada de cerveza y de calor.

El Enano se aleja calle abajo en zigzag, y Nando queda absorto en el barrizal de confeti y festones pisoteados, con la cabeza empalagada por una melcocha de pensamientos sin concierto, consistencia ni color.

Por la calle baja bailando la Muerte, solitaria. No es una muerte imponente, de poderosa presencia y lujoso disfraz, sino un pobre esqueleto improvisado y flaco, de calavera de palo, sábana vieja por capa y gran hueso pelado de animal en la mano. Los vecinos le sacan el cuerpo, se encierran en sus casas para que siga de largo, la espían por las ventanas entreabiertas y comentan que nunca vieron muertecita tan insignificante y asquerosa: maldita, traicionera y sin grandeza, demasiado igual a la muerte de verdad. Ella se adueña de la calle desierta y reparte vejigazos al vacío. Azota el aire con insidia, pero sin fuerza y sin ton ni son.

—*Y descubrió a Nando, acurrucado en el escalón?*

—*No, no lo vio, o hizo como si no lo viera, y se puso a silbar una canción extranjera, muy desafinada. Nando en cambio la miró de frente, con criterio de conocedor. Se había topado con la muerte tantas veces que enseguida distinguía la verdadera de las de imitación. "Esta no vale la pena", pensó, y la dejó pasar.*

Abajo, a ras del suelo, retumban antiguas resonancias de tambores africanos que llaman a los esclavos a la rebelión. Arriba, en las alturas, el cielo crepuscular se pinta de rayas rojas y amarillas, estridente y farandulero, y se adorna con escándalo de fulgores y oropeles. Nando Barragán se ha desabrochado la guayabera habana y sigue instalado, a pecho descubierto, sobre el mismo escalón: indiferente a la ostentación del cielo, ajeno a su propia suerte, entumecido de piernas, ahíto de alcohol. La noche llega ocultadora y cómplice y le tira encima un par de sombras violeta. Nando se arropa con ellas y se une a la oscuridad, convertido en bulto quieto, invisible, sin nombre ni personalidad.

—*¿Entonces Nando era invisible cuando bajó por su calle la comparsa alevosa de las Marimondas?*

A primera vista la negrura es total. A segunda vista y forzando los ojos, se distingue su rostro blanco de gran queso fresco, inocente y absurdo bajo el emplasto de harina, soñando alegrías que no han sido suyas y aturdido hasta el embotamiento por el mensaje incierto, apenas comprensible, que trata de enviarle su ebrio corazón: la insinuación desquiciante de que la vida pudo ser mejor.

—*¿No se veían, además, las ascuas de su cigarrillo?*

—*Sí, sí se veían. En medio de la oscuridad brillaba nítida la boca del cigarrillo, roja y delatora, como un aviso diminuto de neón que se prendía y apagaba, diciendo "aquí estoy, aquí estoy, aquí".*

—*¿Y a qué horas bajaron las Marimondas por la calle de Nando Barragán?*

—*A deshoras, cuando las demás comparsas se habían ido lejos y enterraban el carnaval con las últimas cumbias de la parranda final. Todo era raro en esas Marimondas, a pesar de que su disfraz era el tradicional: máscaras de mono macho, cuerpos simulados de mujer. Pero no bailaban ni se divertían; era evidente que iban de afán. El único que no sospechó de* ellas fue el propio Nando, que tampoco sintió nada cuando lo rodearon y lo acuchillaron, tal vez porque ya estaba muerto en el momento de morir.

–¿Que quiere decir?

–Según el forense que practicó la autopsia, Nando Barragán estaba muerto desde el amanecer.

–Así que era muerte esa tristeza cruda que todo el día le vieron pintada en la cara...

–Era la muerte, y nadie la supo reconocer. Lo que ocurrió después, durante esa noche, fue herejía y profanación. Sucedió que las falsas marimondas no se contentaron con matarlo sino que además arrastraron su cadáver por las calles del barrio, a manera de escarmiento y de celebración. Las gentes corrieron a mirarlo: lo tocaron, le arrancaron la ropa y lo reconocieron. A nadie le cupo duda: era irrefutablemente él, y la evidencia de su muerte fue pesada y desnuda como el propio cadáver.

–¿Alguien se compadeció del difunto?

–No hubo solidaridad con él, y a lo mejor tampoco hubo lástima. Si alguno se compadeció, prefirió callar por no desafiar a la masa enardecida de vecinos, que por fin cobraba su mejor venganza. Una venganza colectiva inconscientemente tramada durante cada una de las noches que tuvimos que permanecer encerrados en nuestras casas, detrás de candados y trancas, con los niños despiertos y aterrorizados, mientras afuera, en la calle, los Barragán repartían candela y hacían tronar el tiroteo. Por eso la hora de la muerte fue también la del desquite y cundió la ley del ojo por ojo. El temor que le tuvimos en vida cambió de signo y se volvió agresión en cantidad proporcional: los más sometidos antes, se ensañaron más después. Queríamos arrancarle un pelo por cada uno de los miedos que nos había hecho pasar; un diente por cada angustia; por cada muerto un dedo; los dos ojos por la sangre derramada; la cabeza por la paz perdida; las entrañas por toda la deshonra que nos había hecho tragar. Queríamos quitarle la vida que ya no tenía a cambio del futuro cagado que nos legaba, y lo repudiamos para siempre, porque nos había estampado el sello de la muerte en la cara.

—¿No hubo, pues, quién lo socorriera?

—Al contrario, se aprovecharon de él. Un vivo disfrazado de Mandrake el Mago le vio la cruz de Caravaca, se la arrebató de un manotazo con todo y cadena y se alzó con el botín. El Rolex de oro de los cuarenta y dos brillantes se salvó, más o menos, porque lo habían rematado las Barragán mientras Nando permanecía abierto de pecho en el hospital. El mejor postor resultó ser Elías Manso, el mismo hombre que durante la boda se había mostrado dispuesto a comer mierda con tal de quedarse con él.

—¿Cómo pudo comprarlo el tal Manso, si era un pobretón?

—Ya no era pobre. Se había vuelto millonario con negocios de mala ley.

Ver al antiguo tirano caído es motivo de jolgorio y desata de nuevo el frenesí del carnaval. Las Marimondas, salvajes y triunfales, lo arrastran exhibiéndolo desnudo, como trofeo de caza. Cuando se aburren de jactarse lo despojan de su última pertenencia, las gafas Ray-Ban, lo tiran en cualquier rincón y desaparecen por entre el gentío, impunes, con sus máscaras de micos, sus tetas postizas y sus risas locas de hiena contenta. "¡Se van los Monsalves!", dicen las gentes señalándolos, y los dejan escapar.

—¿Cómo supieron que eran ellos?

—Nunca les vimos las caras, pero supimos que eran ellos sin lugar a confusión. Ellos o sus sicarios, daba igual.

Se van las Marimondas y un río de multitudes se adueña del cadáver, lo zangolotea como monigote de trapo y baila detrás de él, en un cortejo enloquecido de horror y de alegría, el más animado y más atroz que se ha visto en la ciudad. Trepan al muerto en una carreta roja tirada por un burro de gorro marinero y lo pasean bajo un cartel con un conocido refrán: "El que se murió, se jodió." La chusma que lo escolta lo espolvorea con harina hasta que queda blanco por delante y por detrás, convertido en gigantesco muñeco de nieve bajo el tremendo calor. Un Tarzán el Hombre Mono le pinta de negro la nariz, con un tizón. "¡Te moriste, Nando!", le gritan las comparsas y a su alrededor se arremolina, vibrante de vida, el carnaval.

–*¿Cuándo le avisaron al Bacán?*

Sentado en su mecedora de mimbre, en el andén frente a su casa, el Bacán juega con su combo los octavos de final del eterno torneo de dominó. Detrás de él, sobre la pared de tablón, siete impactos de bala dan testimonio mudo y anónimo de las siete intentonas frustradas que alguien hiciera para ponerle fin a sus días.

Por sus pupilas color cielo nublado vuelan las golondrinas de la ceguera, mientras sus dedos videntes leen puntos blancos en las fichas negras que se organizan sobre la mesa formando intrincadas redes de ferrocarril. Se concentra en el juego, más silencioso que en misa, pendiente de la próxima movida, y no deja que lo perturbe la bulla lejana del carnaval, como en otras noches más oscuras no le perturbó tampoco el traqueteo de las ametralladoras ni el rechinar de las llantas de los jeeps.

Una patota acezante de Congos le llega con las nuevas, en medio de la conmoción, la confusión y el griterío: Mataron a Nando Barragán, y lo arrastran, desnudo, por las calles.

El Bacán no dice nada, según acostumbra en lo momentos importantes de su vida. Retira la mesa con las fichas y se pone, solemne, de pie: yergue su monumental estatura de gigante negro y ciego, se cala un sombrero elegante de paja, empuña su bastón de roble, heredado del padre, que también llegó ciego a la vejez. Se agarra del brazo de su mulatona y tanteando los pasos camina por la calle, hacia donde proviene el mar embravecido de voces. Avanza lento, protocolario, al tuntún: lleva la cabeza inclinada hacia atrás y la mirada azulenca clavada en un universo de estrellas que no puede ver.

En la esquina de la calle veintiséis con la carrera cuarta se encuentran las dos comitivas, una pequeña y otra monumental: de un lado el Bacán, su morena y su combo; del otro, Nando Barragán rodeado por la muchedumbre hostil, armada de palos y antorchas. A veinte metros de distancia se detienen frente a frente, midiendo fuerzas. La llovizna, que empieza a caer con timidez, alborota un olor dulzón a lana húmeda y destiñe los últimos festones del carnaval.

El Bacán se arriesga a salir al frente, solo, rehusando la mano que le tiende su mujer. Dando palos de ciego avanza hasta el grupo contrario y se abre camino entre las máscaras, que se apartan, dóciles, formando un corredor. Caimanes, Indios Bravos, Cazadores de Tigres, Diablos Mayores y Menores: dan un paso atrás, respetuosos ante el ciego viejo, estáticos bajo la lluvia lenta que apaga las antorchas y apacigua los ánimos. Se condensa una gran campana de silencio en la que resuenan las pisadas detenidas, sacerdotales, del Bacán.

Su bastón de roble topa con un bulto: ahí está derrumbado en tierra el cadáver de Nando Barragán. Descompuesto, desnudo, desarticulado como un pelele. Lo inunda toda la soledad del mundo, toda la fatiga ha caído sobre él. Yace roto y vencido a los pies de la multitud emparrandada, convertido en montaña de barro, en monumental emplasto de sangre y harina. La cabezota vapuleada y zurumbática parece suplicar un minuto de paz para poder saldar sus cuentas imposibles con el más allá.

El Bacán posa sobre el difunto sus claros ojos ciegos en el preciso momento en que un rayo magnífico atraviesa de lado a lado la noche, la fragmenta en ángulos con sus raíces luminosas y electrocuta la tierra con el estrépito de su resplandor. Como si el rayo fuera la llave, se abren al unísono las cataratas del cielo y raudales de agua se precipitan sobre la humanidad, que corre en estampida en las cuatro direcciones, refugiándose bajo los puentes y entre las tiendas, cruzando las esquinas, dispersándose, metiéndose a las casas, desapareciendo en la oscuridad.

En la calle azotada por la lluvia quedan dos figuras solitarias; macizas y voluminosas, una al lado de la otra, soportando con estoicismo de pararrayos las descargas del temporal. Una vertical y negra, la del Bacán; la otra horizontal y blanca de harina, la de Nando Barragán.

–*¿Cuánto tiempo permanecieron los dos solos bajo el aguacero?*

–*El Bacán esperó, con paciencia de ciego, que el agua que caía del cielo lavara el cadáver, le limpiara la costra de inmundicia y sangre seca, devolviéndole la compostura y el color natural. Después lo cargó sobre su espalda todavía poderosa y echó a andar hacia su casa desafiando el vendaval, que cada vez arremetía con más histeria. Su única compañía, aparte del difunto, era la mulata fiel, que chapoteaba entre el agua haciendo de lazarillo. Fue una procesión dificultosa, dura, llena de obstáculos. La lluvia inflaba el cadáver duplicando su peso, ya de por sí agobiante, y el viento ululante amenazaba con arrebatarlo. Tampoco ayudaba la ceguera, ni la negrura de la noche, que los hacía tropezar. Pero el Bacán perseveró, poniendo a prueba su vigor tranquilo, como si nada importara tanto como salvar al muerto.*

–*¿Llegó, por fin, a puerto seguro?*

Poco antes de amanecer, todavía oscuro, logra llegar hasta su casa de barrio pobre, chorreando agua y calado hasta el hueso. Extiende a Nando en la mesa del comedor, sobre el mantel de hule blanco. Le pide a la morena que seque y peine el cadáver: ella obedece y por iniciativa propia le unta cosméticos en la cara, para disimular los destrozos de la mala noche y los agujeros que la viruela ha dejado en su piel.

–Ahora debes traer ropa limpia.

Ella saca del armario una muda completa, recién planchada, y se la entrega al marido. A tientas, en una lenta ceremonia a oscuras, el ciego viste al hombre que nunca admiró ni quiso. Le pone su propia ropa, la única en el barrio cuya talla le habría quedado bien: la camisa, el pantalón, las medias, los zapatos. El pañuelo de lino en el bolsillo.

Estira la mano para cerrarle los párpados y en ese instante su intuición de ciego ve la imagen postrera que alcanzó a grabarse, como un fósil, en las pupilas petrificadas de Nando Barragán. El vuelo de un último recuerdo que quedó atrapado en ellas: un desierto amarillo, manchado por la sombra de las piedras, sobre el cual yace la muerte como un leopardo al sol.

El Bacán supone que mañana, siendo feriado, ningún carpintero se prestará para fabricar un cajón apropiado, así que acomoda al difunto –boca arriba, con los ojos bien cerrados y los brazos cruzados– entre la gran caja de pino de la nevera Westinghouse de contrabando que le regaló a su mujer de cumpleaños. Prende un par de cirios, recibe de la mulata un tazón de café hirviente, aromático, reconfortante, y se sienta a tomárselo al lado de Nando, mientras espera que sus familiares vengan a reclamarlo. Se calienta las manos contra el tazón de peltre, le echa una última mirada, inútil y azul, a su enemigo muerto, y le dice sin verlo:

–Todo hombre merece una muerte digna. Hasta usted.

Agradecimientos

Las siguientes personas vivieron paso a paso la escritura de este libro y hacen parte de él por lo mucho que contribuyeron con ánimo, compañía, apoyo, aportes, sugerencias, correcciones, o las seis cosas juntas: Helena Casabianca de Restrepo, Carmen Restrepo, Andrea Marulanda, Pedro Saboulard, Ramón Marulanda, Mónica Marulanda, Mireya Fonseca, Fabiola Castaño, Javier Marulanda.

Esta es una novela de ficción basada en la investigación de hechos reales. Contribuyeron con información clave: Ricardo Villa (q.e.p.d.), Jorge Alí Triana, Hernando Corral, José Araújo, Armando –el Pato– Fuentes, Alfredo Daza, Hermel Daza, Álvaro Restrepo, Misael Guerra, Campo Cabello Barquero, Manzur Agustín Sierra, Rolland Pinedo Caza, Alcira Weber, Moisés Perea, Hernando Marín, Wilder Guerra Currelo, Francisco Pérez Van Leden, Franklin Gómez, Jorge Bruges Mejía, Álvaro Gómez, Álvaro Castillo Granada y Los Gambos: Enrique Delugen Brito (el Pachá), Serapio Faruteso, Cristóbal Redondo, José Amaya y Manuel Redondo.

Tengo además viejos motivos de gratitud con Eduardo Camacho Guizado, porque en la Universidad de los Andes enseñaba a leer, y con Plinio Apuleyo Mendoza, porque en la Revista Semana enseñaba a escribir. Y con Gabo, cómo no, porque su genio medio nos aplasta, medio nos ilumina.